从姑获鸟开始 4
——
活儿该

著

从姑获鸟开始 4

四川文艺出版社

果麦文化　出品

目录

第一章
鱼龙舞

乌云盖顶，浪涛跌宕。

八十条大船拼接起来的天舶司，仿佛一座移动的小型海岛，上面有阁楼、望台、扶梯，华美富丽。平日里的搭建拆了不少，留出好大一片空。大大小小的乌青色帆船错落，海上千帆竞立，如同一片黑森林。三角旗、半卷帆布、交织的麻绳、搭在甲板上的竹竿，船上鼎沸的人声透入乌云。章何的九星黑帆、朱贲的天马帆、林阿金的刀剑帆、李阎的大红帆，以四角之势，插入天舶司。

沸乱的脚步声中，南洋各家大枭带齐人马，纷纷登上甲板。天舶司甲板能容数千人，中间是玫红色的圆桌，摆着五把海南黄花梨木的玫瑰大椅。环列的长桌、高低错落的板凳，一点点往外蔓延，空出来四条甬道直通中央。案上摆满酒肴果盘，妩媚的胡姬引领诸位头领落座；火焰般的金刚鹦鹉群扑腾着翅膀从帆绳上落下，啄食着桌上散落的香蕉和苹果。

蔡牟站在栏杆边上，身披黑色大氅，手指逗弄着鹦鹉。他食指戴着一枚绯红色宝石戒指，刻有流畅的花纹，透出几分古意。如果说李阎第一次见蔡牟时，这位天舶司主人颇有几分仙风道骨，此刻再见便是如漆黑的刀削山峰，直插云海，坚锐难言。

蔡牟拱了拱手："天保兄弟，赏脸了。"李阎哈哈大笑，拉着蔡牵的手，十分亲密的样子。蔡牵不经意往李阁身后看了一眼，海上漂荡着二十条火炮朝外的红帆老闸船，老古坐在船头木杆上默默抽着旱烟，双眼眺望着天舶司会场，身后红旗帮海盗顶着乌云，举着火把。

郑秀儿穿着淡红色的罗衫，双丫髻，拉着李阁的手。查小刀、赵小乙、一干红旗帮高里鬼共百十多人跟在后面，也入了场。

章何一身黑色麒麟武服，身后的海盗多是戎装，妖贼一方早就洗白成了安南官兵，这番打扮也在情理之中。何况前几天英国人和安南起冲突，炮火波及督战的安南国王，此刻安南被几方割据，国内一片战火。章何的麒麟服纵有僭越，也不会有人追究。

朱贲是个疏狂打扮，浓眉大眼，戴着草蓑，腰间别着火铳，看上去有点不伦不类。这人出身草莽，却好结交，他一步步走到今天，靠劫掠广州过往的商船发家，且手段残忍，不留活口，风评极差。

宝船王林阿金脸色苍白，身材文弱，随身带着手帕，咳嗽时用手帕捂住嘴，好像随时会倒下。他今年四十岁，咳嗽了三十年，一直在新加坡一带活动，祖上更是参加过三宝太监下西洋的壮举。他手上的船都是根据前朝早年图纸打造，比起红毛子的船来也不差，只是火炮逊色太多。

人一多，现场未免不好控制，很多海盗间有宿怨，你当初打瞎我一只眼睛，我砍过你一只胳膊这类事简直不要太多。莫说他们，便是红色圆桌上的几位大海盗，也是仇人见面，分外眼红。

李阁和章何彼此碰了一眼，脸上都有冷意。两家仇怨，不必多说，天保仔早年也是参与过几次五旗对妖贼的围剿的。宝船王的父亲当初参与过官府攻占宝岛，五旗之人无不对宝船林姓恨之入骨，可因为离得不近，也很久没有起冲突了。朱贲早年拜过红旗帮郑一拐的窑，和红旗帮关系不错，可十夫人厌恶朱贲拐卖妇女儿童，她掌权后，两家关系就冷了下来。另外宝船王和妖贼也是死敌，林阿金的一双儿女都死在章何手里；宝船王心高气傲，也是看不上下三烂的朱贲。

天舶司蔡牵与世无争，可有面子没牌面，让一伙子土匪和反贼心甘情愿认一个商人做盟主，想也知道不可能。

各家关系如此复杂，乍看都是对头，可仔细琢磨也有轻重缓急的区别。今天的盟主之争，扑朔迷离。

红色圆桌边一共五把椅子，蔡牵、章何、朱贲、林阿金分别落座，红旗帮来得最晚，椅子只剩了一把。

"天保兄弟，请！"蔡牵一伸手。

李阎作揖回应，旋即弯腰低声对郑秀儿说："秀儿，你去坐，不要怯场。"

"天保哥你坐哪里？"郑秀儿仰着脸问。

"我哪儿也不坐，站在你身边。"

郑秀儿点了点头，主动松开李阎的手，迈开步子，抓着高大的黄梨木椅子坐了下去，两只脚沾不到地。她左手边的位子坐的正是一身麒麟武服的章何，这位妖贼此刻长眉拧起，板着脸拿余光瞥着郑秀儿。女孩转脸看了他一眼，小嘴一噘，扭过头不搭理他。郑秀儿右手边是不住咳嗽的林阿金，林阿金看了小女孩一眼，伸手从桌子上拿了瓣橘子给她："尝尝吗？"

"谢谢，不用。"郑秀儿一脸正经。

林阿金和蔼地笑了笑，把橘子扔进自己嘴里。

"我的疏忽！"蔡牵一拍脑袋，冲身后的阎阿九说道，"阿九，给天保兄弟再搬一张椅子来。"

"不必不必，我又不争这盟主，坐这椅子干甚。"李阎推让不肯。蔡牵一再坚持，最后只得让李阎站在场上。李阎走到郑秀儿和章何两人座位的间隙，一把捏住章何的椅背："老章啊，椅子往那边去去，我放放脚。"

其实这桌子宽大，李阎是能站开的，就是有点放不开手脚，两边粘人。章何哪里看不出李阎的挑衅之意，嘴边挂起冷笑："这椅子重，我挪不动，要不你试试？""好啊。"两人眼里交织出火花。李阎的手越捏越紧，章何手指微动，嘴里虚念了几个音节：太平文疏·搬山！

"天保兄弟，不嫌弃的话，站我这边吧。"林阿金突然开口，站起来往旁边一拉椅子，和蔡牵的位置近了些。

气氛一松，李阎拱手道了一句："有劳。"迤迤然离开，惹得章何一声冷哼。

场下，覆盖整片千余海盗的头领及其手下发现坐上圆桌的不是李阎，而是一个小姑娘，不禁议论纷纷。可也有不少一看就经过些风雨的老海盗，见到这一幕，对天保仔的印象直线上升："那位便是郑老帮主和厌后的孩子了吧？""天保仔倒也不是个人走茶凉的白眼狼。""叫郑姓的人去做盟主，我看行。"

"诸位到此，旧怨勿论。蔡某人邀请各位来，既是救难，也是发财。还望各位暂且抛下旧怨，同心协力，一齐应对红毛鬼。"蔡牵拱手，朝场上场下的南洋群盗说道，"蛇无头不行，有个领头才好做事。倒不是说当了盟主就能颐指气使，事到临头还得大伙儿商量，可总要有一个让大伙儿服气的人，来拍定主意。"

话音刚落，有人插嘴："蔡老板，蛇无头不行的道理，我懂。可有句话，我不得不问。"说话的是白底帮帮主，距离场上的人很近，"弟兄们都没走，自然是想掺和一手。也眼馋打红毛鬼的赏金。几位大头领，谁当盟主，也轮不到我们这些小鱼小虾，可有一个人，坐在这桌子上头，我不太服气啊。"

"愿闻其详。"蔡牵一躬身。

几位大海盗都稳如泰山，他们的名声或是祖代积累，或是亲手打拼，都远远超过一般的势力，有底气面对任何人的责问。唯独秀儿，听到这话心头乱撞，手心的汗出了一层又一层。李阎敲了敲郑秀儿的椅背，冲她笑了笑，毫不在意似的。郑秀儿握紧了拳头，点了点头。

"我不服气的，正是蔡老板你！"白底帮帮主这个时候发难，出乎所有人的意料，"蔡老板富可敌国，手下的伙计也个个是高深莫测，可问题是，你压根儿不算海盗！拿行里的话讲，你不是这料码！"

这话一说，场上又乱了，可也有不少人暗自点头，的确是这么个理儿。

其实蔡牵手底下哪有那么干净，能在这片海上讨出名堂的个个都是心狠手黑的主，前朝时，他蔡氏先人侍奉火鼎公婆，拿土族和客商做活祭，把人扒光了用大鼎烫死，手段之恶劣，比起任何海盗都要残忍。可蔡牵心存高志，他执掌天舶司以来，手下直接劫掠客商的活儿基本看不到了，蔡牵又有官身，所以白底帮帮主才有这么一问。

"要说蔡老板你是官府和南洋海盗的中间人，介绍我们帮官府打红毛鬼，那没问题。可说你想当我们的盟主，甭管你家财多少，我白底帮第一个不服！"

蔡牵听得仔细，脸上也没什么表情，白底帮帮主这话说完，顿时有人聒噪起来："对，蔡牵不是我们这码！""你没资格争盟主！"叫嚣之余，不少冷静的海盗把目光放在妖贼的身上。

昨夜白底帮帮主登上了妖贼的船，这事不少人都知道。此刻白底帮朝蔡牵发难，不用多说，八成是妖贼的指示。再看妖贼章何，眼观鼻，鼻观口，泥塑似的。

"谁说蔡牵没资格争盟主？！"这声音苍劲、沙哑，却透出去好远，一时间没人说话。一个拄着拐杖的老头子被蔡家胡姬搀扶着走了出来，须发皆白，眼窝深陷，眸子清亮，不时咳嗽两声。

"徐爷？"白底帮帮主没忍住惊呼。场上的人站起来大半，尤其是不少资历较老的海盗头子，脸色都惊讶又恭敬。"真是徐爷！"这位老人家诨号关刀徐，资历之老，令人咋舌。一百多年前官府攻占宝岛，东宁国灭亡，郑氏将领流亡珠江口一带，前后策划过几次起事。后来事败，势力凋零，直到有人认清差距，转为海上经营，开始打的也是反清复明的口号，其实干的还是海盗勾当。

所以百多年来，每个刀口舔血的海盗都乐意扯一把宝岛郑氏的旗子，这固然在一定程度上坏了国姓爷的名声，可那些转为海上经营的海盗也的确扭转颓势，开拓了一番基业。不错，就是五旗联盟。这位关刀徐是五旗联盟第一代领军人物之一，金盆洗手已三十年，算起来如今得有九十岁了。

"干爹。"蔡牵毕恭毕敬。

关刀徐"嗯"了一声，转身面向群盗："蔡牵是我徐某人的义子，你说他不算海盗？你是哪一支？嗯？"

要说海盗也论资排辈，讲一个正统与否的话，出身宝岛的五旗联盟是最正统也最受人推崇的。不少老海盗心里念念不忘的还是东宁国宝岛郑氏一族。说白了，贴近这一支，那就是反清的义军；不算这一支，可就真是下三烂了。这也是为什么李阎把郑秀儿推到台前。

白底帮帮主哑口无言，讷讷了一会儿便坐下了。红旗帮的人面无表情，十夫人生前老早把红旗帮里观念陈旧的老人清理了个遍，高里鬼又是十夫人的死忠，对这帮子遗老没什么感情。

蔡牵挽着关刀徐，好一会儿才把他送了回去。这么一闹，再有人质疑蔡牵的资格，也不好开口了。不少人去瞄妖贼章何的脸色。这次试探算是被蔡牵正面撑了回去，乍看上去被打脸的是白底帮帮主，可其实打的就是章何。

"那么，没别的问题了，我就跟大伙儿商量商量，这盟主的位置，怎么论才公平？"蔡牵正说话，朱贲拿袖子遮着脸朝台下某个位置瞪了一眼。台下有个人攥着拳头犹豫了半天，眼看蔡牵要往下说，朱贲又使了眼色，那人一咬牙站了起来："蔡老板且慢！"

蔡牵三番两次被人打断，脸上却一点怒气都没有："这位兄弟看着眼生，有话不妨直说。"

"那个女娃娃，她凭什么争盟主！"那人手指戳着郑秀儿的方向，立马有五旗弟兄不乐意了，刚要骂街，只听得那人接着大喊，"十夫人跟天保仔勾搭成奸，你们都说这是郑一拐龙头死后的事！我看可不见得！没准，这女娃娃就是天保仔的种！根本不是郑氏后人！"

这话一出，整个场子彻底炸了。不少人目露凶光，也有人沉吟不语，更多人却把目光转向了妖贼章何的身上！白底帮帮主昨晚去了妖贼的船，毫无疑问，攻击蔡牵就是妖贼的指使。那这次质疑郑秀儿的是谁？还得是妖贼章何啊！在外人看来，朱贲和红旗关系不错，蔡牵和红旗帮也是合作关系，林阿金得快一百年没跟五旗的人打交道了；只有妖贼和红旗帮这两年都快打出脑浆子了！这时候有人往郑秀儿身上泼脏水，背后主使准是章何！

那人喋喋不休，郑秀儿咬紧下唇，眼眶里有眼泪打转。一道匕首恰如流光，准而毒辣地戳向那人的嘴里。李阊露出满口森森白牙，正是他出的手。若是心思阴沉、爱惜名声，为免被指心虚，应当保持冷静，找出主使再报复。可李阊向来不信这套：去他的人言，剁你一个小喽啰，还需要瞻前顾后？可出乎李阊意料的是，他匕首刚刚出手，那人的脑袋便烂西瓜似的凭空炸开，黄白脑浆溅了旁人一脸。

太平文疏 · 王灵膏

章何阴沉着脸，放下手指，满场寂静的海盗都愣愣地瞧着他。

"我最近啊，给人家背黑锅，背怕了。"章何慢条斯理，唠家常似的，"你蔡老板自己演双簧，我睁只眼闭只眼。白底帮敢算计我，我秋后算账。可是这个，"他指了指地上的无头尸体，"这算个什么东西？想造谣生事，让五旗平白记恨我一笔？不掂掂自己的斤两。"章何目露凶光，"我章某人做事从来不屑玩这种腌臜伎俩。有什么招数，当面锣，对面鼓，想玩阴的我接着，受死的时候别装傻。"

朱贲干笑一声："章都护，你说就说，你瞪我干啥？"

妖贼连连冷笑，不再看他，转过头，闭目养神。蔡牵干咳两声，也不理会章何话里所指，笑容不带半分烟火气。

"诸位，还有问题吗？"海风啸烈，横流的鲜血冒出气泡，全场无声。蔡牵扭动戒指，干咳两声开了嗓："南洋海盗百多年来，烈火烹油，鲜花着锦。可红毛以六千兵力便把两广闹到鸡犬不宁，诸位在南洋搏杀良久，这些洋鬼子的枪炮大船如何犀利，我不必多说。诸位想做成这件大事，几位头领势必要精诚合作。

"若说底蕴，红旗帮大屿山的兵员、船只、火炮，都是顶尖，五旗海盗的名头，是南洋的招牌。

"人手嘛，朱贲兄弟手下最多，六万多精悍弟兄，个个拉得开弓。

"章何兄弟是安南堂堂的三宣提督，一人之下万人之上。南洋第一人的风采，前几日安南与东印度公司之间的恶斗，大伙儿也有耳闻。

"论船只，宝船王祖传的船工技术，林家坞里几艘大船，那可是咱南洋海盗的骄傲。就是碰上红毛子，也有过之而无不及。

"论钱粮，呵呵，我若推让，也显得太过虚伪。"蔡牵一摊手，"那我可犯难了，连同我蔡某人都算上，诸位各有长短。我说花钱的当盟主，眼前这四位得把我吃喽。数人头？朱贲兄弟高兴了。但红旗帮和宝船王手里可有船厂啊，咱海上混饭吃的明白，打仗靠的是船，是枪，是火炮。朱贲兄弟靠着人多当了盟主，林兄弟一别扭，不乐意出船，章何兄弟不乐意，拍拍屁股回了安南，那咱就没的玩了。干脆，这么办，"蔡牵伸出一根手指，"比斗。"

他这话说完，几个大头领都面露不屑。

"我倒是没什么意见。"章何悠悠地说，"可蔡老板说了这么一大堆，就想出了这么个破主意？单打独斗这东西，服不了众吧？"

"我还没说完。"蔡牵拍拍手，十几个穿马褂长衫、戴西洋眼镜、揣着算盘、账房先生打扮的人从甬道进来，胡姬端着笔墨纸砚跟在他们身后，此外蔡家还搬上一张墨色石盘，放在场上。

"我天舶司是做生意的地方，一样东西值多少钱，我手下的伙计估摸得最清楚。这十几位是我天舶司的典当先生，个个有二十年以上的估价经验。诸位手里，无论是火枪、火铳、船只、人手，只要是打仗用得上的物资，我们用市价来估，以银两计算。兵员嘛，既然要打一个月仗，一个人手就算我十三牙行甲等伙计三个月的工钱，呵呵，毕竟打仗要出人命嘛。"

林阿金开口问："你把我们的家底都算成钱来干吗？"

"好说。比斗赢一场的，拿二十万两或者同样价值的东西出来；输一场的，也要拿十万两。无论是人、船、火枪、火炮，都可以，算在盘里。"蔡牵一指墨色石盘，环顾场上，"最后谁赢得场数最多谁就是盟主。可有一样：无论谁是盟主，进了盘子的东西都不能往外拿，全都用来打红毛鬼以及战后的抚恤，多退少补。"

"场数一样怎么办？"章何问。

"一样的话，谁出的军备换成银子最多，谁做盟主。"

"要是有人虚报呢？"林阿金插了一句。

"东西都是要拿出来打仗的，谁虚报，瞒不住。"蔡牵回答。

"赢一场的人，还能接着打吗？"

"可以。对了，倘若场下诸位不想争这个盟主，也可以派人参与，因为大联盟成立后，战时指挥听调的地位高低、各方职务，都是按赢下的场次决定的。赢得越多，地位越高。"

他话说完，所有头领都在心里计算得失。思来想去，也算合理。李阎听完也不得不佩服，这蔡牵做事有几分滴水不漏的味道。强手当然要有，赢都赢不了，什么都是虚的。可光能赢，最后拿不出东西来，也是竹篮打水。拿场次算海盗联盟的职务，这样的话，也吸引了那些零散势力。

"一场就要三十万两！"朱贲听得龇牙咧嘴。各家大头领能拿出的现钱，也就十几万两到三十几万两而已。

"又不是让你真拿钱，拿东西抵，没听明白吗？"林阿金堵了朱贲一句。

他心里估算，这样去抵，各家砸锅卖铁、当了裤子，也就能拿出两三百万两的银子，打个十几场也就干了。

章何目光阴沉，也在盘算。做盟主绝对不是亏本买卖，这次海盗攻打的可是富得流油的广东！集合了全世界四分之一白银的广东！身为盟主，在调度的时候自然有便宜可占，也有机会抢夺最厚的红利。何况南洋海盗大联盟的盟主、海盗皇帝，单单这个称呼，就足够让人趋之若鹜了。

"诸位，我这主意如何？"

"我没意见。"章何率先表态。

"我也没有。"林阿金说。

朱贲也点头。

各家纷纷表态，郑秀儿气有点虚，她去揪李阎的衣角，李阎却不理她。

"侄女，你看呢？"蔡牵轻轻地问。

郑秀儿呼了一口气，脆生生地回应："就听蔡叔叔的。"

"好，那我就抛砖引玉了！我的人先来第一场，四位，还有场下诸位头领，请了。"

一位蔡姓伙计走上空旷甲板，四下腾出十来丈的空地。这伙计双耳打环，眼大无神，梳牛尾辫子，穿一身青色大襟，尖头靴，手持长刀。

蔡氏伙计，阎老八。

"嘶——"林阿金皱了皱眉头，这人是当初拦他进来的伙计。

蔡氏伙计在天舶司大会之前也算打出名头，可伙计之间，也有强有弱。南洋海盗经营到今天，哪家都有一两招压箱底的绝活，被蔡氏伙计拦在海峡，不代表就不是对手。这位阎老八在蔡家伙计当中不算出彩，反倒是阎老大、阎老四，以及蔡牵贴身的阎阿九，这三个人名头最盛。可即便是这个阎老八，也让林阿金吃了不小苦头。这人身形之快，骇人听闻，手里长刀一连割破了林阿金十三条船帆，才勉强碰到他，让林阿金把剩下的船带了进来。

这块砖头，有点硌手啊。

输了要拿十万两。

第二章
牛刀小试

章何有心出手，他手下也有几个得意弟子和过命弟兄实力过硬，可对上蔡牵手下这个阎老八，都没有十足的把握。万一头一场输了，太掉士气。可开始就亲自下场，又实在落了头领的威风。他不自觉往李阎的方向瞥了一眼，发现这厮挤眉弄眼的，冲着红旗帮弟兄落座的位置，嘴歪得都能挂暖壶了。

"上！上！"

"我打输了你报销啊？"

"甬废话，输一场十万两，我可不能掏这冤枉钱。"

"你这么抠搜，你上啊。"

"有当龙头的第一个上的吗？"

"我就一马仔，侄侬啊，赵小乙啊，还有那么多高里鬼呢。我这时候上，那帮人非戳我脊梁骨不可，我不乐意听他们那个。"

"马仔是吧？到时候东西我九你一，你坐下边抽烟，我保准不让你上。"

查小刀一听这话，啧了一声，拍拍屁股站了起来，一手提了提松垮的裤子，一边朗声说道："我来！"

"刀子你——"有红旗帮海盗一皱眉。别说查刀子除和天保龙头关系好外，平时不显山不露水，他就真是潮义、老古这样在高里鬼里也算得上好手的人，想上场也得等圆桌前头郑秀儿和天保龙头决定才行啊。

倒也有零星的高里鬼面色平淡，他们是当初破虎门、天母过海那时候和查小刀并肩作战过的。

有一手背上有疤痕的一龇牙，好像想起了当初朱贵的船上被嚼掉脑袋的蛇尸，以及金红滚烫的火焰。

"天保哥，刀子哥他行吗？"郑秀儿也一脸迷糊。在她的印象里，这个大哥哥爱抽洋烟，做零食好吃，还会做胡萝卜小兔子给自己，非常随和，可说起武艺，就没见过了。

"没问题，让他上吧。"李阁低声说。

郑秀儿听了李阁的话，这才点头。

蔡牵也沉吟了一会儿，打量着这个叼着烟卷的惫懒汉子来：短褂露胸口，短裤，草鞋，寸头，腰上别两把刀，脸上胡子拉碴。

查小刀抽出两把刀来，嘴里哼唱着小曲，烟卷还抖着："三更鼓儿天，月亮就照中天。好一对多情的人，对坐话缠绵啊。""鸳鸯戏水我说说心里话，手拉着知心的人，不住地泪涟涟呐。"

蔡老板一转头，对阎老八说道："老八，点到为止。"

老八先是一皱眉头。阎姓伙计是蔡牵的心腹，怎么做事根本不用现场嘱咐，何况老板的话调压得很重。老八再一看蔡牵的双眼，不由得吓了一跳：明亮，也深沉。"别留手，这人水深！"

阎老八抿了抿嘴，心中会意，毕恭毕敬："知道，老板。"

蔡牵点点头，迤迤然坐了回去。

查小刀把烟头往甲板一吐，拿脚踩灭。这阎姓老八手中刀一横，头一低，噌地撞了过来，脚下的木板上留下一个两寸深的脚印，冒出青烟。

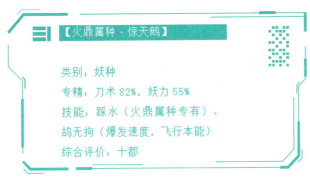

【火鼎属种·惊天鹠】

类别：妖种

专精：刀术 82%，妖力 55%

技能：踩水（火鼎属种专有）、鹠无拘（爆发速度，飞行本能）

综合评价：十都

查小刀双手握紧，吐掉烟卷的嘴里唱字清晰："五更天大明，爹娘他知道细情。无廉耻的丫头唉，败坏了我的门庭。今日里，一定要将你打啊，皮鞭子沾凉水，定打不容情。"嘴里唱着，手上两把刀往上一接，两人脚步腾挪，一长两短三把刀叮叮当当乱响。一个间隙，阎老八把刀锋往查小刀脸上一削，查小刀正唱在一个"打"字上。

查小刀身形无端端朝后飞退，一股气浪撞在阎老八刀锋上，两把鸥吻花纹刀交叉而过，又快又狠，阎老八抵挡不住，长刀被查厨子砍飞出去！

饕餮之心 59%，魁之天权 10%。拥有两样传承的查小刀已经是十都巅峰！查小刀面对空手的阎老八，双刀削落！

雪亮刀刃划过，却砍了一个空！查小刀眼前已经失去了阎老八的踪迹，脸颊上有一道细长伤口流下血来。厨子双眼四顾，神色分毫不乱，嘴里接着唱："姑娘她无话说，被逼就跳了河！"

蔡牵端起一杯茶来，心中惊骇这红旗帮海盗三两招就逼出了老八底牌。

嗖！嗖！嗖！人影转眼即逝，根本看不清楚，每次闪烁都给查小刀留下一道伤口。不多时，查小刀身上已经多处挂彩。可查小刀一点不在乎，抹干净脸上的血："秋雨下连绵，霜降清水河。好一对痴情的人，双双就跳下了河。"

蔡牵点头道："天保兄弟，你这位弟兄，好风度啊。"

李阎连连摆手："打架还唱曲儿，太轻浮了，简直是不知所谓。"

砰！当啷！一把鸥吻刀落地，查小刀一把抓住了闪烁中的阎老八的手腕，眼神淡漠。仔细去看，查小刀身上几道伤口竟然已经愈合了！没等众海盗看清什么，一张团白面饼将两个人统统包了起来。

"什么东西？""法术！"场上一片哗然。章何眯了眯眼睛："一个身上有妖气，另外一个，分明是凡人啊，不对，透出几分星宿味道，可这是什么？"

咕咚！咕咚！这白色汤圆先是透出一抹红来，之后撑破面皮，爆裂的火浆冲了出来！燕都果核崩坏一战，查小刀目睹全过程后得到灵感，自创食技·天宵火莲！玫红火焰冲破云霄，金红色的火浪跌宕蔓延，黑烟缭绕场上。

"老八！"一道人影神情激荡，发了疯似的闯入火场，对高温浓烟余焰分毫不惧，硬是把阎老八拽出了火场，正是和李阎交过手的阎老四。阎老八被一条毛毯裹住身体，蔡氏伙计连忙抬着他去找船医。

"我留手了，没大碍，昏过去了而已。"

旁人听得龇牙咧嘴，这样施为，说阎老八熟了都有人信，你说没大碍？

红旗帮竟有这号人物？一个戴着瓜皮帽子的老头往前一步，摘下帽子，旁人这才发现老头的头顶烧着一点火苗。"红旗帮弟兄好生了得，可巧我们路子差不多，老朽不才，想领教高招。"这是蔡氏伙计，三名十都巅峰之一，阎老大。

查小刀偏头看向蔡牵："我赢了刚才那位了，是吧？"

"不错。"蔡牵点头，初战失利，他也没什么失落的表情。

查小刀对阎老大一拱手："打不过，告辞。"说罢转身就走，毫不拖泥带水。

阎老大眉毛抽了抽，想起老板的吩咐，只得转身坐回人群。

红旗帮，先胜一场。

"老八输得有点冤，这人气血旺盛，普通兵器伤不了他的骨头内脏，老八最怕这样的人。""要不是不能故意害命，给老八配一把淬剧毒的匕首，叫这兔崽子还唱曲！"蔡氏伙计低声交流。

"十万两。"蔡老板开口，"我蔡氏手里有百米的葡萄牙七帆大船，这东西市面上没价，我就按同等规模的广船估价。算上船上的设施，有十万两左右。具体价格，让我手下人去算。我先拿一条出来，可以吧？"

红旗帮最大的船就是八十米的广船，大概有十条。何况官府早年造的广船和葡萄牙的新型七帆大船是没法比的，蔡牵这么算是吃了不少亏的。

李阎也张嘴："我们红旗帮没金盆洗手，能上船打仗的是五万六千零四十二人，二十万两是吧？你们说的工钱，先扣着，扣完再喊我。"

蔡氏的伙计把算盘打得震天响，一片热闹。

"哈哈哈哈！红旗帮果然藏龙卧虎！唔，我手下也有人按捺不住。在场的谁有兴趣，不妨比试一番。"朱贲眼看阎老大坐了回去，蔡牵也没有再说话的意思，当即开口。

"朱老大有这个心思，凤尾帮奉陪。"那凤尾帮帮主一转眼珠，和朱贲对视一眼，露出心照不宣的笑容。

"呵呵，巧了，我也想和老朱的人比试比试。"打断二人眉来眼去的是林阿金，"怎么，赵英山？既然咱俩都有这个心思，不如咱两边先斗上一斗？"

凤尾帮帮主神色一凝，朱贲也脸色阴沉。"……不敢，不敢。"凤尾帮帮主识相退下。林阿金看向朱贲："老朱，那看来得咱俩了。"

朱贲扯了扯嘴角："姓林的，咱往日无怨，近日无仇，人家要跟我打，你凭什么插手啊？就是想打，也得有个先来后到吧？"

"朱兄弟，咱都认识那么多年了，谁跟谁不共戴天，谁是谁的马前卒子，咱都知根知底。蔡老板定了规矩，不怕你钻空子，毕竟是要出钱的。可你好歹也是一方的巨枭，脸总是要的吧？假打这一套，收起来，咱拿本事说话。"

"好——"朱贲拉了一个长音，"咱凭本事。"说着他朝自己的人使了个眼色。

"咳咳。"林阿金咳嗽两声，也挥了挥手帕，一个神色精悍的中年人走了出去。

红旗帮里，有高里鬼的好手阴阳怪气："呦呵……熟人啊。"

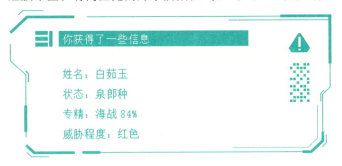

你获得了一些信息

姓名：白茹玉
状态：泉郎种
专精：海战84%
威胁程度：红色

高里鬼、泉郎种是整片南洋仅有的肉身洗炼之术，传说两者本是一种，是三宝太监下西洋时从一次天母过海中得来的，本名为"泉郎海鬼"，是妈祖的护卫。后来时过境迁，泉郎海鬼的炼制之术被拆成两套，一套高里鬼在五旗联盟，一套泉郎种在宝船林氏。如今泉郎种和高里鬼彼此还是有争胜的意味，所以见到林氏泉郎种，红旗帮的人才出言揶揄。

白茹玉瞥了红旗帮那人一眼："不服，你来？""呀呵，兔崽子我等你完事！"红旗帮和宝船林氏两边的人顿时叫骂起来。李阎干咳两声："见笑，见笑。"林阿金温和点头，也没当回事。

朱贵那边还没见人，就听丁零当啷的锁链声音，半天才走出来一个披头散发、皮肤干枯的老妪，手脚都锁着链子，双眼突出，眼里白多黑少。红旗帮这边坐在一帮糙老爷们儿当中的佟依，这老婆子迈步开始就一直盯着她。

白茹玉盯紧这老妪："要我等你把链子解开吗？"

老婆子牙色黑黄："不必。"

查小刀惊鸿一瞥，发觉这老婆子更不简单。

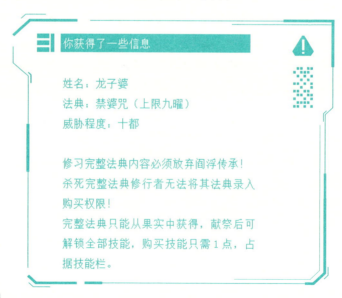

你获得了一些信息

姓名：龙子婆

法典：禁婆咒（上限九曜）

威胁程度：十都

修习完整法典内容必须放弃阎浮传承！
杀死完整法典修行者无法将其法典录入购买权限！
完整法典只能从果实中获得，献祭后可解锁全部技能，购买技能只需1点，占据技能栏。

"哎，哎，"查小刀一杵侄侬这个出身五婆仔血脉的妖女，"什么叫禁婆？"

"刀仔哥好眼力啊。"一身黑纱的侄侬咯咯笑道，"和你们家厌后一个行当，修的巫蛊鬼神之术。凡人欲近鬼神，必遭反噬。这人精血干枯，比起死前还能保持年轻美貌的十夫人自然差得远。不过，"她瞥了一眼白茹玉，"区区武夫，凭借残缺的洗炼肉身之术，恐怕不是这个老婆子的对手。"

赵小乙肩膀靠着黑杆长枪，不爱听这话："我一个武夫，也没洗过肉身，照样跟天保仔对了百十多招。你这么傲，当初怎么一上手就让人折了腕子？"

侄侬喊了一声，唇齿轻动："南洋诸多法门妙器，九成是从天母过海中来。前些日子天母过海，天保龙头和查刀仔是得了哪一门奇遇我不清楚，可绝不是那些泉郎种、高里鬼可以媲美。倒是某些人……天保龙头随便跟你玩玩，还当了真来吹嘘。"

"哼。"赵小乙冷笑两声，也懒得和这女人斗嘴。

"茹玉！""老白！"林阿金的人一声惊呼，有人连忙把昏死过去的白茹玉拖了回来。龙子婆面无表情，看了朱贲一眼，转身往回走。原来两人斗几句嘴的工夫，场上已经分了胜负。

这老婆子的确不简单，能凭空捏出六尺泥人，五色麻衣，鼓肚子，长发，胸脯高耸，说不出的怪异。泥人的指甲、牙齿都有剧毒，白茹玉剁翻了七八个，可身上添了几道伤口，没等再挥几刀就头重脚轻，脸色青紫地栽倒在地上。

"哼哼，姓林的，还有话说吗？"

"才刚开始，别着急。"

章何清了清嗓子："占惠，你来。"

妖贼那边，一个人站了出来，走上锁链甲板。这人二十多，一身黑色绸缎长袍，袖子很宽，看面相是个越南人。此人是妖贼的得意门生，他刚上来，底下就站起一个皮肤黝黑的土人，黑炭似的，两只眼白得分明，脖子上戴着兽牙项链。"这是贡依族的海盗，他们让妖贼灭了族。""就前两年那个海岛土族？"两边的人气氛很沉，眼里都有杀意。

李阁虚着眼观察，无聊地打了个哈欠。诸多海盗，利益、恩怨、算计，光怪陆离的法术交织起来，要打上好久。林阿金、朱贲手下不缺好手，五大头领加上各家海盗，拿出来的军备人手换算成银两，按三十万两一场的话，要打三十多场！而且蔡牵给的甲板不小，腾挪空间大，耍心眼的拖一拖，一场十几分钟到半个多小时都有可能。

看天色，今天未必能打完。

"前十几场是恩怨，等赢的场数有了高低，就该钉人了。谁赢的场多，就得别家钉住对付，不让他赢。"

李阁出神了一会儿，场上已分了胜负。

太平文疏·大明王、太平文疏·青鸾、太平文疏·陷空刀，妖贼手中的太平文疏层出不穷。这位身负血海深仇的土人长矛吹箭用得娴熟，可终还是被一道扭曲的空气刀刃砍中脖子。咚！鲜血横流，人头落地。贡依族的人神色灰败，可也没说什么，收尸之后，蔡氏伙计过来擦拭血迹，撒上香药，没多会儿就打扫干净。海盗们大多面无表情，谁都知道妖贼和岛屿土族的恩怨，况且土人明显也下了死手，那个叫占惠的也是被人搀扶下去的。

何况这种场合，哪有不闹出性命的道理？

厌胜术、高里鬼、五婆仔、太平文疏……这颗果实竟然有这么多稀奇古怪的东西，这次就算建立通道失败，也是丰收吧？李阁有点担心郑秀儿撑不下来。场上都是杀惯了人的，可郑秀儿才六岁，就是坐一下午都不太容易，何况眼下胳膊大腿横飞，一会儿火焰一会儿鬼怪，许多汉子见了也会心智动摇。李阁回头去打量郑秀儿的神色，才发现她歪头看着，比自己还认真几分。偶尔有血腥画面，她也目光直视，睫毛眨动，貌似沉思。女孩沉静之余，俏秀眉眼之间，确有十娘几分神韵。

李阎怔怔看了秀儿一会儿，笑着把眼光挪到场上。

又是两场斗完，五大海盗各赢一场，蔡牵和林阿金多掏了十万两银子。章何手下又上来一位，这人是章何的表弟，会五道太平文疏，评价达到十都，比起那个阎老八来也差不了太多。红旗帮有几场没上了，可查小刀身上还挂着彩，别管要不要紧，反正不好看。其他人，把握不大。

"啊！"李阎瞅了一眼天色，暗地里想，"要不，我试试手？"

"有桩事，我要问一问蔡老板和各位头领。"这时候，有个人忽然高声说道。

蓝旗帮，千钧标。

"有话但说无妨。"蔡牵说道。

"座上坐着这位是我们五旗联盟两任盟主郑一拐和十夫人的遗孤，不是红旗帮的龙头天保仔，不错吧？"

"不错。"章何接口，他大概猜到千钧标要说什么。

"若是红旗帮要争盟主，那和我们蓝旗帮关系不大。可既然争盟主的是我们五旗联盟盟主的女儿，我们蓝旗帮为秀儿姑娘出力，理所应当吧？"

蔡牵没答应，而是去问章何："章何兄弟怎么看？"

章何打量了一下千钧标：面色枯黄，穷酸老渔民的打扮。凡人，武功稀疏，连五旗联盟标志的高里鬼也不是。这样的人，是怎么把蓝旗帮整合起来的？章何犹豫了一会儿，最终还是点头："就依你。"

千钧标眼中精光一露："好！"说罢，他从桌子底下抽出一把血红色鱼叉，先是冲郑秀儿一拱手，紧接着大跨步往台上走。这渔汉握上鱼叉的刹那，整个人的气质陡然一变！

查小刀满脸诧然，千钧标身上的威胁度一下子从浅蓝色变成了深红色，且评价一下子飙升到了十都！

"那把叉子！"李阎、章何、查小刀三人脑海里同时闪过这四个字。

【湄血】

类别：武器
品质：传说
锋锐度：99

特性1：
寇（丧失一部分神志，换取湄洲妖寇的全部专精）

特性2：
灵（以鲜血为引，可施展湄洲妖寇的全部技能）

特性3：
掠（杀死敌人可增长持有者的气力和体质，仅在持有本武器时可获得加持）

特性4：
？？？

备注：
妈祖平定湄洲妖寇时遗落之物，早先被渔民丢入大海，在一次天母过海中被千钧标捡起。

章何虽然看不出名堂，脸上依旧有明显的觊觎之色，但考虑到场合不合适，也就作罢。他眼角一瞥，正瞧见红旗帮的那个查刀仔冲着圆桌的方向龇牙咧嘴，嘴噘得老高。

“弄他，卸磨杀驴，东西是咱的！”

“我考虑考虑。”

“传说级别的兵器，我来阎浮两年了，这是第一次看到！”

“你会用叉子吗？”

“不会咱可以卖啊！溜达到你眼前的鸭子你都不吃？”

查小刀有些按捺不住，这个千钧标没头没脑撞进来，又和红旗帮没甚牵连，却怀揣重宝，难怪查小刀心动。李阎耐心回应：“千钧标现在站出来是为我们摇旗助威，杀鸡取卵的事我们不能做。一个没什么根脚的小渔民都能捞到传说级别的兵器，如果我们能在南洋站稳脚跟，回报只会更加丰厚。信我就留他。”

“那好吧。”李阎话说到这个份上，查小刀只得作罢。

千钧标深吸了一口气，有无尽气力从手上的妖叉涌入身躯。可不知道怎么的，脖颈一阵阵发凉。他手中湄血一竖，在空中斩出道道血花。那妖贼海盗衣裤鼓动，阵阵黑气缭绕，煞气凛然。

轰隆！天上乌云氤氲良久，终于劈下第一道蓝紫色电光！狂风暴雨随之而来。

章何的人普遍精瘦，这个章何的表弟也不例外。他迎向千钧标，雷光下脸一片苍白，活似幽灵。千钧标手中鱼叉挥舞，道道血花爆裂，好几次从对方的鼻子、大腿、肋骨划过，泛滥的血点在叉子上涌动，璀璨夺目。

【灵·血琥珀（妖寇技能）】

出手时湄血鱼叉会往外飞溅血点，命中敌人可造成固定伤害。

鱼叉下险象环生的妖贼海盗腰身一拧，从他身后竟又跃出个一模一样的黄皮纸人影，手持符纸刀朝千钧标头脸劈去！后面的妖贼本体趁势横挥，两把刀一上一下朝千钧标劈过来。

　　此刻的千钧标红色眼珠、黑色竖瞳，看上去根本不是人样，招式腾挪间诡毒阴狠，甚至有些动作完全违反关节结构。好比此刻，钢刀上下袭来，千钧标先是抬胳膊扬鱼叉，托住上劈钢刀，紧跟着整只手螺旋桨似的平直旋转，打偏了两面夹击的钢刀！

　　千钧标手臂上青筋暴起，借势进步，反而趁势戳穿了应还替身的脖子！

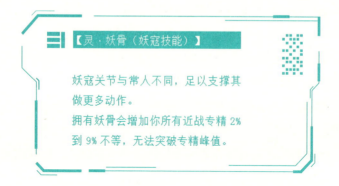

【灵·妖骨（妖寇技能）】

妖寇关节与常人不同，足以支撑其做更多动作。
拥有妖骨会增加你所有近战专精2%到9%不等，无法突破专精峰值。

　　手感滑腻。千钧标神色狠厉，眉毛忽然一拧，空气抽动，千钧标歪头闪过，他脑后的青黑海面上可巧跳起一条海鱼，不知怎么从中被劈成两半，伤口平整光滑，颤巍巍的内脏清晰可见。

两人互不相让，都使出了自己的拿手绝活。

太平文疏层出不穷的瑰丽法术在这个章何表弟的手下显示得淋漓尽致，而千钧标丝毫不落下风，甚至……隐隐压了对手一头！

章何在座首瞧着，心中杀气越来越盛。几乎每次天母过海，南洋的局势都会发生剧烈变动——有老人下马，有新人出头。章何自己就是最好的例子，他的太平文疏就是一次天母过海的收获。眼前这个蓝旗帮千钧标崭露头角不久，却好像当初的自己。

李阎抱着臂膀，惊鸿一瞥给出大段信息。

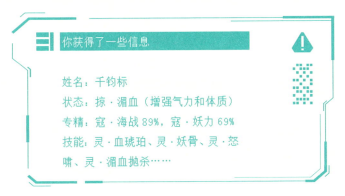

你获得了一些信息

姓名：千钧标
状态：掠·湄血（增强气力和体质）
专精：寇·海战 89%，寇·妖力 69%
技能：灵·血琥珀、灵·妖骨、灵·怒啸、灵·湄血抛杀……

两个范畴极广的专精，数量已经接近两位数的专属技能，哪怕一个普通人，也能得到立竿见影的强大实力。不过看得出来，由于被湄洲妖寇占据了部分神志，加上身体不适应，千钧标多少有点生涩，一些换招显得莽撞。这 89% 海战专精，有水分。

李阎手里稀有级别的异物也有两三件，都有极高的使用价值，可比起这把湄血，的确是云泥之别。眼见这把血红鱼叉的威势，李阎又想起了自己手里那件可以让任意兵器脱胎换骨的眦睚之泥。

比起叉子，还是自幼苦练的大枪汉剑让他觉得更加亲切。

"够了！"章何忽然开口。

甲板上激战正酣，黑烟和血光犬牙交错，根本看不见两人的影子，只有阵阵让人齿酸的呼啸。好一会儿两人都没停，章何眯了眯眼睛，嘴唇翕动。李阎斜眼瞥他，侧立在蔡牵身后的阎阿九也抬起了头。大概仅过了十个呼吸，浓郁的黑烟从章何背后喷薄而出，团成一颗丈余的黑色龙头，张牙舞爪扑击到两人之间！千钧标双眼发红，一叉子逼退对面妖贼，脑袋发热，举手架住了黑色龙头。章何五指收缩，黑色龙头的鳞角犹如实质，阴沉沉似有天威。千钧标指节发白，小臂颤抖，黑色竖瞳不住收缩，眼珠的血色一点点褪去。蓦地，他后脖领子一沉，整个人被拉着往后飞退。黑色龙头吃空力，眼看砸在甲板上，被一只白嫩的拳头攥住朝船外一扔，没等黑色龙头撞到什么，章何一挥手，黑色龙头轰然而散。

千钧标冷汗透了一身，面前的阎阿九捂着手腕，淡漠看着章何。

"没事吧？"后面那人拍了拍他的肩膀。千钧标一偏头，后面站着的是红旗帮的龙头，天保仔。

"多谢龙头援手。"千钧标一拱手。

"没事就好。"李阎笑眯眯地拍了拍他的肩膀，语气和蔼。

蔡牵一扣茶盅："章何兄弟这是什么意思？"

章何用眼神示意自己的人回去，慢条斯理地说："这场我们认输了。"

那千钧标挥舞起鱼叉，杀气盈舟好似疯魔，再打下去只会两败俱伤。自己这位表弟在术数上天分很高，且和自己从小亲厚，没必要为一场比斗损伤性命。一念至此，章何端了一杯茶漱了漱口，又道："天保仔，我听说你自打上次天母过海回来以后便脱胎换骨啊，不如与我指教一二？"

"这个嘛——"李阎拉了个长音，一口潋滟如同秋水的环龙宝剑横过胸口，"既然你开口求我指教，我就勉为其难。"

章何脸上抽动了一下，上半身一直，站了起来。

不料阎阿九面向妖贼，拦在了两人之间，和章何四目相对。

李阎见状哈哈大笑："那就你俩先，我再看会儿。"

"章都护，我想先和天保头领切磋一二，冒失之处，还望海涵。"

章何转头去看蔡牵脸色，看他在一旁转着戒指不说话，勾起嘴角笑了一声："好，依你。"

阎阿九闻言转身，眼边的泪痣分明，辫子随海风摆荡，修身的蓝色长袖武服上绣着牡丹。

李阎有些丧气地摊了摊手，后退几步到了空旷甲板上，一身暗红色皮革肃立，环龙剑尖下垂，脸色平静。"指教倒是没问题，可我不太明白，阿九姑娘，为什么指名点姓要找我呢？"

"我两位哥哥都伤在你红旗帮的人手下，我想为我两位哥哥出口恶气，不知道这个理由，天保龙头满意吗？"阎阿九声音听上去很舒服。

"说得过去。"李阎瞥了一眼蔡牵，皮笑肉不笑。

"九妹，接着。"戴着瓜皮帽子的阎老大扔给阎阿九一把剑具，黑檀木镀银鞘，抽出剑来长四尺，脊有一指宽。

"剑名火精，请赐教。"这女人语气平淡。

"环龙，来吧。"李阎话不多。

铛！李阎眨了眨眼，他话音刚落，那把火精差点戳进自己喉咙，被他一个反握横臂，惊险地格挡住了。

对方拥有反制类技能，
你的惊鸿一瞥无法查看具体细节。

第三章
枪剑七大讦！

阎阿九抽剑返刺，李阎绝不是吃亏的性格，立马脚步旋拧、手肘弯曲，身子左右摆荡，接连让过火精戳刺，剑柄朝前一送。不算其他，但说剑术，李阎开始就动了真力。

这一连串的动作让人目不暇接，身法、剑术配合之精妙，引得众海盗连连惊叹，蔡牵、章何也面露惊色。一个人可能因为种种法门和神兵妙器而脱胎换骨，可一招一式间的老辣，非下水磨功夫不可。

"天保仔早就练得一手精妙剑术，这些年居然深藏不露，难怪厌姑放心地把红旗帮交给他打理。"妖贼章何面色复杂，不知道回忆起了什么。

环龙的雪亮剑刃划破阎阿九绑头发的绳子，阎阿九泼水般的长发倾泻下来。叮——叮——铛——两人脚步腾挪，甲板上咚咚咚的踏地声音不停。黑发飘飞，遮住女人半张脸来，只露出女人的雪白下巴，以及若有若无朝上一勾的嫣红嘴唇。蓦地，血光迸溅！李阎噔噔噔飞退，皮革甲被轻易穿破，腰间被火精划破了一个口子，血止不住地往下流。

查小刀一偏头，连烟都忘了点，他不是没想过李阎上来会吃亏，可让他惊讶的是，李阎似乎是单纯在剑术造诣上被人压了一头。

李阎皱着眉头，这女人戳刺速度之快已经骇人听闻，不料她剑术之中，扫劈才是画龙点睛之笔。刚才两人短暂交锋，环龙和火精碰撞十余次，就在李阎觉得自己摸透对手路数的时候，阎阿九一记扫剑破局，差点把李阎拦腰斩成两截，幸亏李阎反应快，加上如今的他各种加持在身，比起普通人来也算皮糙肉厚，这才没吃太大的亏。

这女人和其他阎姓伙计并列，八成也是火鼎属种。可一交手，阎阿九却显露出一手精妙无比的扎实剑术，不论其他，单这手剑术，专精也在90%以上了。

"原来红旗帮龙头，这么多年，还藏了一手武当斗剑。"

"呵呵，练剑这么多年，我还真没见过这样的剑招路数，阿九姑娘师承何处啊？"阎阿九黑发飞舞，不知道是不是李阎的错觉，阎阿九脸颊的泪痣朝下偏了一点。

她淡淡地说："当日大屿山上龙头窥伺之时，我便知道龙头一双眼有晓动天机的神异。既然龙头这么想知道，自己看便是了。"阎阿九说罢，左手抓住自己的头发拧成一束，咬进嘴巴，两道细长眉毛倒竖如剑，主动冲向李阎。李阎吹了声口哨，右进步朝前，环龙自阎阿九头脸劈落。当！一长一短两把剑刃撞击在一起。

两把利器交织，环龙剑开合猛狠，火精剑阴绵迅猛。阎阿九偶尔一记扫砍如同羚羊挂角，妙手天成，李阎用五六个回合建立起来的优势，立马被这一剑扳回局势，甚至吃些小亏。

惊鸿一瞥这次居然给出了具体信息，显然，阎阿九部分放开了反制技能。

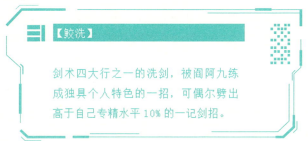

【鲛洗】

剑术四大行之一的洗剑，被阎阿九练成独具个人特色的一招，可偶尔劈出高于自己专精水平10%的一记剑招。

妙啊！李阎心中不惊反喜。只要权限额度足够，这次阎浮事件的奖励之中又多了一件自己志在必得的好东西。顺带一提，按照惊鸿一瞥对兵器招式的划分，虎挑应属枪术三大行中的"拿"，燕穿帘是"扎"的一种，赵小乙的飞鲤三式则是三大行当中的"拦"。

当！环龙和火精再次碰撞，情势焦灼凶险，两人四目相对，眼中全是专注。

"阿九姑娘的洗剑的确有些妙处。"李阁嘴角一挑，"巧的是，斗剑母架也精在一个'洗'字，同样重视劈扫！"李阁话罢，双臂架开阁阿九，接着转身盖步，手把往前挪了一寸，劲道贯透环龙剑刃，切按火精剑背，引得阁阿九不得不接连后跳，最后穿剑猛跃，跳步横斩汉剑！

那一刻，李阁脑中灵光一透，好像抓住了什么剑术契机。环龙擦着火精剑逼近阁阿九中门，躲闪已是来不及，对攻也没有资本，剑刃刺破女人胸口已成定势。

好个阁阿九，眼看生死之机，干脆翻手弃剑，扭腰擦着环龙直逼李阁，脚下绣花鞋顶着李阁黑色布鞋，两人离得非常之近，胸口都要撞在一起。

这两人对攻惊险，话也多，顺着海风，只言片语传到场外，大伙儿听了稀碎，却解读出一些别样意味：

女："原来红旗帮龙头……"

男："呵呵……我还真没见过……阿九姑娘……"

女："当日大屿山上龙头窥伺之时，我便知道……既然龙头这么想……自己看……"

海盗们面面相觑：这两人话头不像厮杀啊，可怎么手底下这么狠？查小刀当日被叫魂鱼弄聋了耳朵，现在也没好利索，数他听得最不清楚。他眼睁睁看着甲板上两人胸口贴得紧，嘴里这通龇牙花子：我打架也就唱个小曲儿，就这四更我都没敢唱！再看这位，倒是不唱曲了，一边打架一边撩姑娘，丹娘前脚可刚走啊！

两人斗至凶险！女人胳膊往后接住火精，手掌前后剪腕，那火精似有灵性，从女人肋下似毒蛇吐信，以一个刁钻的角度戳向李阎腰眼。李阎一脚踹在女人小腹，也踹歪了火精来势，阎阿九趁势翻滚退去，最终硬吃了李阎一脚，避免了被汉剑穿破胸口。可火精脱手，被李阎扣飞了！

嗤！火精剑飞过章何的太阳穴，插在一根桅杆上。女人失了兵器，神色却没有任何懊丧，她半跪在地上，缓缓站立，脸上的泪痣不知道何时已经到了下巴，然后，缓缓滴落！

啪嗒！泪水打湿甲板，李阎头皮忽然一阵发麻！噌！一双秀丽又锋利的眼睛逼近李阎鼻尖，阎阿九的拳头携着层层蔚蓝色光华，带着凶狠势头砸向李阎的脸！砰！李阎身子倒折出去，用来格挡的环龙剑背上有碎片崩飞！咚！咚！李阎连翻三四个跟头，后脑撞在舱门上，整个人撞进了黑洞洞的舱室！

阎阿九咬紧头发，干净的脸上双瞳湛然，如神如魔："天保龙头，如果还有下次，有什么招数趁早用出来。想着留手，可能就没机会了。"

火鼎属种·泪鲛

"啥？！"查小刀惊得站了起来，场上群盗一片哗然。

烟尘之中，布鞋踩出舱室，一杆白金匹练猛雷似的飞戳而来，阎阿九全无畏惧，一双肉拳汇聚出的层层光华砸向虎头吞刃。当啷！嘭！蓝色光华碎尽，飞掷的大枪也被锤落在地！碎开的蓝色光点之后，是一张消瘦的脸。

李阎双目冷色正浓。他两手空空，膝盖两相交撞进阎阿九脚后空门，扣大步拧身左身捶拳，正轰在阎阿九的后脑！阎阿九眼前一黑，趔趄朝前，李阎后脚跟带住阎阿九脚腕，朝前一扯，趁着阎阿九摔倒，毫无惜玉之情，右脚支撑翻身飞脚，左脚跟磕向阎阿九的眼珠子！这是拥有环龙、虎头大枪之后，李阁少有显露的李氏八卦掌。

忽然，桅杆上的火精剑噌地倒转，刺向李阁。李阁被迫收脚，弯腰让过飞剑，一抄手捡起地上的虎头大枪，滚地摆荡枪杆，打向阎阿九的双腿。阎阿九就地几个翻滚，接住火精，后脑有血流进脖领子。李阁手持大枪，一边眼眶青紫。两人的脸色都十分难看。

两人对峙半天，李阁率先收了枪，悠悠地说："留点力气后面用吧，咱俩要动真格的，坏也是坏你蔡氏天舶司的船，算平手如何？"

李阁没准备把胜负放在一场两场的比拼上，他知道蔡牵也一样。可惜自己的环龙剑裂了一块，这次阎浮事件是指望不上了。"他娘的，吃亏了。"李阁心里骂了一句。

阎阿九没说话，回头怒视着蔡氏、阎老二。蔡牵的话悠悠传来："阿九没有凭空御剑的本事，火精剑飞过去是我家阎老二的手笔。她二哥一时情急拉了偏架，希望天保龙头不要生气。这场，红旗帮赢了。"

五家当中，红旗帮三场领先。

气氛安静了一小会儿，蔡牵等其他几家海盗各赢了一场，可算上千钧标，红旗帮已赢了三场，这让一些人的神色起了微妙变化。

"天保龙头，赢三场要出六十万两，你红旗帮的人手算成的工钱，怕是不够了。"蔡氏天舶司的一位账房先生扶了扶眼镜，开口说道。

李阁不假思索："大屿山出八十米双桅广船十艘，每艘广船带火炮十五门、火铳一百、弓弩五十，折成银两先压在盘子里，用完再说。"

那群账房把算盘打得噼啪作响，笔走龙蛇记在纸上，写下"一百二十万两"的字样。

妖贼这时候开口："下一场我，哪位兄弟想来赐教？"李阎打过一场，他也就没再提让李阎和自己打的话。

妖贼声名在外，章何说要打，一时间竟也没人说话。因为不限制上场次数，上驷对下驷的战术收效甚微，白白搭银子进去。

好一会儿，章何轻笑一声："怎么，难不成，我是不战而——"

"等我敷完这块冰如何？"李阎眼眶上贴着冰袋，开口打断了章何。他话音刚落，不料蔡牵手下的阎老大却站了出来。老头子摘下瓜皮帽子，头顶一点火苗乱抖："久闻安南妖贼大名，老朽不才，想请教一二，还望章都护手下留情。"

章何语气依旧傲慢，可神色极为认真："哪里。旁人不知道，我却是知道蔡家有几个深藏不露的老怪物的。"

李阎眯了眯眼睛，有些摸不清蔡牵的打算。这位首富，头铁得可以。眼下红旗帮三战三胜，六十万两银子没有一点浪费；可蔡牵同样打了三场，只赢了一场，已经扔了四十万两银子进去。蔡牵到目前为止的应战都是不占便宜的愣头青打法，无论是阎阿九对李阎还是阎老大对章何，阎姓伙计前后几场打的都是硬仗。不能说蔡牵的人一定没有胜算，但这绝非精打细算的生意人做法，只会白白便宜了林阿金和朱贵，让他们能够保存实力。李阎和查小刀对视一眼，选择静观其变。

阎老大不出意料，也是火鼎属种，名字是车鼓烛。

李阎和阎阿九两人斗的是兵器，是猛烈的近战厮杀，加上留了几分力气，内行看着凶险，外行却看不出多少热闹；只是最后几招两人动了真火，才露出几分獠牙来。这二人则不然，阎老大和章何斗法激烈，剧烈高温烧得海上雾气蒸腾，法术你来我往，光焰黑烟明灭不定，就是几里外也看得清楚。哪怕是个小孩，也瞧得出这两人的厉害。

阎老大一身火焰业艺惊人，章何的太平文疏更是让在场的人大开眼界。除却之前李阎见过的青鸾、大明王、饮风浴火咒、陷空刀、应还替身，还有独独章何才会的龙头画戏、王灵斋、伽蓝帖、搬山、小乾坤术、符傀、真武持兵。考虑到许多法术不适合单打独斗，章何实际会的法术还要再多一些。

值得一提的是，两人的实力评价惊鸿一瞥都看不出。不出意外的话，这两位都有九曜的水准。

查小刀看了一会儿，通过队友契约向李阎说："要是突然乱战，阎阿九交给我，这俩，你得挑一个。"

李阎扑哧一乐："你倒瞧得起我。你别小看了阎阿九，我老觉得这妞的实力还在这阎老大之上。"

"我的火工刀工，对阎老大这样的玩火行家没用，对上章何我又没把握，你以为我想啊？"

章何和阎老大激战正酣，一时间看不出胜负。可惜天上乌云笼罩，没多久下起暴雨，原本阎老大脚下数十道火蛇纵横，结果被大雨浇灭，一身妖力去了大半，惜败章何。阎老大一拱手，看不出颓丧之色："章都护的太平文疏，果然名不虚传。"

李阎心中暗想："阎老大虽然输在雨上，但是打到最后，赢的应该还是章何。"

"嘶——"白烟弥漫里，章何抖了抖袖子，四周甲板多有碳化及刀砍斧剁的痕迹。"蔡老板，天舶司的船，很结实嘛。"章何打趣了一句。两人斗得天昏地暗，天舶司虽然用锁链连接，禁得住骑兵践踏，可这般光焰折腾下来，只有外表的一些磨损，也配得上他一句夸赞了。

"天舶司是我家世代相传，我既然拿出来给各位当作比斗场所，自然还是有些把握。"蔡牵回头嘱咐账房，"添十万两的炮弹、甲胄、粮食供给。"

章何也跟了一句："二十万两，四艘安南三帆闸船差不多吧？"

眼看红旗帮和妖贼都领先了自己，林阿金和朱贲有些着急，派上的人手实力强横了许多。

从这一刻开始，几方人开始了你方唱罢我登场的乱战。

红旗帮领先，旁人盯得死，李阎也不再先开口，而是想后手派人捡便宜。结果被妖贼和朱贲的人盯着抢了两次，人家提出可以先和红旗帮打，李阎也就没再争抢。

朱贲也有十都的水平。他下场一次，赢了一名章何的弟子；他的手下龙子婆也赢下一个小头领派出的精锐，加在一起赢了三场。

账房打完算盘，高声道："义豕出火铳一千条、五十米闸船十五条，作价四十万两。"

这时节，暴雨也下得差不多了，西边露出残红落日。李阎旁观一会儿，又鼓动查小刀上场。没想到头铁的蔡牵又和李阎杠上了！他派出阎老四对查小刀。镇海蝾螈与查小刀斗得不可开交，这两位都算皮糙肉厚，彼此厮杀了几盏茶的时间。

可能是蔡牵输得多了，阎老四这次上场分外卖力，简直和查小刀有不共戴天之仇，好几刀被削出骨头，依旧是以伤换伤的惨烈打法。

最终两人以平手收场。查小刀留了个心眼，自己有食技傍身，一道油爆双脆下来，连做带吃的工夫加在一起，半个多钟头就能恢复八成实力，还能再上；可阎老四没这个本事。

李阎眼看几家顶尖好手上了个遍，考虑了一下，又决定派薛霸试手。不料章何这时也钉住了自己，让那位和千钧标厮杀过的表弟上场。两家仇怨极深，这一场斗得也惨烈，薛霸锤子砸烂了对手一只肩膀，自己却被削断了一只耳朵。李阎和章何急忙叫停，这场依旧以平手收场。因为没有胜场，故而各出十万两。

"天舶司出退役英格兰瓦斯科战舰一艘、水手两百，作价十万两。"

"妖贼章何出白巾水兵七千，作价十万两。"

最让人意想不到的是宝船王后来居上，几名泉郎种的林姓弟兄穿插着上场，先后杀败了红旗帮一名高里鬼、义豕海盗一个黄种土人、妖贼一个弟子，莫名其妙地竟然四场领先了。林阿金咳嗽几句，满脸病容地一笑："我看天保龙头的办法不错，赢一场一算，太麻烦。我林氏出百米福船五艘、精熟水手一千五百人，算成银子折进盘子里，扣完再说。"

账房们忙碌了一阵，最后宣布："宝船林氏独有的百米福船五艘、精湛水手一千五百名，共作价一百六十万两。"

几名账房一笔一笔记得分明，盘中资产，不知不觉间已经是一支极为可怕的海上力量。

不知不觉，天已大黑。此时宝船王胜四场，义豕胜三场，红旗帮胜三场，妖贼胜三场，天舶司胜两场。盘子里的军备折算银两，已经达到了四百五十万两！

李阁这才开口："侄侬，你上。"

侄侬的五婆仔邪术诡异，就是对上一些实力比她强的对手也有胜算。侄侬自信一笑，这时节也没什么棘手的对手。她迤迤然走到甲板上，白嫩手臂弯曲，弯腰朝李阁施了一礼，再抬起头，对面站着的竟然是妖贼章何！

侄侬脸色一白。

其实章何的状态并不好，和阁老大的比斗牵扯了他太多精力。尽管这个男人眼里布满血丝，可他瞥了侄侬一眼，依旧让女人遍体生寒。

李阁皱眉说道："姓章的，有点儿不要脸了吧？"

章何冷冷说:"你我两家的仇怨由来已久,当年十夫人为了逼我现身,剜了我养父一家满门,我有和你们红旗帮讲道义的必要吗?"章何说到一半,兀地捂住心脏,嘴角溢出一丝血来。他不惊反怒,双眼瞪向佟侬。佟侬受了章何反噬,脑子里好像万道惊雷炸开,双眼泛白,浑身颤抖,汗出如浆。李阁身若惊鸿拉开了她,空气中传来阵阵齿酸的撕裂声,妖贼的王灵斋打了一个空。

"罢了,这场红旗帮认输。"李阁朗声说道。章何抹干净嘴角鲜血,回到座位。

这时候,场上出现了一次难得的沉默。这种混战比斗,后开口的合算。换句话说,只要脸皮厚,不主动开口,只后手挑人,就能占很大便宜。不过几家胸中各有丘壑,还是把脸面看得很重,所以打到现在,也只有朱贲坚决贯彻这个战术。

"我说,"林阿金开口,"姓朱的,我可数着呢。你基本上没先派人上过场吧?好歹也是一方豪杰,要点脸。你这模样,让你当了盟主,你能服众?"

蔡牵、李阁、郑秀儿、章何的眼光,也都盯在了朱贲身上。

"咳咳。"朱贲脸上红一阵,白一阵,"龙子婆,你上!"

他手下其他人没赢过,自己又心虚,只能把希望放在这个已经赢了两次的龙子婆身上。戴着脚镣的老婆子再次上场,蔡牵伙计抢先一步,上的是阎老二。对,就是插手李阁和阎阿九厮斗、有飞剑之能的那个阎老二。

这一次,龙子婆输了。她的诡异泥人被阎老二的飞剑斩了个干净,脸色颓然地退场。

蔡牵追平,胜三场。

章何开口:"阮平,你上。"几乎是章何派人的瞬间,李阁端着一口虎头大枪,也跳上了场。"呸!"李阁一脸匪气地朝地上吐了一口唾沫,"来来来!打!"没等这个叫阮平的海盗施法,李阁的虎头大枪狂风骤雨一般，十余个回合就把阮平打飞下海。章何的人被蔡牵伙计打捞上来时四肢软绵绵的，骨头都碎成了几节。章何脸色不善地盯着李阁，李阁瞪了回去，一指甲板，冲章何勾了勾手指。

红旗帮和妖贼动了火气，彼此较上了劲。

章何脸皮抽动了几下，眼皮一低，端起茶来没理李阁，大氅下黑烟滚动氤氲。默然一会儿，忽然呵呵一笑："齐师，劳烦你了。"

李阁一皱眉，这位妖贼嘴里的齐师全名齐道济，本是个游方道士，章何当初认不全太平文疏的字，多仰仗和他交流，故而尊称其为"齐师"。在妖贼中，这人名列二当家，可以说是章何的底牌了。

可没等李阁开口，蔡牵居然插了一嘴："阿九，和这位齐先生较量一二。"

章何眉毛一立，死死瞪住蔡牵："姓蔡的，你两头得罪，到底什么意思？"

蔡牵风轻云淡，恍若不知："大家争盟主，各凭本事，哪有什么得罪不得罪的呢？"

阎阿九上场，和妖贼二当家对视一眼。

一番激烈争斗，阎阿九最终斗败了妖贼的二当家，自己也折了一只胳膊，蔡牵又拿下一场。场上除了朱贵只赢三场，其他的都是四场。

阎老大、阎阿九、章何、李阁、查小刀等第一梯队上场几次后，精力耗费不轻，各家开始派一些实力较差的中坚上场，场面也没一开始那么夸张了。眼看五旗、妖贼、天舶司几大海盗精锐尽出，场上各家头领也手痒：刚才神仙打架，我们参与不进去，现在都打到这个份上，几家人的银两也出了大半，该我们上场了吧？

局面更加白热化了。

红旗帮和妖贼是世仇，此刻针尖对麦芒，你上场我就钉你，反之也一样；偏偏蔡牵又插了一手。这姓蔡的有意思，不求打赢，只求打平，而且红旗帮多赢一场，他就帮着章何打红旗帮，章何的人多赢一场，他就帮红旗帮打章何。三方陷入了拉锯战，反倒是把实力较弱的朱贲和林阿金两方给冷落了。

凌晨时分，算上吃其他小头领的场次，五边大海盗都赢了八场，盘子里的银两达到了骇人听闻的一千二百万两！

明面上五家赢的场次一样，实则不然。因为算上打平的场数，蔡牵、章何、李阎三方上场的次数加起来几乎是林阿金和朱贲的两倍！不用算也知道，蔡牵、李阎、章何三个人，没钱了。

蔡牵这混账愣是熬干了自己的银两，还把五旗和妖贼的船备军火也给熬空了！

"红旗帮大屿山出广东老闸船七艘、火炮一百门，作价八十万两。"李阎抱着臂膀，瞪着蔡牵。

"安南妖贼出小型船厂两座，作价八十万两。"章何拳头捏得咯咯作响，好像要把蔡牵生吞活剥。

账房们算了半天，小跑到圆桌前头："老板、章都护、天保龙头，你们三位的盘上都还剩下二十万两，还有要抵押的吗？"

没人说话。

"两位，快没钱了？"蔡牵一摊手，"巧了！我也快没了。"

章何开口："姓蔡的，你到底什么意思？"

蔡牵硬生生把李阎和妖贼拖住。此刻，三方把底都压到了生死线上，榨出的银两最多也就够再打一场。反观朱贲和林阿金，此刻咬咬牙凑出七八十万两，完全可以接受。如果有其他小股海盗头领进盘，完全可以靠吃他们的场次接着赢下去。

可以说这个时候，三方都已出局。海盗盟主，不是林阿金，就是朱贲。

"这种事，不到最后一刻，谁知道输赢呢？"蔡牵笑眯眯的。

第四章
混乱

赵小乙黑杆长枪抖擞，阵阵涡流卷飞了对手双刀，枪尖贴着那人喉咙，有血丝滴落。

"我认输。"对手脸色灰败。赵小乙收了枪杆，扛在肩膀上往回走。

红旗帮最后的二十万两上的是赵小乙，对手是原来黑旗帮的二当家、趁郭婆出事自立门户的安千禄。

场下，安千禄脸色难看。他怨毒地望了一眼赵小乙，可也说不出话来。无论内里如何钩心斗角，五旗自成一体，赵小乙有资格为五旗出战。"现在先放你一马，等到和红毛子真打起来的时候……哼哼。"安千禄心里发狠。

之后，蔡牵赢了白底帮的一位好手，章何把牛尾帮的少当家打败，三家的钱都用干净了。

账房把墨迹淋漓的宣纸摆好，朗声说道："五旗联盟胜九场，平五场，负七场，共计三百万两；安南章何胜九场，平五场，负七场，共计三百万两；蔡氏天舶司胜九场，平九场，负六场，共计三百三十万两；宝船王林氏胜八场，负四场，共计二百万两；义豸朱贲胜八场，负四场，共计二百万两。"

李阎手里有红旗帮的军火大权，算上蓝旗帮的一部分船只人手，也只凑了这些。章何也几乎榨干了手中的军备钱粮。

蔡牵咳嗽两声："你瞧这事弄得……那咱仨，再加点？"

"不必了，且看朱、林二家吧。蔡老板要是手头富裕，也可以再加，只是得要军备才行，白银、绸缎、田地这些可算不到里头去。"章何皮笑肉不笑。

安南国王死在英国人手里后，安南分裂成好几块，章何的损失也不小，三百万两已经是他的极限。二十万两白银可不是一个小数目。一家大海盗金库里的流动银两，也就二十万。让章何再拿几艘大船、几十门火炮去凑二十万两来，是万万做不到了。不客气地说，妖贼海盗这次盟主之争，是真到头了。

章何倒不恼李阊。两家仇深，现在的局面早在预料之内。可没有蔡牵从中作梗，盟主之位章何绝对有一争之力。何况能把章何的火船、人手算计得这么精准，红旗帮可做不到，只有制定规则又和所有海盗合作多年的蔡氏天舶司才能做到。这次的事，蔡牵算是把章何得罪狠了。

蔡牵眨了眨眼回答："二位要是不加，我暂时也没这个心思。"

李阊也摇头："先不加了。"

李、蔡、章三家和义豕、宝船王两家的军备消耗差距已经拉开，再玩命赌注，局势也不会改变。蔡牵的算盘是什么，李阊也在期待。他打了个哈欠，弯腰冲郑秀儿耳语了两句，转身离开圆桌。

"天保龙头哪里去？"阊阿九问。

"撒尿。"李阊回应一声，路过红旗帮围坐的桌椅时，冲几名头领低语道，"叫人回船，把徐老头带来，招呼我已经打过，他知道怎么做。"

蔡牵眼见有红旗帮海盗偷摸离开，也没在意，把头一偏，望向甲板。

各家浑水摸鱼的小头领也上了一个大概，算计着这次自己赢了几场，能在未来的大海盗联盟当中捞到一个什么样的职位，几家欢喜几家愁。而此刻还能比斗的海盗势力便是林、朱两家了。两边大海盗都只赢了八场，比李、蔡、章还少一场，可是他们手里的军备，足够他们再赢个三四场。

"哈哈哈！"朱贲哈哈大笑，"想不到啊，老林！笑到最后的竟然是咱们两个。如何，你还能拿出赢几场的银子来？"

"咳咳，咳咳！"林阿金咳嗽两声，好一会儿才顺过气来，漠然望向朱贲，"我能赢几场，不重要，重要的是，朱老大你，往后一场也赢不到了。"

朱贲闻言冷哼："那得看你的本事。铁河兄弟，你上。"他身后站出一个持九环大刀的汉子来，胸口文骷髅头，他站上甲板一拍胸脯："谁和我打？"

林阿金身后，一个头脸都被斗笠遮住的汉子走了出来。这人一身精悍短打，小臂肌肉虬结。他摘下斗笠，旁人才发现这汉子头发眉毛都白了，胡子团起，威严如雄狮。

"宝船林氏，泉郎海鬼，敖兴，请赐教。"

场上一阵喧哗。

"泉郎海鬼？炼法不是失传了吗？""五旗的高里鬼，宝船林氏的泉郎种，两家秘法合在一处，才能炼出泉郎海鬼啊。""传说中的天母近卫？"

五大海盗势力，底蕴各有深浅。蔡氏手下，有挂名阎姓伙计的火鼎属种；章何武勇，一人就拿下四个胜场，手下门徒实力过硬。李阎苦心经营，自身、查小刀不提，侄侬、赵小乙、千钧标也都有一时之勇；就连朱贲，也有一个修炼有成的龙子婆做帮手。唯独宝船王林阿金，稀里糊涂打到现在，也没有太出风头的人物站出来。这一刻，林阿金终于发力。

那汉子心里知道厉害，脚下一蹬，大刀砍向敖兴的头颅。叮！几十斤的厚背砍刀斩在敖兴的眼皮上，敖兴纹丝不动。众人见状，连连倒抽冷气：这还是人吗？

"该我了吧？"敖兴伸手握住砍刀，稍微用力，那精铁兵器就被拧成一团褶皱的废铁。

朱贲手下的铁河兄弟圆睁着眼睛，简直不敢相信自己的眼睛，他正发蒙，敖兴一巴掌拍过来，满口带血，牙齿打着转飞了出去，铁河瘫软在地。

敖兴的额头有一道血印，他一回头，朝朱贵拱手："朱老大，还请再派人来。"

已没军备上场的章何闻言冷哼一声。泉郎海鬼一出场，这手搓铁成泥的确惊人，可他眼光毒辣，这大汉水平是一流，但绝非顶尖，也就和阎老六、天保仔那个叫刀仔的弟兄相仿，比起自己以及阎老大来都要差上一些。要不是自己没钱上场，哪有这个叫敖兴的出风头的余地？

义豸朱贵手下人员驳杂，可真正的高手并不多。随着敖兴上场，原本野心勃勃的朱贵被一盆冷水从头浇下。一连三场，敖兴一人便把朱贵手下三名海盗杀败，这才精疲力竭地退场。

林阿金，胜十一场，遥遥领先。

朱贵脸色难看，冲着众人大喊："我……再出一百条丈半帆船，折成二十万两银子，谁和我打？"可此刻，已经没有人乐意再上场比斗了。

朱贵，胜八场，场次垫底。

"看来……胜负已分啊。"蔡牵慨叹一声，迤迤然站起来，"诸位，宝船林氏胜场最多，按照咱们之前说好的规矩，林阿金便是这次天舶司大会决出的盟主了。"

群盗左右环顾：亲近宝船林氏的海盗头目神色兴奋；朱贵阴着脸；章何冷笑出满口白牙，不知道打什么算盘；郑秀儿若有所思；李阎去尿尿，还没回来。

"且慢。"说话的竟然是林阿金，所有海盗都把目光集中到了这个身形瘦弱的中年儒生身上，"我这身子骨弱，受不得战火颠簸，可当盟主的，哪有不能坐镇前线的道理？"众人闻言眉头一皱，林阿金好像早就做好了准备，脸色淡然如水，"宝船林氏，自感不能担任盟主大位，多赢几场，不过是侥幸，我退出这次天舶司大会的盟主争夺。"

"这怎么行？""林老大现在才说这个，是戏弄我们吗？""现在怎么算？"众人七嘴八舌的时候，一个人声阴冷，所有人却都听得清清楚楚："林阿金退出，我、五旗联盟和蔡老板都是赢九场，可蔡老板出钱最多，按刚才说的，盟主当然是蔡老板的了。"

章何一拍桌子，手指一戳蔡牵，语气森森："好你个姓蔡的，林阿金跟你是一伙的！"

阎阿九抽出半截火精剑，阎老大眼眸半闭半睁。

章何舌绽春雷，蔡牵只当春风拂面，半天才一拍巴掌："哈哈！章兄弟要是也认为我应该当盟主，我也只能却之不恭了。"

章何轻啐了一口："你想得美！"

朱贲眼珠一转，也聒噪起来："对，姓蔡的你使诈！"

林阿金宣布退出后便安安静静地坐在原地，宝船林氏的人都面色平静，对于这个消息，似乎并不意外。

顿时有不少人闹嚷起来。有人指责林阿金，说他临时退出是戏耍南洋群盗；有人唾骂蔡牵，说他做局坑骗大伙儿。可绝大多数人并没有说话。天舶司大会的规则是所有海盗势力共同承认的。在规则范围之内，用什么手段原则上都没问题。在场的人都不是什么善男信女，甭管人家蔡牵用了什么手段，他能让林阿金放弃盟主之位，能在五家海盗当中胜场并列第二，且花费军备最多，就代表着他的实力足够雄厚，那他就应该是这次大会的盟主人选。

蔡牵也不理会叫嚷最凶的朱贲，他知道这人是棵墙头草，不过是想浑水摸鱼。真正的刺头，还是章何。

"章兄弟，不服气我做盟主？"一向和气生财、温吞性子的蔡牵，说这话时却难得露出锋芒来，压得人喘不过气。

章何早就下定决心撕破脸："姓蔡的，我瞧得出，你为今天，谋划不是一天两天了。你有人脉，有手段，我佩服你。可我把话放这儿，"他一指林阿金，"姓林的不愿意当盟主，没问题。盟主的位置，再定规矩也好，按刚才的规矩打过也罢，我都接受。唯独一点：不能再按刚才的排名来选！你想顺次成为盟主，安南妖贼，不服！"

蔡牵也站了起来，不退让分毫："我蔡某人是生意人，结交的都是千金一诺的信人。章何兄弟怎么说也是安南三宣督抚，一人之下，万人之上，你口口声声答应的事，难道还有说话不算的道理？"

"我就一句话，重新比。"

"不可能。"

气急之下，章何眼里寒光大作，伸手去抓蔡牵的脖子，却被阎阿九捏住手腕。妖贼二当家正欲动作，阎老大的手已经搭在了他的肩膀上。剑拔弩张，不过如此。

朱贲眼珠一转，要掀桌子，可普普通通一张红木圆桌像是铁铸在船上一样，他的力气竟然掀不动。朱贲一抬头，那个泉郎海鬼敖兴手掌压着桌子，一语不发。林阿金无动于衷，像是入定老僧。

火药味浓郁起来。

大红冠的金刚鹦鹉群惊恐飞起，盖过两人对峙的双眼。

两人的对话像是一条火药引线，一名妖贼海盗喝骂着站了起来，呼啦捎带起来一大帮人。"怎么着？你们妖贼的人要动手？""动你怎么样？"亲蔡或亲妖的人火爆推搡，局面乱成了一锅粥。桌椅板凳掀翻倒地，瓜果酒水飞扬，有人亮了刀子和短筒火枪，砰砰的枪响和血花共舞。

红旗帮的人第一时间冲到圆桌周围，拱卫住郑秀儿。"秀儿，怎么办？"李阁不在，一名头领下意识询问郑秀儿，可他刚开口就后悔了，自己难道要一个六岁的小姑娘指挥大局不成？不料郑秀儿咬了咬嘴唇，不假思索地说："先护住我，红旗帮的兄弟收缩成圈，把桌子板凳挡在前头提防流弹，谁敢靠近就亮家伙打回去！等天保哥回来。"

啪! 有人被一巴掌打翻在地,吐出一口带血的唾沫,又冲上去与对手厮打。一名海盗正喝骂着推开一旁的蔡家胡姬,脸庞忽然一阵滚烫,他下意识偏头,海面上翻滚着金红色的火焰流浆,气浪和光焰热辣扑面而来! 轰! 炽热气浪把不少人压瘫在地,海浪颠簸,连稳若岛屿的天舶司也晃了一下。"爆炸弹!" "洋人的炮?" "红毛子来了!" 各家的船一下子动了起来,推炮的、张弓的不一而足,海上各家哨子的声音交织在一起。可这枚炮弹是打在水里的,谁也不知道该不该动手,动手先打谁。一时间,各家海盗都成了热锅上的蚂蚁。

朱贲脑子一热,指着蔡牵大骂:"你害我们!"

"闭嘴!" 章何和蔡牵脸色都不好看,同时冲着朱贲骂道。

开炮的是红旗帮,"鸭灵号"。余波荡漾,"鸭灵号"上,白烟少顷已经散尽。老古一掏炮膛,渣子极少,也不烫手,就是立马再填上炮弹也毫无问题,不由得一竖大拇指:"这老索的手艺就是牛嘿,这洋玩意儿神了。" 他说的老索便是索黑尔,原来东印度公司的管事华盛顿。

章何眼睁睁看见炮弹是从红旗帮的船上射出来的,一时间惊怒交加,强忍怒气:"天保仔,你这什么意思?"

李阎刚上茅房回来,这时候甩干净手上的水珠,从外围往里走,扭打成一团的海盗们自动让开。红旗帮的人顿时有了主心骨,精神面貌为之一振。李阎浑不吝的样子:"我看大伙儿都很激动,这不寻思打上一炮给各位助个兴吗?"

蔡牵语气平静:"早听说欧罗巴有人发明了一种黄火药,威力是黑火药爆炸弹的数倍不止,且几乎无烟,对火炮负担小,六个呼吸就可以开出一炮。东印度公司的大董事黑斯汀曾经出天价收购其配方,却一无所获。想不到,红旗帮的火炮竟然已经用上了。"

蔡牵的注解,让大伙儿看李阎的目光又多了几分敬畏。

李阆嘴角一撇，左右环顾："诸位，能听我说几句吗？"没人说话。"呵。"李阆把手放到桌上，覆盖住郑秀儿的小手，女孩有些紧张地看他一眼。"无论怎么说，规矩就是规矩，你章何把牌九一推，就想不玩了，没那么便宜的事。"

章何桀骜一笑："你红旗不服，可以一起上。"

砰！铁器碎裂的声音响起。蔡牵转头，见是红旗帮的一个高里鬼小孩薛霸，砸断了比斗大船连向其他船的锁链。砰！砰！砰！一条又一条紧绷的锁链断开，大船被激荡的海水冲刷，逐渐远离了天舶司。

蔡牵见红旗帮的人砸自己的船，不由得问："天保兄弟这是什么意思？"

"别这么小气嘛，老蔡，借你一条船用，我怕波及你们。"李阆一指那条漂开的大船，"章何！你说这么多，无非是觉得你妖贼一人独赢四场，被蔡牵算计才没当上盟主。既然如此，你我上船斗上一斗。你赢了，想推倒再来，红旗没有二话。你输了，麻溜儿闭嘴。"

"天保兄弟当真高义！"蔡牵眼前一亮，竖起大拇指。

"哪里的话。"李阆哈哈一笑，"我家秀儿眼看就是盟主了，他姓章的想从头打过，哪有这么便宜的事？"

蔡牵闻言，挠了挠眉心，没说话。

章何仔细看了李阆两眼，冷笑不止："厌姑从我手里救你不止一次，我看你是忘干净了。"

李阆充耳不闻，只是遥望海天，"嘿"了一声："听你这么说，我还挺想回忆回忆的。"

他抬手抽出虎头大枪，脚尖轻点水面，冰层蔓延，他一步步踏冰而去。

李阆这手，又引得海盗们嘈切不断。

章何一甩袖子，一股黑色妖风架起他来，晃晃悠悠地也朝漂开的大船上飞去。

两个人影一点点缩成小点，船上的人议论纷纷。有人说红旗帮的火炮怎么这么厉害，有人议论两人胜算高低，有人私底下揣摩蔡牵理当做盟主，章何不服，这天保仔恐怕也怀着别的心思。

蔡牵面色平静，忽然想起了什么似的，回身向阎阿九低语："你说，天保仔要是把徐元抚带到这儿来，叫他知道我这个十三牙行的老板、正三品的广西候补道做了海盗盟主，我是不是没法子向官府交代？"

阎阿九一听，也皱紧了好看的眉毛："老板，你想让我怎么做？"

"闲聊而已，别紧张。"蔡牵神色平静，"只是我说动黑斯汀劫掠两广，耗费天大力气才做成这个局。福灵已经被吓破了胆子，条件多寡任我揉捏；广东十三牙行十年之内，不会再受官府掣肘；海盗这边，盟主之位也唾手可得。总不能让一个没正式上任的两广总督坏了我的事！"说着他手背一遮鼻子，"天保仔要真有这么一手，就叫伙计们动手袭杀徐元抚！"

海盗们伸着脖子，去看漂走的大船，忽然抽了抽鼻子："什么这么香啊！"

查小刀嚼着什么，嘴里嘎吱嘎吱直响，这时候往红旗帮坐的方向走去。

"刀仔哥，你吃什么呢？"侄侬娇滴滴地问。

查小刀端着盘子："油爆双脆，你尝尝？"说着他招呼大伙儿，"来来，甭客气，尝尝我手艺。"

轰！一朵黑色蘑菇云在远方的大船上炸响，所有人为之侧目。半截马尼拉大帆船的船身沉没海底，黑色妖烟笼罩，声声厉啸听得众人遍体生寒。

大船漂出去老远，李阎踩着舷梯走上甲板，一股黑烟从天而落，正是章何。对望一眼，两人眼底都是森冷桀骜的意味。气质上，多少有几分相似。

大枪抖擞，枪锋所对，是章何周身五道团舞的黑色龙头。李阎率先开口："那千钧标在天母过海里得了珍宝，鱼叉又别在腰上日夜都不离身，姓章的你早年也是从天母过海里得了一道太平文疏，"他意有所指，"不知道是不是带在身上。"

章何没理会。他瞥了一眼海上的浮冰："南洋群盗都在，你红旗的火炮还架着，杀了你，天舶司大事难成。只是水火无情，果真失手弄死了你，我也没什么办法。"

李阎眉锋一挑，倒乐了起来："我得有七八年没听见有人这么跟我说话了。"他眼神一厉，噌的一声冲了出去，一杆白金色大枪翩然如飞燕，撞进浓黑色的烟气之中！

章何一抬手，身上的黑色龙头张嘴欲咬，不料白金色吞刃长驱直入，轻易就把龙头撕扯轰散，有激烈的火星从枪头上飘灭！

"什么？"章何脖子一凉，热辣劲风扑面，章何衣袍鼓动，被李阎一杆大枪逼得噌噌后退，一道道黑色龙头从他背后飞出来迎向李阎，又被李阎的虎头大枪一道道打散。令人牙酸的厉啸声连连，枪影之下，章何似一片被雨点敲打摇晃的枯叶，被枪杆抽打得没有还手之力，妖烟越来越浓。

章何面色平静，后背却全是冷汗。

太平文疏里有通天彻地的好本事，可唯独一点：炼术不炼体。法典里大明王、龙头画戏等皆可护体，但这些都是外物，章何自身不过是个普通的精壮汉而已，要是一枪破开画戏，实打实砸在脑袋上，章何就是一个"死"字。

李阎进步搭肩，手上大枪连点，几点戳散了章何周身的妖雾，冷不丁一瞥，有黑色的缠丝竟然顺着枪杆往上，不多时已经奔着自己握枪的手腕来了。李阎见状冷哼一声，身后帝女姑获的虚影扬起有一丈半，霜白色从李阎手指往外，和黑色缠丝交织在一起，彼此角力。

姑获鸟之灵·隐飞

章何一龇牙，嘴里念念有词，李阎哪里能给他这个机会？右手拇指一压枪杆，左手朝前一托，吞刃化作白金流光。

燕穿帘

姑获眼眸微抬，霜白羽毛夹杂虎头枪影，狂暴倾泻！音爆声接连响起，黏稠的黑烟被霜白羽毛轰得零落散开，甲板上冻开锯齿状的裂纹，足够容纳成年男人的拳头。

黑烟落尽，李阎一抬眼，枪头上挂着一块皮肉，滴滴答答的血点滴落下来。章何捂着胸口，一松开，创口已经被冻死发紫。

李阎甩飞枪头上的大块皮肉，左手从手臂上扯下黑色缠丝，带起大片的血珠。他啐了一口，冷笑不止："十娘当初就是这么救我的？"

章何咯咯直笑，他再抬头，眼里都是血色。李阎察觉不对，一低头，满地的黑烟勾画成烦琐阵纹，正把自己围在当中！

太平文疏·甲子恶曜

黑色蘑菇云冲天而起，天地惨然，日出火云被染成一片乌青色。只见马尼拉大帆船从中间炸裂，半截船身沉没入水，桅杆倾斜，船上的渔网、帆布、木桶、桌椅哗啦啦倾倒水中。

尽管早就知道章何一身法力通天彻地，有撼海劈山之能，不然也不会被老百姓谣传是闹海的鲲鹏转世，但是人力能做到这样的地步，海盗们依旧被吓得说不出话来。

"身怀利刃，杀心自起啊。"蔡牵没来由地来了这么一句，同时心中暗叹：章何成在这身本事上，也得死在这身本事上。

李阎单手抓紧桅杆，整个身子吊在空中，厮杀得野兽似的粗重呼吸起来，踩空的乏力感一阵阵袭来。他眨了眨眼，朝下面扫视，章何背靠大船的船板，手指掐印诀，对准自己，嘴里念念有词。

李阎脑子有些恍惚。"什么时候，我好像开始习惯这种生死翻覆的颠沛感觉了。"李阎"嘿"了一声，提一口气，小腹上发猛力，大臂一荡，自上而下冲向章何！

章何眼前直冒金星，他咬牙暗恨：天保仔这枪有鬼门道！打在自己身上，竟然伤了自己三魂七魄中的尸狗魄！加上之前比斗损耗不小，弄得他半天才稳定下心绪，不能乘胜追击。

眼看李阎满脸杀气地逼近，章何发了疯，漫天法术不要钱似的自袍间飞了出去！太平文疏·陷空刀！太平文疏·符傀！太平文疏·伽蓝帖！太平文疏·龙头画戏！各色法术交织，扭曲气刃，青蓝咒文，黑色龙头，白色符纸，撒欢似的，一齐朝半空中的李阎奔去！李阎抽出錾金虎头枪，咬紧牙关，眼中湛然若神，背后帝女姑获双臂环抱，翅膀大张，霜白色从虎头大枪的吞刃往前蔓延，连空气也冻住似的，咯咯直响。

黑色龙头鳞齿狰狞，青蓝咒文明亮烦琐，白色符纸灵动诡异，章何的百般法术，被冒着寒气的腾舞大枪磕住，竟然统统冻在了空中！

章何的鬓角上血脉偾张，他一口舌尖血喷了出来，血雾中一个小人正氤氲，可还没等舒展手脚，就被李阎枪尖扎破！咚！一抹白金枪刃扎在章何的耳眼边上！咯咯。咯咯。章何半边脸上一层霜白，嘴里呼出团团的白雾。他喉头涌动，半天也说不出话。

寒气缭绕，李阎沉了沉眼皮："服了没？"

章何紧了紧拳头："我听人说，你在天母过海中吃了一颗长生种子。不对，绝没有这么简单。"

李阎一眯眼，又重复了一遍："服了没？"

章何舔了舔嘴唇，表情难以形容："今天，我服了。"他语气咬得极重。

李阎笑得放肆，他抽回大枪："琢磨琢磨自己还有几个今天吧。"

"彼此彼此。"

"阎老，你瞧得清楚吗？"蔡牵问道。大船上光焰铮鸣停息了一阵。大多数人目力有限，并不知道发生了什么。

"妖贼势若滔天猛火，这天保仔就是精铁长刀，这火炼精铁……"

"炼化了？"

"怕是炼不动啊。"

蔡牵一听，拿阎老大的话打趣："这民心似铁非似铁，官法如炉真如炉，世上哪有炼不化的顽铁呢？"

"老板是生意人、世俗人，自幼见人心百样，如果眼里瞧不见官法炉火，每走一步都要碰壁；我等兄弟姊妹，天生地养，见的是风雷霜刀，弱肉强食。心里要是存不住点顽铁，早就是一抔黄土了。"顿了顿，阎老大又说，"这红旗帮天保仔，不简单。"他脸色沉重，又意犹未尽，"很不简单。"

蔡牵听着意外，他正了正身子："天保仔赢了？"

"有运气，但是赢了。"

蔡牵"哦"了一声："此人用的什么手段？泉郎海鬼？厌胜术？还是别的？"

"不好说，有点儿……"阎老大斟酌着语气，"像我们。"

"天保仔？不对吧，他怎么可能是？"

阎老大点点头："有点像，也不全一样，可有一件事，我能确认。"他语气笃定，"这天保仔，非人哉！"

第五章
我来!

三十来丈的马尼拉大帆船残破不堪，像是一团被肆意揉捏过的精致玩具，在众人的注视下沉入海底，咕咚咕咚冒出几个大水泡，什么都没剩下。蔡牵有些心疼地转了转戒指，这样一艘大船，尽管老旧，也是价值几万两银子的。

回到天舶司甲板的章何抖了抖袍子，一言不发地坐回黄梨木椅子上。妖贼一方，章何那位表弟身上带着新打的石膏，伸脖子想往章何身边凑，被二当家齐道济拉住。齐道济脸色沉重地摇了摇头，意思是这时候别上去找不自在。

上船的李阎面色自若，冲着自家几名头领点了点头，好叫他们安心，接着眼睛一瞥，就见桌上摆着一盘红底透白的"油爆双脆"，旁边摆着一双筷子。李阎和查小刀交换了一个眼神，大大方方往桌旁一坐，带着几分玩笑的语气抱怨说："蔡老板也是小气，坐了一宿，瓜果也不顶饿不是? 还得我们自己动手去做。"说着李阎去拿筷子，大口往嘴里送，嘎吱嘎吱嚼着，任谁也瞧不出他已经拿筷子都费劲了。

"谁赢了?""不知道啊。""嘿，谁不言语，自然就是谁输了呗。"

章何和李阎前后回来，一个阴着脸不说话，一个回来就动筷子，气氛十分诡异。蔡牵暗地里观察两人：章何大氅武袍被枪刃撕得处处破洞，脸上带着冰碴子；天保仔衣甲稍有凌乱，神色平淡，看不出别的什么。他在心中又是一阵斟酌：这天保仔，看上去好像没费什么力气啊。

按理来说，这时应该有人继续刚才的争论：林阿金退出，盟主之位应该谁坐？尤其蔡牵，难得章何不冒头，他该是场面上最先提出这话的人。没料到蔡牵盯了李阁一会儿，没着急，反而吩咐手下的侍奉胡姬："天保兄弟说得在理，咱这一宿都打过去了，大伙儿也乏了，先上酒菜，别的事回头再说。"

"哎，别啊。"李阁一抬头，"蔡老板，时不我待，盟主的事，还是早点定下。"

"章何兄弟刚才不是有些异议吗？"蔡牵示意章何。

章何一闭眼，语气冷硬："你们定吧，我没意见。"

众人互相看看，眼里都是震惊。章何走前可不是这么说的。他现在云淡风轻的样子，可话里话外，分明是认栽了。

妖贼章何，真的败给了天保仔。

蔡牵面不改色："那便按规矩来，宝船林氏退出争夺，义冢朱贲少胜一场，天保兄弟呢，军备上又差一些，蔡某——"

"红旗帮还有军备要下盘。"

蔡牵面无表情："可是，刚才比斗已经结束了。"

"有大伙儿给我做证。我刚才是去撒尿，没承想回来你们就闹起来了。我说的可明白，是先不下，没说红旗帮就这么认了。蔡老板宣布结束，是不是着急了点？"李阁步步紧逼。

他这话获得了不少人的认同。的确，刚才半天，天保仔都是不在的。李阁这时候提出要加军备，合情合理。

"那……"蔡牵敲打着桌面，天保仔一开始拒绝和其他四大海盗一起坐上圆桌，可事到如今，他依旧是场上少数几个话语权大的海盗头领。

"天保兄弟，还有什么能加的吗？"

"新造火炮五十门，口径八英寸，加黑火药炮弹一千颗，折二十万两银子，不多吧？"

蔡牵闻言，忍不住问了一句："天保兄弟，我要是没记错，你在盘子里已经加了大小口径的火炮一共四百六十二门。我知道红旗帮实力雄厚，可这时候，还拿得出五十门八英寸的火炮吗？"

大炮这东西是稀罕物。南洋群盗中，有火炮的大概十家，但都是实心弹以及填砂弹，手里有黑火药爆炸弹的只有五大海盗。而能把爆炸弹大规模投入战船中的，只有章何、蔡牵以及红旗帮三家。

"拿不拿得出，到时候自然见分晓，我还能吃了吐不成？"李阁面不改色。有梦幻造物重炮再生机，他自然比蔡牵设想的更有本钱。

蔡牵点了点头："是这个理。不过有一件，天保龙头没明白我的意思，我是说，你现在不好找对手了。"

李阁一愣，但是很快反应过来：自己忘了很关键的一点！凭军备拿胜场，有强悍的人手只是基础，吃透规则比什么都重要。除了钉强吃弱，还有一个要着：手里的军备要在别人还拿得出钱的情况下全都花出去！

李阁眼前是一个他没想到的尴尬局面：他乐意拿钱比斗，可现在基本已经搜刮干净了其他人的钱，而别人在明知胜算不大的情况下，更没理由和他打了！

至于蔡牵自己，更是没有派人的必要。他只要保持现状，就可以凭借盘子里比五旗联盟更多的军备赢得盟主位置。

蔡牵到底是生意人，这规矩又是他定的，无论看上去多么公平，他一定是比别人更容易占据优势的。

李阁当即面向朱贲："朱老大，你刚才是不是说——"

"没有！"朱贲头摇得跟拨浪鼓似的，"没有！我输了，我不比了。"

朱贲也看明白了，五大海盗中自己注定垫底，别的小头领也注定赶不上自己，再掏钱也是白扔。

李阁默然一会儿，又转头去看其他头领："可还有要上场比斗的头领吗？"

李阎目光所到之处，人人都侧开脸。这时候早就没人有争胜的心思，何况连章何都败下阵来，谁还拦得住天保仔？有跟红旗帮关系不错的海盗势力有心送李阎一场胜场，等郑秀儿当了盟主，自然不会忘记这份恩情。可十万两不是个小数目，有这个想法的海盗势力，现在实在是很难拿出来了。

"我来和天保仔比这一局！"说话人竟是黄旗帮徐龙司！

自从那日徐龙司从大屿山灰头土脸地回去，整个人就消瘦了很多。他和厌后十夫人是表兄妹，血浓于水，可十夫人临终既没有破口大骂，指责他落井下石，也没有托孤——让他照顾自己的女儿郑秀儿。而是多看他一眼也欠奉，就这么把他放了回去。

徐龙司自小是有些怕这个表妹的，因为一些不足为外人道的经历，他在少年的一段时间里，甚至看到这个整日与草偶蛊虫为伴的表妹，都会吓得打摆子。骨子里，徐龙司瞧不起郑一拐，也瞧不起天保仔。可对十夫人，他却有一种惧怕、愤恨、亲近、愧疚交织起来的复杂情绪。这种情绪，在那日十夫人把他赶出大屿山的时候达到了顶点。然而故人西辞，说什么都无用了。

徐龙司看了一眼坐在圆桌上的郑秀儿，随后对着天保仔说道："我来。"

没等李阎说话，蔡牵手下那个名叫阎老二的伙计忍不住抢了一句："之前蓝旗千钧标以五旗的名义替郑秀儿赢了一场，黄旗同样是五旗之一，你们是一伙人，怎么能算场次？"

徐龙司闻言冷笑："照你这么说，我之前赢了那两场，可以像千钧标一样算成五旗的场次吗？"

阎老二一时语塞。

徐龙司又看向蔡牵："蔡老板，你说呢？"

蔡牵不紧不慢："几天前各旗内乱，五旗早就不能算一伙人。蓝旗千钧标愿为秀儿姑娘效力是他的自由，黄旗帮自成一体，当然有和红旗帮比斗的资格。"

"好!"徐龙司点头,"那来吧!"

"徐兄且慢。"蔡牵一抬手。

"怎么了?"徐龙司生硬地问。

"徐兄,你总要先说明白,你想拿哪里的军备压在盘子里吧。"蔡牵悠悠地说。

"我之前压了二十门火炮、十条闸船,加上我黄旗的小一万人手和火铳,我现在再加两千条火铳、十五条闸船、五百枚黑火药炮弹,够了吧?"徐龙司早有准备。

蔡牵听完,若有所思地点头:"贵岛梅渣洞里有四百箱九成新的火铳,是当初你劫杀天津制造局的货船得来的,拿出一半来,也有两千条。黄旗帮的明账上有五条等待修缮的闸船,剩下十条不在账上的,跑胶州湾的生意,明天也该回去了,十五条正好,倒也能凑二十万两。徐兄为了讨好你的小侄女,不少费心啊。咦?这十条闸船的长路生意是嫂子管的啊,你压进盘里,跟她商量了吗?"

徐龙司满脸不可置信,血都冲到了脑子里。蔡牵话里的一些细节牵扯黄旗帮内里几件秘密,是连他身边几个头领也不知道的,蔡牵怎么知道得一清二楚?

蔡牵轻飘飘一句话,场上的人一下子议论纷纷。他这话里有两个地方值得一提:一是截杀天津制造局,这是早年的一桩悬案,没想到是黄旗帮动的手;另一个是十条船的长路生意,在场都是老牌海盗,黑话瞒不住人,长路生意便是拐卖儿童,尽管在场的都是杀人越货的海盗,朱贲百无禁忌,章何更是屠戮无数土族,可五旗一向以宝岛郑氏自居,做长路生意,不大不小也是件让人戳脊梁骨的黑料。

李阁眯了眯眼睛,冲手下人使了个眼色。

徐龙司强自镇定:"姓蔡的,你拿这两句话吓不住我,等我查清楚哪个脑后生反骨，自然会上门报答你。"

"徐兄这话就脏心烂肺了，我是好意提醒你啊。"蔡牵摇头，"你可能不知道，你家大公子这些年抽的鸦片，还有……赌债什么的，其实都是倒卖了梅渣洞里的火铳才得的银子，如今箱子里装的都是石头。贵公子现在还欠我手下赌坊一万多两银子，当然我不是催你，凭徐兄和我的关系，我舍了那一万两又如何呢？"顿了顿，蔡牵又说，"还有尊夫人操持的那十条闸船，唉！这怎么张嘴？三四年前吧，尊夫人听说南海的蚌珠在日本国大热，走我的关系运了两船去，没想到滞销，赔了十多万两。我有心把这事和徐兄商量商量，尊夫人死活不让，就拿那几条船抵了亏空。这些年，船一直算我租给她，当然我把心放中间，我不能要她的租金。"

徐龙司听得面皮涨紫，眼珠子通红："我宰了你个奸夫！"说话间一抽腰刀朝蔡牵胸口刺去，不料这刀还没到，一股大力拗来，那刀口倒飞出去，刀背反倒落向徐龙司额头。

啪！李阊身如鬼魅，一晃虚影到了徐龙司身前，手指捏住刀背，冷冷瞥了阊老二一眼。

今日在场的海盗个个称奇。这场天舶司大会当真是峰回路转，事情发展到现在，徐龙司恐怕也没脸再提上场比斗的事了。

蔡牵一脸无奈地摇摇头："徐兄怎的凭空污人清白？我跟嫂夫人是纯粹的生意伙伴，怎么到你嘴里，就成了……哎，我都说不出口。"

这年月女人向内，徐龙司的夫人背着他赔了十条船，最后靠蔡牵扫尾，无论谁听见都会认为徐龙司头上有一顶绿油油的帽子。

"就是嘛，你这后生治家无方，还恼羞成怒。人家蔡老板生意遍布两广，又是堂堂的广西候补道，是个体面人，还能贪图你家那半老徐娘？"这声音沙哑，操一口吴音，话里是揶揄徐龙司，蔡牵的眼皮却啪嗒一沉。阊老大、阊老二、阊阿九同时抬头，气氛陡然一变。

红旗帮的位置里坐着一个干巴老头，黑衣黑帽，手里磕烟袋，看上去是个普通的闽浙渔夫，可手背皮肤极细，不像个干重活的，倒是指节和虎口的位置有厚厚的老茧，说明他老于刀笔。

"老板！"阎阿九低声道。

蔡牵先是凝视了李阎一眼。李阎耸了耸肩膀，做了一个"请"的动作。

"老丈说话公道。"蔡牵眼睛眯成一条细缝，"怎么称呼？"

"你不认得我啊？"徐老头也风趣。

蔡牵笑得豪爽，牙却咬得很死："今天，是不能认得了。"

"哦，也对。那你想，什么时候认得我？"

老头和蔡牵离着有四五米，桌上的林阿金、朱贲、章何都一脸疑惑，不知道哪儿来了这么一位，蔡牵似乎认识。

在场的都是人精，谁都看得出这黑衣老头一开口，妖贼和天保仔都撼动不了的蔡牵姿态中的那份从容，竟然有了土崩瓦解的架势。

这个貌似算无遗漏的南洋大老板，第一次在语气上露出几分狠辣枭雄的底色："等我上报朝廷，你老死在乱盗手里的时候！"

蔡牵话音刚落，阎阿九抬眼弯腰拔剑蹬地前冲直戳，一点寒光扎向老头的喉咙。老头旁边的查小刀一激灵，幸亏他离得近，巴掌反握住鸥吻双刀，上扬刀背磕住长剑，但听当啷一声巨响，徐元抚受了惊吓，烟袋子磕在地上，烟灰落了一地。

李阎举起大枪，一枪杆砸在阎老大头顶，却只砸塌了他的黑瓜帽。有尾焰白气从阎老大的口鼻里喷出来，老头抹了抹嘴角，毫发无伤。

阎姓伙计一拥而上，气势汹汹地冲开旁人，手里刀尖都对着徐元抚。旁边端菜的胡姬也把手里托盘朝前一扔，从大腿上摸出一把匕首来，对徐元抚后脖子扎去。

李阎眼疾手快，右手单托虎头大枪，左手一抄酒杯砸在胡姬胸口。

一众侍奉的蔡氏伙计，毫无征兆疯了似的冲向徐元抚，眼里都是毫不掩饰的杀意。

红旗帮的弟兄都站了起来，拦住袭击过来的蔡氏伙计。有的红旗高里鬼性烈，又是蔡牵先动的手，刀底下没留情，朝着一名蔡氏伙计的肚子捅了进去，准备先杀几个立威。对上火鼎属种，高里鬼或许占不到便宜，可这些普通人不过是砍瓜切菜。

但是让红旗帮海盗想不到的是，自己一刀劈倒了一名冲过来的伙计，非但没有刹住这些人的气焰，反而使得这些伙计更加疯狂起来。那名先下杀手的高里鬼一愣神，脚底吃痛。他一低头，倒在地上，肝肠横流的那名蔡氏伙计竟然一匕首扎进自己的腿肚子里，那匕首刀锋蓝汪汪的，分明淬毒。

"妈的！"这名高里鬼踢翻伙计，一滚地让进红旗帮的人堆里，抽布条绑住自己的腿，拿小刀割开伤口放血，吃了个不小的亏。

那名伙计死前的狂热眼神叫他遍体生寒。

南洋海盗一直说蔡氏的伙计是拿钱雇的，和五旗、妖贼、义豕这样的亡命徒没法相提并论，却忘了蔡氏世代侍奉火鼎公、火鼎婆，蔡氏的伙计除了拿蔡家的工钱，也是火鼎公婆的信徒。

李阁带着徐元抚，本来是一个闲招。得知蔡牵张罗天舶司大会那会儿，李阁就琢磨着这蔡牵一定有备而来。他这些年来黑白通吃，固然满嘴流油，可风险也大。海盗这边无所谓，官府那里，拿钱打点，小心逢迎，绝不是这么好挨。官府绝不可能容忍蔡牵一个红顶商人，摇身一变成了海盗头领。

海盗不过是流寇，可蔡氏这样在官场和民间都拥有巨大影响力又富可敌国的势力，若是把南洋海盗聚拢成一股绳，足够动摇国本！

李阁的想法很简单：给蔡牵捣乱，逼他取舍，是要当这个盟主，舍弃广东十三牙行的生意，舍弃这些年白道上的基业和布置，还是退一步，冲徐元抚这个官府代言人说软话。两害相权取其轻，蔡牵一定明白这个道理。

眼下这个局势，蔡牵要是一软，扬言这盟主他不争了，那李阎扶郑秀儿上位就是板上钉钉。可李阎也没想到，他这招釜底抽薪反倒惹恼了蔡牵：你把官府钦差弄来给我捣乱，我干脆就弄死他，再花银子擦屁股，无论如何都比放徐元抚回广东再整治自己要强得多！你五旗一门都是乱党，我是广西候补道，朝堂内外的嘴我喂得饱，你说我杀了徐元抚，谁信？满场的海盗有一个能在官府正一品大员面前说得上话吗？没有！

蔡牵谋深心狠，可李阎也是靠着一杆大枪莽出一片天地的野性子，当机立断逼退阎家老大，虎头大枪直取蔡牵！

章何也好，阎老大也罢，和李阎比斗，胜算不是五五，也是四六。可唯独一点，李阎的枪，这两个修术法的都追不上。阎阿九倒是有希望，可查小刀这时正缠住她，绝来不及反应。

心转电念的工夫，虎头大枪已经迎着蔡牵头脸劈来，李阎没杀心，只是想拿住他。

李阎催动风泽，脚步踩着电光似的，已经杀至蔡牵身前！白金吞刃挟裹风雷之势，一枪朝蔡牵喉咙戳去。蔡牵貌似没反应过来，脸色甚是平淡，只等那枪停在自己喉头，眼睛才一瞥，正看见枪头上"思继"二字。

"五代十国第一名枪，高思继，他的兵器，最后一次露面，也是前朝万历年间的事了，想不到我今天还能看到。"蔡牵好整以暇，手指摩挲着枪杆，红宝石戒指熠熠生辉。

"叫你的人住手。"李阎冷冷道，后脖颈的汗毛却没来由立了起来。他蓦地想起那日蔡牵拜访大屿山，没带一个护卫，连阎阿九也在船上候着，是蔡牵一个人进去的。

蔡牵嘴角含笑，他凝视李阎："天保仔，你知道为什么我管秀儿叫侄女吗？"

"哦？"李阎应了一声。

蔡牵一字一顿："因为啊，便是你家厌后技压南洋之时，也要叫我一声蔡大哥。"这位"大老板"手指上那颗大红戒指，裂开一道缝隙。

李阎下意识发动隐飞！他背后羽发飘飞的帝女环抱双臂，九道莲座飞舞，而蔡牵的身上，一阵阵光芒涌动。他的危险程度从白色到深红，到和章何一个水平的紫红色，再到黑沉沉的颜色，不过才几个呼吸的时间。尽管惊鸿一瞥没有给出提示，可李阎还是断定，这是九曜巅峰！

一点血点自虎头枪尖上滴落，沾在蔡牵脖子上。

李阎握枪的手很稳，非但不见惊乱，反而笑出满口的牙齿："那……大舅哥，做妹夫的来试试你的斤两！"

明明枪刃临头，蔡牵却语气森森。他今年快四十了，眼角也有少许皱纹，那张温润俊朗的脸上透出岁月磨砺的自信风采来："天保兄弟，蔡某这些年来少有势在必得的东西，今天盟主的位置算一个。别说你把徐元抚找来，就是你把当今皇帝搬过来，我也照杀不误。你是聪明人，要识时务啊。"

两人针锋相对，一触即发。

"老板！老板！"从天舶司外面传来一声颤抖的吼叫，一只金刚鹦鹉哑着嗓子落下，"火鼎婆显世啦！"

一大群扑腾翅膀的金刚鹦鹉划过天空，声音聒噪："火鼎婆显世啦——""火鼎婆显世啦——"

这金刚鹦鹉是灵物，蔡牵豢养它们多年，绝不会扯谎。

当啷。一名伙计手里的匕首落地，眼泪从他的眼眶狂涌而出，他扑通一声跪倒在地，冲着琉球群岛的方向叩头，撞得甲板咚咚直响。几名阎姓伙计一齐停了手，扑通跪倒在地上。

最激动的还是蔡牵！他一昂头站了起来，没注意脖子直往枪尖上送，得亏李阎反应快，收了枪，不然就得血溅当场。

他脸色数变，没有太多犹豫，转身面向琉球群岛的方向，撩袍下跪，手心朝天，三拜九叩，然后才站起来，匆匆忙忙冲着瞠目结舌的众海盗说道："蔡氏天舶司退出这次盟主争夺，蔡某有要事不能招待，诸位兄弟自便。决出个胜负来，通知蔡某一声便是。"说罢率领一干阎姓伙计下船朝琉球群岛的方向去了。

"蔡老板！你这……这是个什么说法？"朱贲站起来惊叫。

蔡牵没理他，只打转作揖，连连告罪，转身下船。

章何自从败给李阎，就没吐过半个字，此刻静静瞥了匆忙离去的蔡牵一眼，没说话。

林阿金脸上有若有所思的神色，却没什么惊讶、愤怒，显得极为平静。

场上，大伙儿一开始还交头接耳，可过了一阵，反而都沉默下来。

天舶司甲板之前，瓜果落地，血迹残留，红毛鹦鹉乱窜，气氛吊诡之极。

这一连串的惊变让所有人都来不及反应，一场天舶司大会，泥沙俱下，搅动风云，转折一个接着一个，连番轰炸，让大伙儿脑子都木了。

五家大海盗连番恶斗，先是不让人看好的宝船林氏意外拔得头筹，紧接着林阿金宣称退出，蔡牵顺位成为盟主人选，大伙儿这才恍然，原来蔡老板早有算计。

大伙儿还在津津乐道，这蔡牵用了什么手段，能让和自己同列"五大海盗势力"之一的林阿金心甘情愿给自己铺路，妖贼却翻了脸，不承认大会成绩！

眼看蔡、章两边人越说越僵。章何有掀桌子不玩的意思，朱贲又唯恐天下不乱，局面正混乱，红旗帮半路杀了出来！天保仔直言比斗没完，谁也不能撒手不玩，更指名道姓，叫章何上大船比斗，输了就别再捣乱。

妖贼久负盛名，百来米的大船都被妖术拦腰炸断。众人嘴上不说，心里是不看好天保仔能赢下这一场的，可不料李阁硬桥硬马胜了妖贼，章何归座闭嘴，无数人惊掉下巴。

这时局面已开始向红旗帮倾斜，不料蔡氏一手避战，红旗帮有力使不出，蔡牵三言两语又叫徐龙司大失方寸，局势一时焦灼。

紧跟着，黑衣老头现身，蔡牵翻脸，金刚鹦鹉叫"火鼎婆显世"，大伙儿看得丈二和尚摸不到头脑，少数几个人消息灵通，把前些日子"红旗帮攻打虎门""两广总督失踪"的事联系起来，也拼凑出一部分事件的真相来。

李阁一看蔡牵等人朝琉球群岛方向去了，又听到"火鼎婆"三个字，一下子想到了丹娘，有心跟上去，可眼下正是自己收割果实的时候，心中有忧虑，面上一点不露。

"蔡老板说退出，宝船林氏怎么说？"李阁打破沉默。

林阿金转头直视李阁："这次大会，我是应了蔡牵的人情。如今人情已经两清，大家各算各的。不过我既然说了退出，自然没有出尔反尔的道理。"

"既然如此，章何，你怎么说？"

"我没话说。"章何嗓子干冷。

"嗯。"李阁点了点头，冲朱贲一乐。朱贲刚要张嘴，李阁已经扭过头："诸位，"所有人把目光集中在他身上，眼神复杂，"这一宿的事，钩心斗角，乱得很。蔡老板很了不起，大会之前该说的、该做的，都安排得清楚明白。"他顿了顿，"大伙儿是来发财的，不是来听哪一个人发号施令的。"

李阁这话，倒是戳了不少人的心窝子。这些海盗无力去争大盟主的位置，不代表他们没有自己的私心和想法，捧别人做盟主，也是希望能从中捞到好处。

"这些年，官府步步紧逼，上头钦差换了三位，红毛子从各处调来的船队、人手，也越发壮大，这几年风头，大不顺。有人牵个头出来，势在必行，谁牵这个头，大伙儿也看了一宿了，心里明白。"他指了指自己，"十夫人新死，我们红旗帮立出来，我做龙头。不过我天保仔呢，有自知之明。在座的，有我喝酒吃肉的好朋友，也有对捅刀子的死对头，我当盟主，有人睡不着觉。"

人群里，也不知道哪里传来一个声音："天保龙头，明人不说暗话，叫一个不谙世事的小姑娘做盟主，和你做盟主有什么区别？到头来还不是你说了算？"

李阎也不看他："那依这位兄弟的意思，要不这盟主我来？"

"咳咳……咳咳……"有个上了年岁的老海盗咳嗽两声，连连摆手，"天保龙头，心存高义，我们都看在眼里。秀儿丫头坐上这个位置，郑老盟主和十夫人的在天之灵，也会安息。"

大伙儿一阵嘈杂，忽然有人高声说："郑一拐是五旗的盟主，我们可没必要承他的情！"

李阎一眯眼，眼底有狠色闪过，不料这厮站出来，嗓门更高了："我今天，就服天保龙头！"

"不错，天保龙头自己来便是了。"

"我也服气天保龙头。"

资历老的海盗都沉默着没说话，此刻叫嚷的大概是些入行没多久、穷得没饭吃、把家里祖奶奶的兜兜布一扯做了块旗就要当海盗的愣头青。不过这样的人不在少数，声势浩大。

眼看这样的声音渐大，李阎低头走了两步，从一名红旗帮海盗腰里掏出一把击发火铳，对着天空扣动扳机，火药弹在半空炸响，把那些起哄之人的话憋进嘴里。

李阎脸上带笑，嗓子却沙沙的："我在红旗帮长大，九岁就给帮里的水手递炮弹，在海上也厮混了十几年。咱入行得讲规矩，入帮也是。秀儿姓郑，她不做这个盟主，那我只能把红旗帮龙头的位置让出来给她。你们是叫我把红旗帮海图、账目、五旗帮龙头压在大屿山的将旗全都一股脑交出去，做个光杆海盗咯？"

蔡牵不在，林阿金、朱贲、章何都一语不发。偌大南洋，再没一个海盗受得住李阁的喝问。

李阁目光所到之处，人人避开。

好一会儿，早前开口的那名老海盗最先站了起来，冲着郑秀儿一作揖："明帮鲨鱼威，见过秀儿盟主。"

他话音刚落，身后站起百十来号，对着郑秀儿弯腰：

"蓝旗帮千钧标，见过秀儿盟主。"

"白旗帮火头金，见过秀儿盟主。"

"白旗帮铁镰明，见过秀儿盟主。"

赵小乙站了起来，他身后没人，却依旧拱手："赵小乙代黑旗龙头郭婆，见过秀儿盟主。"

大势一成，一道道人影站起来，对着郑秀儿作揖。也有一部分脸色迟疑难看，比如黑旗帮安千禄以及和红旗帮关系极差的海盗。

圆桌旁，人人脸色各不相同，林阿金迤迤然站起，冲郑秀儿作了两揖，一躬到底："宝船林氏，见过秀儿盟主。"

五方大海盗之一的林阿金开口，再次掀起了一阵风浪，海盗头领此起彼伏，对着郑秀儿作揖拜首：

"白旗帮李六，见过秀儿盟主。"

"矮牛帮雷奥，见过秀儿盟主。"

"白底帮莫老三，见过秀儿盟主。"

天舶司甲板上，大多数海盗头领都站了起来，一直低头无语的章何长出了口气，恰似老龙吐息。他一按桌子，也站了起来。他身后，齐道济等一干人众，急急忙忙跟着站起。

章何看了一眼李阎，又看了一眼紧绷小脸的秀儿，他的长眉一点点挑起。

"安南章何，见过秀儿盟主。"

这一下，没人绷得住了。

"白底帮阮小平，见过秀儿盟主。"

"红头帮高秀明，见过秀儿盟主。"

"黄旗帮徐龙司，见过秀儿盟主。"

安千禄一咬牙，也站了起来："黑旗帮安千禄，见过秀儿盟主。"

朱贲一捶桌子。他是五方大海盗之一，在天舶司大会的存在感却极低："义冢朱贲，见过秀儿盟主。"

"依贡族托伦，见过盟主。"

"马来半岛蔡细，见过盟主。"

"金洲（苏门答腊）帮林海英，见过盟主。"

各头领、土族纷纷站起，场上再也没有一个人坐着。秀儿两只巴掌捏在一起，在桌子下面使劲。她站着，嗓子里却哑哑地说不出话来。

李阎走到秀儿面前，冲她温和一笑，同样作揖拜首："红旗帮天保仔，见过秀儿盟主。"

自宝岛沦陷以来，百多年来越发热闹红火、纷争不休的南洋海盗，第一次有了一个名义上的共主，以红旗帮势力为基础，兄（父）天保仔辅佐，年仅六岁的南洋海盗女王郑秀儿，把南洋海盗攥成了一个拳头。

第六章
火鼎丹娘

若说南洋最具有影响力的神明，当数天母妈祖大人。除此之外，便是保生大帝、扣冰辟支古佛等。火鼎公婆也是其中之一，影响力虽比不上前面几位，可也算声名远播，在泉州一带有非同一般的影响力。

而多年以来，火鼎公婆在民间的影响力日益壮大，蔡氏在其中的作用非常之大。

蔡氏传承百多年，世代供奉火鼎公婆，其下九位属种，前后受神明点化，世代护佑蔡氏子孙。蔡牵曾祖原是清水衙门一皂隶，陡然间有了万贯家财。旁人传说他是得了一口宝鼎，刻有姿态滑稽的公婆一对，能凭空变出财宝来。后来这位曾祖出海发迹，院仆家奴无数，生意越做越大，他发誓世代供奉火鼎公婆，便把本家火鼎供奉在琉球群岛上。蔡氏曾祖死前，口谕传于后代子孙，穷极血脉，要让火鼎公火鼎婆肉身显世。

天舶司荣华百年，尽是火鼎神通。

琉球群岛，蔡家祠堂。

"恭贺火鼎婆大人肉身显世。我蔡氏一门百年夙愿，今日，总算是见到日头了！"蔡牵眼眶发红，三步并作两步走到近前，"不肖徒孙蔡顺官，见过火鼎……火鼎娘娘。"

他眨了眨眼，改口极快。

火鼎婆，鼎上的形象是年过半百、大襟宽袄、头盘发髻、厚底布鞋，一手持红帕，一手持大圆蒲扇。用"慈祥"来形容还勉强说得过去，却和"美丽""端庄"这些词毫不沾边。

可眼前这位，眉目如画，身段袅娜，水汪汪的眸子里有说不尽的柔美风情，似淡青色的山黛，浸在纸上的水墨，叫人挪不开眼睛。她一身双开直襟火红旗袍，黄绣盘扣，叉开到小腿，手中端着一只漆黑小鼎，此刻蹙着眉毛，貌似沉思。

不用怀疑，这位便是蔡氏几百年崇信的神明火鼎婆无疑。

蔡牵虽是商人，但绝非柔弱书生，一身火鼎秘术从不轻易示人，却炼得登峰造极，远在其父之上。如此，蔡牵怎么会认不得自家供奉的神明呢？

九位属种，各得点化，一身本事都是来源于火鼎公婆，更是没有认错的道理，这个如同山水画里走出来的女子，正是自己的开慧之人，有再造之恩的火鼎婆无疑。阎阿九在属种当中年纪最小，当初蒙昧之时，对火鼎气息最为敏锐，平常情感波动极小的她，此刻也扑通跪倒，喉头哽咽。

"蔡、蔡小娃？"女人试探着开口。

蔡牵神色激动："曾祖故去已百多年，小人是蔡颐的四代玄孙，蔡顺官。"

"故去……"女人揉着眉心，半天眼神才清澈下来，"你刚才，从哪里来？"

"自天舶司来，些许俗务，恐扰娘娘圣听。"

"你们先起身来。"女人话音刚落，一股柔和的力道将阎姓伙计连同蔡牵托起，她盯着蔡牵，朱唇轻启，"天舶司上，如今是何等情形？"

"一些凡俗争端，和迎接娘娘比起来不值一提。小人算是功亏一篑，倒也无妨，日后自有计较。如今天舶司上，想必是那天保仔一家独秀的时候了。"

"你说……天保仔？"

蔡牵一番口舌，那女人听完，才迟疑地开口："蔡先生。"

蔡牵闻听如遭雷击，张着嘴说不出话来的样子，火鼎婆这才改口："蔡……小蔡，你能不能把那位天保仔，请来和我见一面？"

盟主既定，可麻烦事还一大堆。福灵催得紧，要赶紧发兵；几方大海盗就算没当上盟主，也不可能把他们踢到一边。各家的诉求，兵力的安排、粮草、分赏，诸如此类，都要仔细商讨。

郑秀儿已经一夜未眠，实在是熬不住。小女孩要强没吭声，李阁注意到了，叫老古带她去睡。他刚吩咐完，眼角瞥见远望海面的徐元抚，上去拍了拍他的肩膀："徐老，你也费神了，不如先去睡。"

日出时老头子瞳子火焰一般，他眨了眨眼，又平复成浑浊。李阁瞧见，不可察觉地眯了眯眼。

徐元抚揉了揉眼，嘴里叹气："唉，天高皇帝远，我这两广总督是入了花果山的太白金星，谁也不把我当回事啊。"

"我听说，你这些天一直教秀儿读书。哈！她长在我们这帮泥腿子里，能叫您这样的大学问人教书，秀儿是好福气啊。"

"此女有日月凌空之资，是个好苗子。"老头咂摸咂摸嘴，不再言语。

"福灵说得明白，叫蔡牵连同文书带赎金先给了我，我才会出兵打红毛。我这两天就能把钱拿到手，只是，眼下也没处放你师徒二人，等我们打跑了红毛，我再派人送你回去。"

"福灵答应你们什么了？"

"哈哈。""呵呵。"两人都是一笑。

"跟你们待久了，我都带了一点狠气。有时候我就想，福灵出赎金，还不如叫你们灭了我的口呢。"

"官都有匪胆，却没有匪气。他应该是琢磨着，你想弹劾他也没那么容易。人家是宗室，再夸张的奏折，上了朝堂也得打折扣。

可钦差就这么死了，他才真的玩完吧。"

"天保仔，你可有封侯拜将的志气？"徐元抚开口。

"没有，你不来惹我，我就不去惹你们。"李阎嘴上这么说着，心里却冷笑不止。

"那太可惜了。"徐元抚叹了口气，"等赎金到了，能不能先放了我那门生张洞？"

"没问题。"李阎说完也不再开口。

两人正聊着，一个高挑的女子撑着长篙划过来，她戴着斗笠，一抬脸，眼下有一颗泪痣。

阎阿九。

"天保龙头，我家火鼎娘娘有请。"

李阎心跳快了几分，他假意沉吟片刻："火鼎娘娘是？"

"龙头去了，自然有分晓。我家老板也在恭候。"

"好吧。"李阎招呼查小刀和老古一声，翻身踩在阎阿九的木舟上。

琉球群岛距离不远，蔡牵在岸上等候良久，见到阎阿九乘船回来，脸上如沐春风。

"天保兄弟，有劳了。"

"蔡老板，你打的什么算盘，不妨直说。"李阎没下船。

蔡牵收敛笑意："我家世代供奉火鼎公婆，南洋无人不知，无人不晓。如今我没有在和你讲笑话，火鼎婆大人想单独见见你。"

李阎装作听不明白，半天吐了口气："好啊，带路。"

"老大，你带天保龙头去蔡家祠堂。"

阎老大应诺一声，和李阎往岛里走。

蔡牵在岸上，吹着清早海风，半天不动。

"阿九。"

"老板。"

阎阿九还是老样子，可眼底的雀跃之意还没有散尽。

"你去吩咐一下，天舶司大宴九天。另外，今天我高兴，把我窖里的太清红云取来，我要破酒戒。"

"老板，这种事，我叫四哥他们去做吧。你一个人在这儿，我不放心。"

"有什么不放心的？"蔡牵故意把脸一板，"快去。"

"这……好吧。"阎阿九答应一声，随即离开。

岸上，只剩蔡牵一个人。他面向骄阳，眯着眼睛，任凭阳光射下来。

"火鼎娘娘啊，"他一字一顿，"火、鼎、娘、娘！"

朱墙黑瓦，明黄色的柱子，檐角飞扬，有石头小兽环抱。

有位火红旗袍女子仰望张挂的《云龙图》，腰间别着一口杏子大小的漆黑圆鼎，拿红线串着。好一会儿，她把圆鼎从腰上摘下，小鼎凭空而立，在女人手里微微颤抖，忽然轰的一声破碎开来，从当中升起三道气团：第一道淡青，是香火山神丹娘百年修行的根本；第二道却是纯粹无比的黑色月盘，给人一种干净剔透的感觉，这是……太岁！

如果李阎在这儿，就可以通过忍土得到提示："传承：太岁之核·秽道。"

丹娘托着这三道气团，脸色却很难看，眼前又浮现那个披着夹克衫、单马尾的女人来。

"这东西对我没什么用了，借你用用，有了这个，你就能穿行于阎浮果树之间，不再受果实羁锁，算是拿了你三百年香火根基的报酬……瞪我干吗？别这么小气嘛，跟着你那位将军，三两颗果实就能把元气补回来。"

"长长见识，小山神。你这样的生灵一旦获得传承，拥有'出走'的可能，阆浮可是比一般行走要爱护得紧，大罗果实，无尽香火神祇，都会把你当作香饽饽。"

好半天，丹娘才收敛下心神，去看第三道气团。那第三道气团黑红交杂，时而凝结成姿态滑稽的公婆小人。

"我……我们已经等不及了……错过了你，我们不知道还要等多久……山灵，希望你能带上我们，去看看，天母所说的，那个尽头的外面。也许会对你造成一些困扰，大概是我们糟老头子、糟老婆子的一些烙印记忆之类的。但是，有劳了。"

丹娘握紧白嫩的拳头，三道气团都收拢在一起。余束，你到底想干什么？

"娘娘，"阆老大跪倒在门外，"天保仔在客厅候着呢。"

"唔，知道了。"丹娘答应了一声，"阿烛，以后别这么叫我了。"

"这、这怎么行？"

丹娘换了一身靛蓝色的罗裙，冲阆老大摆手："没什么不行的。别人也是，别再叫我火鼎娘娘了。"说罢她走过廊道，朝前厅去了。

蔡氏的人都被支开，李阆在前厅吃了两杯枣茶，抬眼去看厅上，女子姗姗来迟。

热气腾腾的茶水斟入杯子，又倒上两碗，女子住了水壶。两人对视，一时无言。

情理之外，意料之中，李阆的猜测不假。让蔡牵放弃天舶司大会的"火鼎婆显世"，的确是丹娘。

李阆伸手去拿茶碗，开口问道："丹娘，这是怎么回事？难不成，就像我和天保仔——"

"两码事，那种情况应该只有你们这些天生肉身的人才会有。"丹娘别过脸，"是蔡姓的人搞错了，误以为我是他们供奉的火鼎婆。"

"嘿，他们那泥塑我可见过，再瞎的人也认不错啊，哎？"李阎敏锐地意识到丹娘语气不对，他一拧眉头，探脖子去看丹娘的脸，"怎么了，出什么事了？"

"将军。"女人眼眸低着。

李阎脸色一正，二人初见是在壬辰战场上，丹娘只有在情急或者认真的时候，才会这么叫他。

丹娘拳头颤抖："你老实告诉我，余束的打算，你真的半点也不知情？"

李阎眨了眨眼，恍惚之间，两人认识也有小半年了。他拿起枣茶，一饮而尽，把茶碗一撂："知情！我跟余束说，要我帮她逃命也行，事后送个媳妇给我，她就把你绑来了。"

丹娘没好气地瞪了李阎一眼。李阎咧着嘴，也不说话，就直愣愣地看着丹娘。他这做派，丹娘倒不好发作，别着脸，从脖子红到了耳后根。

李阎抿了抿嘴，又开口："你的事，要是乐意说，我就听，不乐意说，我也不问。"

女人颦着眉毛，一会儿才说："其实也没什么。我也不是不乐意说，就是心有点乱。"

她整理了一下思路，把余束当初塞给她的"太岁之核"以及火鼎公婆的恳求大概说了一遍。

"你是说，火鼎公婆心甘情愿地让你给——"

"他俩让我带上他们，可肉身灵识只能有一个。"丹娘低头回答。

"对你有影响吗？"李阎拧着眉头单刀直入。

"脑子有些乱，有很多不属于我的画面，但是现在好多了。"

"那……你……"李阎斟酌了一下语气，"你留在这儿吗？"

丹娘古怪地看了他一眼："我留在这儿干吗？"

"哦，不是，我是说，你这衣服挺不错，他们说你穿件火红的旗袍，我看见了不是，我就问、问问。"李阆顾左右而言他。

"哦，那件我觉得有点艳。"

李阆挠了挠头，又想起了蔡牵来："丹娘，蔡氏的人，你是怎么打算的？"

丹娘笑了笑："我想，小蔡没有看上去那么高兴吧。我走了，他会轻松很多。"

山灵自诞生之际，难见外人，可丹娘的眼力却很毒。教首，多半是不信教的。

"蔡牵。"李阆沉吟着。

如果没有丹娘横插这一杠子，自己还真不一定能顺利让秀儿当上盟主。不得不说，天舶司实力之雄厚、蔡牵个人能力之强是出乎李阆意料的。富可敌国，官府红毛海盗三面都有人脉，心思手段，都是人上之人。手下九名属种，最差也有十都，自身更是深藏不露。

想到这儿，李阆提起："丹娘，如今，你大概能达到什么地步？"

丹娘眨了眨眼，沉吟一会儿才说："那叫冯夷的男人再来，我有把握护你周全。"

李阆没说话，心里有点儿堵。

"小蔡的火鼎秘术极耗钱财，每每出手，动辄也要纹银万两，你不用担心，何况有我在。"丹娘一顿，忽然改口，"再者，红旗帮势力庞大，盟主的事已经是定局，天舶司和你对着干，只会是两败俱伤。"

李阆哈哈一笑："你尽管说，我没那么小心眼，何况我的确没有和蔡牵对着干的理由。"他眼神一凝，"合则两利，我可还有妈阁岛要打下来呢。"

丹娘被蔡氏误认为是火鼎婆显世的时候，开口第一句话，就是要见天保仔，无论蔡牵是何等样人，心中没有点想法是不可能的。

李阎一路出来，蔡氏的人眼光怪异，可天保仔威名在外，天舶司大会之后更是如日中天，谁也不敢这时候拦上去问一句："我家火鼎娘娘给你讲什么了？"

"阿九姑娘。"李阎正好瞥见环抱两只酒瓮往前走的阎阿九，"不知蔡老板如今身在何处啊？"

阎阿九面无表情地盯着李阎，也不回答。

"我想和你家蔡老板谈一谈。"李阎笑着。

"我家老板说，他今日不想见客。"

"那这样，你替我传句话给他，没问题吧？"

"可以。"

"你告诉蔡牵，我可以把她带走。"

"……嗯？"

"我说完了，你尽管传话便是。"

"十三年前，广东下谕禁烟，从那时起，英国人的鸦片，要从加尔各答海港转手到我天舶司，再流入南洋沿海。这里头，我能独占四成毛利，黑斯汀离了我，要多费十倍的人手和心力，才勉强有可能把生意做到今天这个规模。"

黑斯汀，英格兰驻印度总督，东印度公司大董事。

蔡牵手旁放着一只酒瓮，甜美的酒香四溢。他脸上有淡淡的醉意，对面坐着李阎。

阎阿九给两人倒满酒浆，退立一旁。

李阎也咕咚咕咚把杯中酒饮尽，这太清红云本是汉时贡酒，度数极低，可留存至今，后劲极大。他晃了晃脑袋，半是玩笑，半是真心地说："蔡老板做的都是大生意不假，可鸦片其物，荼毒国民，蔡老板的钱，几辈子也花不完，何必做这等损阴德的勾当呢？"

蔡牵也不恼，反而点点头："我倒相信，天保兄弟这话，出于真心。只是嘛，这是良言，可也是，"他嘴角往下一撇，"无用之言。"

他摆手道："世人逐利，螳臂当车必死，挟大势者，方能立于浪头之尖。"

李阎摇头，打心眼不认同这话。只是他最懒得争论道理，也就由得蔡牵去说。

"庙堂诸公，识得鸦片荼毒之祸，可他们看不见的，是鸦片之后，前所未有之变局，陆沉激荡之危机。"

李阎一举杯："愿闻其详。"

蔡牵也许是醉了，也许是天舶司大会之后，蔡氏的心思也无须在南洋海盗面前隐藏。

"红毛之国，在寰球之西，东印度公司，哪里去种这么多的鸦片？"

"印度。"

"不错。十年前，印度迈索尔亡国之战，便是由黑斯汀指挥的。"

蔡牵又道："天保兄弟，你抬眼看看，如今的天下是个什么模样。国门之外早就是英国人的天下，你瞧着吧，五十年内，印度国将不国。可红毛子的大炮，指的可不仅仅是印度。如今东南海疆万余里，各国通商传教，来往自如。自印度至南洋，自南洋至中国，阳托和好之名，阴怀吞噬之计。"蔡牵眼中毫光毕露，"我上面这两句话，如今的官府诸公，要几十年才能琢磨出滋味。"他一顿，"鸦片，我可以不卖。天舶司，甚至可以让东印度公司一块鸦片也流不进南洋。而结果，你已经看到了。"

若是旁人，自然听得云里雾里，可李阎是什么人？他一下子把酒杯放下。"红毛子要打广东的事，你早就知道了？"

"呵呵，天保兄弟完全可以直接一些，你想问的是，红毛子打广东的事，是不是我背后推波助澜吧？"

李阎挑着眉毛，也不说话。

蔡牵掰着指头："英格兰、法兰西、罗刹、葡萄牙，四国如今乱战将歇，国内一片萧条。我只是透露给黑斯汀，官府逼我天舶司太紧，他的货年底就运不进来了。黑斯汀是个冒险家，谈判桌上得不到的，他自要从战场上拿。后面的事，不用我去撩拨。"

李阎低头："广东沦陷之初，英葡联军以剿匪之名驶入南洋海域，这事知道的人不多，可也不少，福灵那边，也是你煽风点火……你就不怕玩火？"

蔡牵咻溜一口喝干酒盅，悠悠地说："你看不见别人攥拳头，不代表这只拳头不会打在你的脸上。早知道疼，很多时候比晚知道疼要来得好得多。"他又看了一眼李阎，"当然了，窃钩者诛，窃国者侯。"

李阎咂了咂嘴："蔡老板，我是个粗人，除了打打杀杀什么都不会，不过你今天这番话，教了我一件事。"

"哦？"

"男儿爱吴钩，当不为谋蠹舞。"

蔡牵一愣，随即哈哈大笑："天保哥说笑了。如今我等要为你，哦不，为你那位秀儿盟主舞动吴钩才是啊。"

李阎"嘿"了一声，挑挑拣拣，把两颗花生扔进嘴里，含含糊糊地说："刚才那些话，出得你我之口，烂在肚子里。说正事吧。"

"什么正事？"

"火鼎娘娘。"

蔡牵没说话，他不动声色地瞥了一眼身后的阎阿九。

"怎么，我嘴巴大了些？"

"无妨无妨，天保兄弟有话直说。"

"缘由，你不必问。答应我三个条件，火鼎娘娘，我带走。"

阎阿九没忍住，那颗泪痣化作水滴砸落，望向李阎的眼神充满杀气。蔡牵没阻止，可也没斥责李阎，只是酌着酒水。屋子里的气氛冷到了极点。

阎阿九的拳头咯咯捏着，半天，才一点点松弛下来，头颅垂着。

蔡牵嗓子哑着："请讲。"

"第一，福灵的承诺在出兵之前兑现。他答应给我的赎金，好像是三十万两？"

"这是之前说好的，自然应该算数。"

"我的意思是，这里头，你给我凑十万两的珠宝、活猪羊、玉器，具体包括什么，我列份清单给你。另外二十万两，要现银。"

"还有呢？"

"第二，我听说官府手里有一种能制造两百米福船的图纸，一份在官府工部，一份在宝船林氏手中。蔡老板手眼通天，拿一份来给我，不难吧？"

"我知道大屿山上有大型的船厂、几代传承的老船匠，可恕我直言，这种船需要的原料，整个南洋已经找不到了。"

"这你不用管。"李阎笑了笑。南洋没有，可阎浮果实无尽，大批的行走把用不到的购买权限挂到拍卖行上，没什么原料是买不到的。

"第三……"李阎嘴唇翕动。

蔡牵听了半晌，神色逐渐肃穆，半天才开口："恕蔡某愚钝，天保兄弟此举，除了逼得红毛狗急跳墙，我看不见半点必要。何况大屿山之地利，得天独厚，红旗帮何必去染指——"

"你就当我此举，是为博身后一点虚名吧。"

蔡牵玩弄着酒盅："哈哈，难怪，难怪天保兄弟耻笑我是一介谋蠹啊，红旗帮行事，的确对得住宝岛郑氏的名泽。"

"蔡老板，你这话是在羞臊我？"

"哪里哪里。"

"蔡老板，你是追名逐利的商人，我是刀枪打滚的武夫，利害临头，都要下狠手，可我博血食，不弄国器。"

蔡牵的语气听不出情绪："博血食？天保龙头，你手下有六万人啊，还用你去博血食？"

李阎攥了攥拳头，又晃了晃脑袋，太清红云后劲上来，脑袋发胀："是啊，六万人啊。"

蔡牵打量李阎几眼："一言为定。"

李阎点头："一言为定。"

"章何不会老实。"

"那不是更好？"

"哦，我倒忘了，你红旗帮觊觎太平文疏也不是一天两天了。"

"什么时候出兵？"

"今晚。"

第七章
大盗枭声（上）

是夜，令出红旗帮，传于各家海盗头领。

章何、朱贲各为一方渠帅，各自归巢携带兵力，同黑旗安千禄、牛尾、白底等七家势力一路开往香山，消灭当地打击官府的葡人舰队，歼敌务尽。

林阿金为一方渠帅，连同蓝旗千钧标、白旗帮各家、各岛屿土族、明帮等二十余家海岛势力，各自归巢带齐兵力，自顺德、新会、番禺等地拦截葡人零散舰队。

红旗帮、蔡牵各为一方渠帅，带其余全部兵力开往广州湾，歼灭唐若拉主教所在的英格兰及葡萄牙人的舰队主力。

三更出发。

哨子急促，青黑帆林立高耸，炮口森森。前后不下千条大船汇聚又分散，各自归拢成三道海上黑流，有小船回自家老巢报信。

万里南洋，蝇头黑流各自攒动。各家势力拿出了压箱底的人马船只，实打实二十二万人，大小船只数千，遮天蔽日的黑潮压往大陆沿岸！

> 章何者，客家人，潘村小民也，有胆略，少强征田土。殴死人命，捉收断事司监问，遇赦，出则摄众，挂九星黑旗，奉事黄老道，畜养弟子，跪拜首过，符水咒说刀枪不入，外多传"妖贼"军，聚众万余，旌旗蔽日。
>
> ——《德顺龙江乡志》

朱贲，号九麻义豕，少读书不成，去而为盗于海，其人机敏，侪辈听其指挥，为避兵锋，尝往来西江日本。交通苏松，觊舰闽粤，久为东南之患。

——《蓝寇始末》

夜色渐浓，潮水拍打大船，声声入耳。

这是妖贼军炮船的一间顶舱，朱贲深夜来访，言称要见章何。

"我可是听说，天舶司大会之后，蔡牵请了天保仔去了蔡氏祖祠，嘿嘿，这姓蔡的还真是顺杆爬。"朱贲语气酸得紧，忽然眉头一皱，问向齐道济，"章何兄弟呢？"

齐道济一拱手，又抹了抹八字胡子："都督大人正在闭关，朱龙头请稍等片刻。"

朱贲虚了虚眼，想起章何败回到天舶司时，那张阴沉似水的脸来，嘿嘿一笑道："怎么？章兄弟，莫非还有什么秘术未曾施展吗？"

齐道济"唔"了一声，笑着摆手："我家都督，是在和天保龙头的比斗当中，伤了三魂七魄当中的尸狗魄，这才闭关疗伤而已，哪还有什么秘术后手。"

"哼哼，你又何必瞒我，南洋如今谁不知道，章何当日高搭法台，红毛的瓦斯科战舰也如同孩子的玩具，被任意揉捏，只是比斗当中，这等法术施展不开罢了。"

两人客套了几句，外面帘子一挑，一身大氅的章何走了进来。黑发上有袅袅的白雾升腾，煞是惊人。

章何拧着眉头，满头虚汗，偏偏一对眸子亮如火炬："久等了，朱龙头，深夜到访，所为何事啊？"

朱贲一见章何，抖了抖袖子："看章兄弟这副模样，莫非又有精进？"

"这天保仔恐怕是得了哪家小神的供奉传承，一身业艺已经今非昔比。我若不思进，岂不是没几年就要被红旗帮的人摘了脑袋？"

朱贲探身说道："我可是听说，厌胜之中，有一门令人发指的秘术，吞了厌胜高深者的后半截脊骨，可得此人生前一半修为，天保仔是不是……"

章何摇头："十夫人的法术，我再熟悉不过，天保仔施展出的手段与她全然不同。"

朱贲一拍手："那岂不是说，大屿山里，还藏着一个有厌姑一半法术的人物？"

章何似笑非笑地看着他："朱龙头有话不妨直说。"

朱贲咳嗽两声："章兄弟，咱们那位盟主大人已经下令，今夜出兵，要我和章兄弟先行攻打香山，这事……"

"我的弟兄们点齐人马船炮，就等开船了。"

朱贲跳脚："哎哟，我说兄弟，你怎么这么实诚啊。"

章何撮了撮手指："朱龙头这话是什么意思？"

"这盟主说是郑秀儿，其实不就是他天保仔吗？当婊子还要立牌坊罢了。从十夫人活着的时候我就看出来了，红旗帮这些人少恩寡义，不足与谋啊。五方海盗，咱俩和天保仔关系都不好。"朱贲咽了一口唾沫，"章兄弟，这次南洋海盗倾巢而出，加起来有快二十万人。红毛虽然厉害，也是肉身子，绝不是我们的对手。可咱们都到了广州，那天保仔能让咱们喝上一口汤就不错了。"

"那……依照朱龙头的意思？"

"咱俩到了香山，故意透出消息，叫他们知道自家主力在广州湾有难，红毛必然突围增援，咱们假意追击，放走红毛军舰去给红旗帮和蔡牵捣乱，然后上岸直奔广州，要是咱先到了广州城里，还不是予取予求吗？"

章何闻听，哈哈大笑站了起来。"我思绪半晌，想不到和朱龙头想到一起去了。"

朱贲一看章何的架势，知道自己此行成了大半，也十分振奋："如此，便说定了。"

"就听朱大哥的。"

"一言为定，届时先破广州，城北归我，城南让给章兄弟你，这一票捞完，金盆洗手都不愁吃穿了！"

章何应了两声，眼底深邃。

等朱贲心满意足地下了船，齐道济走到章何身边："都督，那朱贲……"

章何扬了扬手，转头问齐道济："齐师，你之前查到的那些，可有把握？"

齐道济点头："朱贲和咱，就是给红旗帮背的黑锅！那'鸭灵号'上的炮，和红毛军舰上的火炮一模一样，绝对错不了！"

"红毛鬼发了疯似的要夺回来的那东西，也在天保仔手里了？"

"八九不离十。要不然当初大伙儿都熬干了军备，天保仔哪里有把握再拿出几十门炮来？"

"道济，要是咱们拿到那东西，你会怎么处置？"

"自然是藏进老窝，闷声发大财。"齐道济语气一住，"提督？"

"朱贲眼皮太浅。广州的确是富得流油，可这盆肉，你多吃一口少吃一口，改不了大局。天保仔依旧是南洋盟主，纵然折损部分兵力，声望也将达到顶峰。"章何眼色深沉，"到了香山县，届时如何，听我指挥。"

宝船林姓者，乳名阿金，世落拓游江湖，多携炮弩兵器出洋，掳袭一舟得志，后屡为之，以众水鬼夺帅之法驰名，但其著令不杀人，船货只取其半，有穷可怜者，全释之，海上称"仁盗"。

——《只见编》

两天后，天色将晚。

"那姓蔡的，自己放弃做盟主，却连累得我们里外不是人。"敖兴抱着肩膀，古铜色的皮肤仿佛铜铁浇铸。

林阿金摁着海图："还有多远？"

敖兴回答："自刚才我就瞧见漂在海上的船骸，应该快了。"

"叫儿郎们打起精神。"说着他眼睛一眯，林姓船队西面，一抹黑光自海际翱翔而起，红绿二色相间的旗帜飘舞，金蓝色圆盾的风帆之下，军装笔挺的葡萄牙人挂起红旗，一道道黑红色人影在船上奔走，双方几乎同时发现了彼此。

"哼！"林阿金把海图一卷，"降三帆，架炮！左右船只排开，泉郎种下水。"

船舷露出三排几十个窟窿。包头巾、赤裸上身的林家汉子把大炮推出一尺。

扑！葡人的黑色炮舰打出几枚实心弹，却在距离林姓舰队的前头入水。倒不是葡人连炮弹射程都算不清，这是在警告林姓。

"家主，我们？"

"等。还有，叫后面的船，别冒头。"

林姓的船，最前头七八条六十来米的闸船环成一个月牙，船上的人扬着火把，对着葡人的船只虎视眈眈。

"检察长，发现不明船只。"

检察长巴罗斯的服装一丝不苟，他转动桌上的巨大地球仪，快步走下楼梯，只瞟了一眼，就笑着对属下说道："又是这种古老的中国船。"

自突袭战打响以来，东印度公司连同葡萄牙的雇佣军队，面对的官府主力，便是这样的中国闸船和广船。

那些连大些的海浪都承受不住的渔船，自然不必说，就是所剩不多。那些所谓"大帆船"，葡人的火炮只要一轮齐射，就要沉个一两艘。这些老掉牙船只的航行速度又慢，自己的人慢悠悠地填弹，发射，不超过三轮，这些船只基本就完全溃败。

"应该是海盗船，我们已经打过招呼了，可是，他们似乎没有退开的打算。"

巴罗斯皱了皱眉头，出发之前，唐若拉主教也曾叮嘱过，如无必要，不要和南洋海盗发生冲突，可眼前，对面的船队好整以暇地摆开架势，火把也带着，分明来者不善。

巴罗斯当机立断："开炮！轰沉他们！"

红绿旗帜飘扬下，十二条黑色三桅船列成一个箭头，打了一个转儿，斜绕着向林姓舰队逼近，森森炮口敲得林家水手直皱眉。

砰！葡人的箭头船队的十几条黑船，齐齐歪向一边，白烟弥漫，啾啾的炮弹砸在林姓船队的船板上，猛烈的红色火焰舔过甲板。

火光当中，满脸冷酷的葡人指挥官刚要下令再次开炮，瞧见烟雾散尽后几乎没有任何变化的林姓舰队，硬生生把冲锋开炮的命令吞进了肚子。

一轮火炮之后，面前这些船尖又细长、甲板脊弧很矮的中国老船的表面，只有一些浅浅的伤痕。

巴罗斯敏锐地发现，这些在样式上和官府船只没有区别，也称不上崭新的中式闸船，吃水非常深。

"检察长大人？"

"冲过去，离近些再打！"

长久以来，葡人在南洋的势如破竹，让巴罗斯具有极大的自信。

黑色帆船气势汹汹地涌来，五个呼吸的时间过去，敖兴眼前一亮："家主，红毛进入我们火炮的射程了。"

"等。"林阿金的回应还是这个字，他老于海战，对红毛的船只，不说了如指掌，也有着极深的了解。

实打实地说，自己手下的林家老船，尽管代表着南洋数百年最高的制造船艺，可和红毛比，还是差了不少。

火炮射程短，能承载的大炮数量少，速度慢。唯一的优势，是比红毛的船坚固耐用。

追击的话，自己一方非常容易陷入被动。

可另一方面，两支舰队初次接触，葡萄牙人摸不清自己的火力，心里又带着对官府船只的一贯轻蔑，必然冒进！

谁也想不到，整片南洋，拥有最多火炮的势力，不是官府，而是各家海盗！

只有等葡萄牙人的船足够近，自己才能打出丰厚的战果。

砰！砰！砰！葡人的船只越发近了，炮声接连作响，最近的一枚炮弹，距离林阿金只有十五丈！林阿金毫不动容，只是默默估算着船距。

咻！正入神的他一抬头，褐色火药弹划出一个弧线，对着自己鼻尖落下。"真背啊。"他喃喃地说。

敖兴怒目圆睁，一个箭步跃向空中，两只胳膊环抱，迎向炮弹。火花似玫瑰绽放。

几乎在同时，林阿金对着旗手大吼："扬旗！开炮！叫后面弟兄露招子（一齐上）！"

月牙形状的林姓船队之后，两道黑流一左一右冒了出来。

轰！轰！林姓舰队还击，层层火炮孔绽放夺目的火花。

数十发黑火药炮弹轰在葡人的帆船上，船头、船舷上顷刻凹陷，紧跟着扬起了大片褐色的尘烟，那是木屑、水浪、铁钉乃至屑状的血肉！

巴罗斯又惊又怒："这些海盗手里有火药弹？！"

他还没来得及下令，只见两道黑流自对面舰队后面一字排开。

老闸船舰让开，两艘庞然巨物自船队中间冲撞而来，船头足有二十来米高，长百余米，三层木楼。

林姓福船。

夕阳染红晚霞，海浪跌宕涌动，炮火轰鸣，各色帆船齐刷刷地冲向葡人的黑桅舰队，船头上，海盗们或舞刀枪，或举火铳，或攀帆绳，潮水一般，朝巴罗斯的船队袭来！

海水倒映火焰，有林家泉郎种破水而出！嘴咬钢刀，身背鱼叉，三两纵跃，跳上了葡萄牙人的舰队！

在比斗中败于禁婆手中的白茹玉中气十足："那挂金叶子边儿围的船上是他们龙头！先夺这艘船！"

敖兴从空中摔下，黑辫子散开，披头散发，他口吐出一颗带血牙齿，眼露狰狞之意，身下船只的火焰烟雾时隐时现。

林阿金沉声道："没事吧？"

"死不了！"敖兴说话漏风。

林阿金转头，顺着海风方向大喊："林姓的弟兄们，诸位头领！大家伙儿扬名立万的机会到了，莫放走了这些贼心不死的红毛！"

海上轰然响成一片！

夫粤海以多盗闻，天保仔其巨魁也，挟数万之众，以横行于洪波巨浪之间，轰炮如雷，烟蔽天日，向为粤督者皆为其忧三十余年，莫敢奈何。

——《靖海氛记》

平夷侯蔡牵，字顺官，其族显赫，祖上为南洋巨贾。牵有胆略，礼贤下士，乐施与，尤喜振贫困，恤人于厄。与番舶贾人交，多得厚资。

——《佛山忠义乡志》卷二十一《书院膏火碑记》

这里距离广州湾只有五十里。

"嗒!""嗒!"鼻尖贴着湿腻的甲板,嘴巴里的咸腥味道久久没有散去。天色阴沉,暴风雨即将席卷而来。男人睁开眼睛,直起上半身,回首四顾是汪洋不见边际的海水。骤然一声炮响,他下意识蜷缩起身子,等待风浪小些,他抬头去看,目力范围以内,船舷以东,是一艘银灰色的船艇,上面飘扬着红白二色的圣乔治十字旗。

他胡子稀疏,嘴唇干裂,眼袋极重,眼睛里全是血丝,看得出很久没睡过一个安稳觉了,船只突然遇袭,他有心下令还击,可填砂炮弹根本够不着人家,自己这几条闸船,却扛不住两三炮。

这人回头眺望一眼,至少有超过五十条银漆瓦斯科战舰朝自己冲来。

"转舵。"他咬着牙道。

此人乃广东右翼镇官员,名叫林栋,是个四十多岁的络腮胡子。红毛之祸事发太过突然,南洋海防骤然之间飘零破碎。广州湾最先沦陷,布防总兵陶果先战死,官府兵卒溃败逃散,林栋及其部署带着三两余部流亡海上。

这些人已经在海上漂流了几天,若是弃船上岸,换了便服扎进山野穷乡,红毛子也找不到,可作为长官,林栋却坚决不允。

红毛两万不足,各地方营盘则有兵将七万余,可短短几天,香山、东莞、新会、番禺、顺德等县的守军却前后被击溃,如今的珠江口上,挤满了红毛的大船坚炮。

上官不知所终,孤魂野鬼似的在船上游荡几天,粒米未沾,非但没有等到转机,反而再次遭遇了红毛的战舰部队。

林栋晃了晃脑袋,那红毛子的漆船却逼近了。

咻!林栋头上的黑色暖帽被子弹射飞到甲板上。他仰脸,船上蓝眼珠洋鬼子端着击发火铳瞄准自己。

林栋抹了一把脸,弯腰捡起黑色暖帽戴在头上,一提腰刀,子弹当的一声打在刀身上。

尖锐的金铁声音经久不绝。

扑通！钢刀入水，可尖锐的声音还在。

是哨子声。

滚沸的喊杀声潮水般涌来。

海上掀起层层白色细浪，起风了。

【五婆仔之壳·怒风】

制造一场持续十五分钟的海风，方向
自由控制。

橘红色花瓣在银色战舰的风帆上绽放，海波摇晃，一股股木屑
在红毛子的船上纷飞。灰尘气浪喷涌，炮车翻倒，连带着林栋这几
艘闸船，一起被炮火笼罩！

"开炮，开炮。"指挥官叫嚷着，"起浪了，解帆绳，转舵！"

轰轰轰轰轰轰！

轰轰轰轰轰轰！

东印度公司重金引购的黄火药炮弹以强大威力著称，而面对这
不知道从何而来的袭击，竟然完全无法在火力上占得优势。

怒涛飞卷，挂在浪尖上的大红帆闸船火焰张扬，一艘艘船只在
红毛子的强大火力下沉没，瓦斯科战舰虽然摇摇欲坠，却没有一
艘倒下。

船身描有恶煞纹路的鸟船左右包抄，尖锐船尖抵在瓦斯科战
舰的底部，而大批的广船和闸船经过炮火洗礼，也冲到近前。

眼看两边的船近了，东印度公司的雇佣军们推开火炮，抄起火
铳，顶在了前头。

甲胄破烂，刀子锋利，衣着各异却个个包红头巾的红旗帮海盗
红了眼似的，冲上了敌船。

一杆黑色长枪腾出如龙，枪锋划过，五六道血箭飙升，赵小乙拧腰撑枪挥舞双臂，枪杆扫倒一排雇佣士兵，数名高里鬼带路，袭杀先头部队，如同一把尖刀，插入敌人柔软的小腹！

"退！退！退！"指挥官眼见海盗凶猛，当机立断，叫所有士兵分队伍躲进舱室，依托狭窄地形，等待援兵。

一只黑色布鞋踏上甲板，高瘦身影突出如同青色竖峰，李阎左右环顾，一名眼力狠毒的雇佣士兵朝他射击，被他轻轻仰头躲过，那人滚地躲进通道，李阎瞧也不瞧，脚尖挑起一杆钢刀，反手飞掷出去，只听得扑哧一声，黑色血点洒了一地。

眼见这艘船的甲板已经被占领，李阎眼角瞄见海上漂着一顶黑色官帽，招手叫来一人，指着海面："水底下有官兵，先救上来看看。"李阎话刚说完，立马有个敞怀的疤脸汉子答应一声，扑通一声钻进水里。

当初从广夷岛入手五婆仔之壳，李阎回来把他安置在了"鸭灵号"上，怒风发动，船队借风势，以最前头三艘加持了"活体海水涡轮"的八十米广船作为刀尖，红旗帮的先头舰队，在英国水兵反应过来之前，就穿过炮火，一股脑儿地撞了过来！

红帆闸船一拥而上，齐齐撞在瓦斯科列舰的船体上，白色和红色的风帆交叉，后面的鸟船穿插，蚂蚁般攒动的海盗甩出套索，背着刀枪火铳登上甲板，和红毛子展开惨烈的白刃战。

红旗帮这次出动了上百条大船，小船若干，蔡牵的队伍就在身后，前后大小船只近千。炮弩人手，都是南洋顶尖。

而红毛子这支舰队，应该是红毛占领广州之后，派出来清剿官府残余兵力的，五十多条瓦斯科战船，占到这次英葡联军的九分之一，以瓦斯科战船的航行速度，以及炮载量，这是一支堪堪可以对抗南洋五大海盗任意一支的精锐战力。

可喜的是，李阎投身这次事件以来，红旗帮的尖刀力量，以及舰船火炮水平，都提升了一大个档次！加上蔡氏的鸟船支援，这场遭遇战，没有打不赢的道理。

南洋海盗的凶悍，在船只和火力占据优势的情况下发挥得淋漓尽致。

李阁收回目光，自己身边的伙计，在整个南洋也是顶尖好手，脚下这艘战舰上的水兵，在接触到红旗帮海盗的一开始，就被狠狠压制，对方指挥官的反抗意志很坚决，头脑也灵活，眼见势头不对，下令让水兵躲进甬道和狭窄舱室，依托地形作战。

"天保哥，搬火药桶，炸了他们的船！"薛霸耳濡目染，对海战绝不陌生，当即叫道。

"咱们的人是他们的几倍，用不着下手这么惨烈，保船，进舱室把红毛一点点清剿干净，顺带抓几个舌头问话。"李阁话音刚落，脸上杀气一露。他拧眉转身，身边薛霸那句"小心"还没出口，但见李阁腾舞錾金虎头大枪，枪花朵朵绽放，白金光影密不透风，叮叮当当响作一气，褶皱的弹头落在地上，还冒着余烟。

原来有英军水兵注意到正发号施令的李阁，当即向李阁的方向发动了一轮火铳齐射，几名眼神锐利、手持水手刀的士兵更是舍下用圆桌、绞锚台搭建的临时阵地，不要命似的冲了过来。

噗！大枪落地，木屑纷飞，枪刃砸入甲板三寸有余，眼见水手刀已经劈来，李阁一压枪杆，虎头枪刃宛如蛟龙出水，一道白金华彩凄厉地自下而上划过天际，眼前水兵的两截肉身从中间裂开！

连同军服和三角水兵帽子，这个冲锋在最前头的水兵被整个枪刃擦成了两半，血糜翻涌，几枚沾血的金色圆纽扣滚落老远。

只一枪，便把水兵队伍视死如归的疯狂气势浇了个干干净净！

其他水兵的脚步硬生生被遏住，同僚的血肉溅了他们一头一脸，却是都蒙了一个呼吸左右的时间。李阁冷冷逼视着眼前众人，红旗帮海盗呼啦啦拥了上去，不用李阁出手，便把这支水兵队伍淹没了。

轰！炮弹轰在船身上，一艘东印度公司的战舰船腹破了好大一个洞，轰隆轰隆沉下海面。

焦灼的海战边缘，有瓦斯科战舰拨动海水，开始掉头逃窜，这是溃败的信号。

唐若拉轻轻把鹅毛信放到桌上，拨开一边的精美瓷器、珍珠玉帛，苍老的脸上，有深沉的怒气。

东印度公司的舰队抵港后不宣而战，一路势如破竹，杀伤官兵无数，接连占领县城、港口。当几位在欧罗巴声名赫赫的体面贵族指挥官终于攻破广州城，打开银库大门的时候，脸上震惊贪婪的扭曲神色掩也掩不住！瓷瓶、玉具、漆器、金帛，以及最直观的足以让大伙儿在其中酣畅游泳的银锭子！这还只是公库，其他如福灵的将军府衙、城内大商人的私窖、香火旺盛的佛寺……说不尽的富贵繁华，如今待宰羔羊似的，赤裸裸地摆在大伙儿面前！

短暂的兴奋过后，经验丰富的葡人主教及东印度公司的几位大管事心知肚明，想把这些富贵吞进肚子，当务之急是消灭就近的有生力量，叫官府再无还手余地。可就在刚才，唐若拉收到急报，南洋群盗扯起大旗，自南洋反攻两广；那位见过黑斯汀，也和公司一直保持密切合作的天船司大老板更是义正词严："红毛犯我河山，杀我百姓，凡中国之男儿，无不咬牙切齿，纵然洒尽一腔热血，也誓要把红毛赶出南洋！"

旁的不说，如今数万红蔡联军逼近广州湾，已经不足五十里了！

红蔡联军声势浩大，按理说唐若拉不可能收不到消息。可实际上，番商在南洋的消息往来一直被蔡牵密切关注，如今军机迟缓，很大程度上就是蔡牵搞鬼。他们可没想到蔡牵把他们当擦屁股纸，一点旧情都不念！

其实在达成了勾连群盗、敲打福灵、扩大实权的目的后，蔡牵早就动了剿灭红毛、为蔡家祠堂添一件光辉功绩的心思。若是能封侯拜相，自然光耀门楣。

当初天舶司大会前，唐若拉还坚信蔡牵即使不站他这边，也一定会保持中立。实际上红毛子能这么顺利进入南洋，蔡牵是出了力的。

自从黑斯汀听闻官府要进一步收紧海关贸易后，个把月来，他花费重金，贿赂蔡牵，谎称南洋海盗威胁太大，想派重兵又怕官府不许，拜托蔡牵说和，其实暗地里勾结葡萄牙部队，要用武力叩开海关。

蔡牵收了银子，办事利落，没过两天，官府便主动花银子请自己剿匪，正中联军下怀。突袭广州后，十三牙行的账房管事还来闹过，洋人自知理亏，何况日后仰仗蔡氏的地方还有很多，黑斯汀大董事来专信，语气诚恳地向蔡牵说明苦衷，做出承诺，还捎带脚赔付了蔡牵上百名熟练工匠，原以为蔡氏亦商亦盗，追逐名利，又讲信义，不会再追究，可没承想这才几天的工夫，蔡牵竟然伙同四大海盗打上门来。

二十万海盗反扑两万多英葡水兵，无论如何，这都是一场苦战。

可退？舍不得！

唐若拉拈起一尊精美香炉，爱不释手："杰姆蔡，你说过中国商人最讲信义，你出尔反尔，一定会自食恶果的。"他又瞧了一眼来报信的士兵，谦和地笑了笑，"我要是没猜错，这五大海盗当中发号施令的就是杰姆蔡了吧？呵呵，把皇帝和官员连同黑斯汀冕下一齐耍了一个遍，我还真是有些佩服这个中国人的心机和执行力啊。"

"事实并非如此，主教大人。"士兵右手放到胸前，"南洋海盗的领头人、指挥二十万海盗作战的是一名小姑娘，名叫郑秀儿。"

"郑秀儿？郑秀儿是谁？"唐若拉愣了愣神。

报信的士兵也说不清楚，只保留地说："这是一位大海盗的女儿。"

唐若拉脸皱在了一起，他呢喃几句什么，把杯子里的新鲜绿茶喝干净，这才说道："带我去见亚力克斯爵士。"

　　亚力克斯·贝奇，这次东印度公司派出的地位最高的管事人，毕业于伊顿公学，下议院议员，曾任黑斯汀总督的高级秘书，不列颠海军准将。唐若拉刚见到亚力克斯爵士，就被这个刚满三十岁的硬朗青年人的眼神吓了一跳。

　　"主教大人，有一件事，我务必要通知你。"

　　"南洋海盗的联军已经逼近，先头部队甚至有直接遭遇的可能，我已经知道了。"唐若拉点点头。

　　"是……另一件事。"亚力克斯语气古怪，把手里精致的羊皮纸递了过去。

　　唐若拉漫无目的地扫过纸张，瞳孔猛地收缩，脸上的老人斑都颤抖起来。

　　欧罗巴史上最好的战术家之一，法兰西皇帝陛下拿破仑·波拿巴麾下，有"胜利之子"之称的安德烈率领七万法兰西军队，直指葡萄牙东部城市阿尔梅达，而葡萄牙境内最具战斗力的也只是一支两万人不到的英格兰援军。

　　"唐若拉主教，你的看法呢？"亚力克斯爵士问道。

　　唐若拉艰难地回答："我觉得，如果远东的局势陷入僵持，也许我们可以考虑……"

　　"那就不要让它陷入僵持，我们需要一场快战。"亚力克斯拳头缩紧，"正因为局势吃紧，我们才要保证远东的利益，我们听到这消息的时候，可能战事已经打响，这不是我们能干预的了，可巨大的利益就在眼前，主教大人，我们距离成功只有一步了。"

　　唐若拉主教久久说不出话来，不知道过了多久，他才轻轻点了点头："我明白。"

　　五十多条英格兰战舰，最终全部溃败，只逃回了二十二条，其余要么被火炮击沉，要么在接舷战当中，被红蔡联军的海盗清剿干净，连船带人都被俘虏。

"首战告捷，红旗帮兵威之炽，我今天是见识到了。"甲板上，蔡牵和李阎并肩而立，他一身紫底黄纹的长马褂，话中半是恭维，半是惊叹。

洋人的坚利船只、兵员素质和海盗的差距有多大，蔡牵心里是最清楚的，前几日，葡萄牙大检察长巴罗斯带队撕破官府防线，双方七万人在海上交锋，官府水师一触即溃，伤亡逾万，而葡人的损失，是让人不可置信的两位数！

也是这一战，让官府的水军将领彻底看清，如今的官军，远远不是这些远道而来的虎狼的对手，从而收缩防线，放弃海战，据险而守，可惜，最终也无力回天。

而今天，被官兵吹成妖魔的红毛水兵，却猝不及防地尝到了失败的滋味，折损一千多名水兵，还是在一群海盗的手里。

之前蔡牵已经尽量拔高去评价红旗帮海盗的骁勇善战，以及其船只火炮的精良程度，可如今看，还是低估了人家。考虑到天保仔担任红旗帮龙头不足一月，这份基业的牢固，还得把功劳算在已故的厌后手中。

此战之后，蔡牵也不禁慨叹，如今的天保仔虽然勇猛无匹，堪称万夫莫开，可海战一打，一身诡异厌胜，出手能让百里尽是一片赤水的厌后才更让人忌惮。

想起这女人还活着的那些岁月，其余四旗也甘心蛰伏。五旗联盟中，红旗帮的确是整个南洋最大、最硬的拳头。明显高出其余四大海盗团伙一个层次。

不过那样的日子，一去不复返了。

李阎听到蔡牵的吹捧，摇了摇头："人手是对手的几倍，船是差了点，也没差到天上去，红毛也不是三头六臂，这都打不赢，抹脖子算了。何况，我们的船只人手的损失，是对手的两倍，没什么值得夸耀的。"

李阎心里算过，单是这次开胃战当中红蔡联军的折损，换算成银子大概是三十万两，够得上他和查小刀两人加起来打生打死才能获得的收获了。

众木支持的凌云宝树，便是如此格局。

想着这些，李阎拿起一把水兵配的单眼火枪，砰地试射了一发，盯着草靶子上的窟窿眼，心中估量："比苏都的羽毛威力强点，但也有限，有雕雪在身，倒是不碍事。"

蔡牵笑了笑："对了，天保龙头，这场遭遇战打下来，有四五百人的俘虏，你准备怎么安置？"

李阎眼珠一转，哼了一声："仗打得紧，没工夫防备他们，这帮票又扎手，干脆割喉扔下海，省得麻烦。"

蔡牵一愣，急忙劝阻："就这么把这些洋人杀掉，不仅会激起对方的愤慨之心，也太过残忍，留下他们，等胜下英葡联军，让他们花钱赎买岂不是更好？"

"残忍？红毛对着我的兄弟捅刀子的时候，就不残忍了？这次蔡老板的人只是敲敲边鼓，自然轻松，可我红旗帮兄弟折损就超过两千人，不杀他们，还留着过年吗？至于赎买，你就知道我们一定打得赢？再叫这帮子水兵闹出事端，折的可不是你的弟兄。"

蔡牵摘下瓜皮帽子拢了拢头发，苦笑摇头："天保兄弟，你我也不是第一次打交道了，你怎么又拿出这副面貌来谈生意？直说了吧，这次反攻，我有七成以上的把握能打赢，俘虏破牢闹事这种离奇话本，不必饶舌，我想让秀儿盟主做出承诺，对投降的红毛网开一面，并把这次南洋大战的所有俘虏都发送给我。"

"哎呀，我的弟兄辛苦流血，你叫我把俘虏给你……再说，其他几位渠帅头领也未必答应吧？"

这次反攻，给各家海盗头领的职务官称，仿了当初黄巾起义三十六渠帅的制式，五大海盗头领封作五大渠帅，当然也就是个称呼，做不得真。

"要多少赎买银子，天保兄弟你开个价。"

"嘿嘿，从我这儿买了，再倒手卖给红毛，还赚了交情，蔡老板做得一手好生意。"

"这生意，你等也不好做不是？"

"银子，我不稀罕。红旗帮的需求，当初在琉球岛也提过了。蔡老板这话，可真是让我为难啊。"李阁眯了眯眼，"我倒真有件东西，想让蔡老板帮忙。"

"请讲。"

"林阿金手中，那个泉郎海鬼，是如何炼得的？"

蔡牵闻言一皱眉头："泉郎种之术难得，更是林姓不传之秘。好比是厌姑手中的楚服厌胜、章何手里的太平文疏，我可弄不到手，天保龙头的胃口实在太大了。"

"这就奇怪了，高里鬼、泉郎种本是一套，他林姓只有泉郎种，那个敖兴哪里得到我们五旗联盟高里鬼的炼制法门的？"

蔡牵回道："好像是当初黑旗内乱，林阿金从郭婆一个心腹手中得到。当然，我也是道听途说。"

李阁随即说道："这样吧，法门就算了，你和林家交涉，我要林家为我红旗帮炼一个泉郎海鬼出来，这总没问题了吧？"

"我尽力而为。"

"那我可就等蔡老板的好消息了。"

两人三言两语，浩大舰队兵合一处，兵锋直指广州湾。不料，海面天际上，突起无数黑色桅杆，海浪翻卷，气势如虹的黑色三桅帆船舰队，纠结着大批银色瓦斯科战舰，正静静等待着红蔡联军的来临。

第八章
大盗枭声（下）

弃港？李阎和蔡牵不约而同地惊疑出声。

"嘿！蔡老板，人家这是没把咱当回事啊。"李阎怪笑两声。

倾巢而出，弃港作战，比起据守最大的优势，就是能尽快结束战斗。

蔡牵没说话，他轻轻转了转手指上的戒指，爪趾抓在帆绳上的红顶鹦鹉扑腾翅膀飞舞在海上，嘶哑的鸟语传遍蔡氏舰队："红毛来了！露招子！""红毛来了！露招子！"

蔡氏的船上画着花花绿绿的青面獠牙，家仆、水手皆穿青色藤甲，挎着这时节在欧罗巴也是凤毛麟角的撞击式火帽击发枪，声浪震天。

近千条不同样式的大船在海上遭遇，在青黑色的海水衬托下，载浮载沉的船板带着厚腻质感，火炮林立之际，船只齐齐一扭，两只交错的舰队太极勾玉图一般咬向彼此，又像两群矫健鱼群彼此来回游动，战线绵延四十几里，分外壮观。

强劲的海风把李阎的裤脚吹得来回摆动，他矗立在千帆之间，背后凌乱的风帆好似獠牙，脚下是森森的炮口。中间的海面上，两股白沫子撞在一起！李阎咬着尾指，吹出一声长哨，波澜壮阔的海面上炸起数百道火花，红旗帮血帆闸船，和银色的瓦斯科战舰几乎同时开火！

黑烟弥漫，海浪汹涌，红旗帮水手们擦拭着各自刀枪，李阎凝视蔓延的红黑色炮火，低头看了一眼自己手里放平的环龙汉剑，上面有指甲盖大小的缺口，还有蔓延的裂纹，若是触碰，可能还会有碎片落下。他叹息一声，把环龙收回个人印记，反手抽出錾金虎头大枪，吞刃如同狂蟒一般抖动，六十厘米的白金枪锋直指对手战列。

杀声震天。

金红色炮火之下，英葡联军对红蔡海盗火炮惊人的威力和射程的微弱惊呼，被狠狠压下！红褐色的烟尘、木屑大股大股飞溅四射，战场眨眼之间就变成惨烈如绞肉机的血腥屠场，一枚枚威力奇大的火药弹舔舐着每一个不列颠水兵的生命，转动的船舵被炸得粉碎，整只英葡联军的前端陷入一片火海。

红旗帮和天船司同样不好过，一名正给火炮填弹的水手被一枚火炮正面砸中，十来吨重的炮台被整个掀翻出去，烈火烧灼，一双断脚还站在原地。一艘艘蔡氏的船只还没来得及交锋，就在双方舰队彼此咬合的时候陷入一片猛烈的火炮当中，死伤无数。

蓦地，红旗帮一枚看似普通的火药弹落在正凶猛开火的瓦斯科战舰甲板上，紧跟着，周围四五条不列颠的船只都笼罩在一片黑雾当中，火炮大失准头，在两方彼此交掠，战列不断变换着接近的时局下，甚至还出现了误伤友军的情况！

而这样的攻势，东印度公司的管事们再熟悉不过！这是"暴怒"独有的黑雾弹！

"赫仑科技果然落在了远东海盗的手里！"不列颠旗舰上一行人中，艾伯失心疯似的捶着桌子。

"难怪……难怪海盗拥有丝毫不输给我们的火炮配备。"

"海盗里不可能有人能操纵那台机器，我们当中出了叛徒！"

"现在不是争论这种东西的时候。"亚力克斯爵士打断了众人的七嘴八舌，"赫仑科技……"他沉吟一会儿，"我是听那位自诩天才的船匠说过，只有七帆大船才能抗衡七帆大船。"

红旗帮的黑雾炮弹一度扭转了双方惨烈的换攻局面，尽管火炮威力相当，可对轰，红蔡联军的船只战损依旧是丧气的三比一。无他，不列颠的瓦斯科战舰在灵活性上领先了红蔡联军太多，这是再娴熟的水手也无法弥补的差距。此刻的南洋乃至全世界，面对火力强劲的爆炸弹，依旧没有太强的抵抗能力。可打不中的话，一切都是徒劳。

李阎想打的依旧是接舷战，有财大气粗的蔡老板援助，红旗帮手里的鸟铳也统一换成了不列颠最新的火帽击发火枪，比眼前这些东印度公司使用的雷汞击发枪还要先进一些，加上人数的优势，才能把战损弥补回来。

蓦地，一条中等体形的三桅黑船冲出了英葡联军的战列，而让人瞠目结舌的是，整艘黑帆船上竟然镀上了一层华彩烨烨的巨大肥皂泡！火焰烧灼也不能破坏分毫。

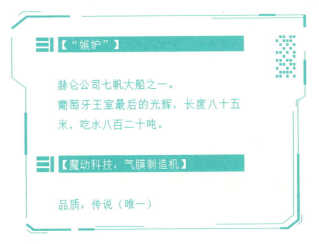

【"嫉妒"】

赫仑公司七帆大船之一。
葡萄牙王室最后的光辉，长度八十五米，吃水八百二十吨。

【魔动科技：气膜制造机】

品质：传说（唯一）

"嫉妒"毫无凝涩地冲出火海之后，红旗帮打先锋的一条闸船突出队列，凶狠地撞向"嫉妒"的船舷，船头赫然坐着薛霸！

可当这条闸船接触到"嫉妒"船体上的气泡膜的时候，那熠熠生辉的气膜迅速蔓延，把整条闸船镀上了一层同样的气膜。

薛霸不管不顾，一扯帆绳荡在空中，竟然想就这么跳到对手的船上去！

可惜在他起跳之前，一层气泡已经从他的草鞋往上蔓延，将他下半身给裹住。

腾跃在空中的薛霸感觉身子一沉，整个人完全不受控制地坠落下海，扑通一声掀起好大的水花。

这还不算完，海水烧沸似的咚咚冒泡，和"嫉妒"接触的整条红旗帮闸船，竟然也开始下沉，最终淹没在青黑色的海水当中！

而在这个过程当中，前后至少有三四条船，和最开始的那条闸船一样，在碰到"嫉妒"之后没有多久，就被镀上气膜，然后整个沉没了。更让人倒抽一口冷气的是，那些在船只沉没过程当中，试图用帆索救援的其他船只，同样被无孔不入的气膜所侵蚀，最后连救援的船也落得一个沉没的下场！

不过，这东西到了人身上，一扯就能扯下来，于是大量的水手纷纷弃船逃生。可在这种纷乱的局势之下，再好的水性也难免受到碾压和乱炮的波及。至少有三分之一的人，死在了这个过程当中。

火炮打不动，接舷战更不用提，"嫉妒"俨然成了海上的瘟神。

"欲攻下此船，必须派精锐水鬼从海底，或是夺船而入，或是凿船，可惜林阿金不在，这可是他麾下泉郎种的拿手好戏。"

李阎身边的几位高里鬼立刻露出了不屑的神色，可天保龙头一语不发，只得按捺不语。

"哪里，火鼎属种天生踏海，蔡老板的几名伙计又在天舶司大会上出尽风头，拿下一条红毛的战船，还不是手到擒来？"

李阎笑呵呵地回应。

蔡牵沉吟一会儿，点了点头："好，我便派一支水性娴熟的家仆过去，叫老大带队，老四、老五、老六、阿九也跟着。"

阎老大应诺一声。

蔡牵问道："天保龙头，你这边如何？"

李阊也不含糊："老古，吩咐手下弟兄，组织人手，下海夺船。"

一干精锐准备完毕，高里鬼自不必说，蔡牵也准备出一支穿四角裤的精悍水手队伍，大概有两百人。

蔡牵扫过自己的人手，一作揖："诸位此去，无论生死，一众家小三代以内，由我蔡氏抚养。若能活着回来，我天舶司，保他一生富贵。此去不能夺船，也要把这条大船凿沉。广州湾胜负，乃至家国形势，就托付给各位了。"

蔡氏人人脸色严肃。

蔡牵说完，拍了拍阊老大的肩膀，压低声音："路上小心。危急关头，保住性命才最重要。此物你拿着，关键时候，也许能救你们兄弟姊妹的性命。"

阊老大看了一眼蔡牵递进手里的小物件，一抬头连忙拒绝："老板，这东西是——"

蔡牵不悦地一皱眉，显然不想再多说话。

阊老大见状抿了抿嘴："老板，我做事，你放心。"

李阊也扫过自己的手下弟兄，转身两步站到船边，抛下一句话干净利落："随我下海。"

老古眼眸一抬，众多高里鬼气冲霄汉。

蔡牵揉了揉眉毛，没有说话。

李阊膝盖一弯，纵跃跳下海面，他的鞋尖接触到海水的一刹那炸起无数冰凌，瑰丽无比。

李阊抬头，一身暗红皮甲停在浮冰上，道道黑影从他身边掠过，扑通扑通跳入海中。他深吸一口气，把沸腾海战中的血腥烟尘味道连同咸腥的海水味道一齐吸进肺里，瞳孔当中，有一座巍峨的蔚蓝色冰山轰然炸碎，一声清冽凤鸣自冰山中传出来，紧跟着是一片模糊。

随着姑获鸟觉醒度的提高，九凤之力的效果也越发强劲了。

九凤之力，严格意义上讲不是冰，而是冷。李阎在燕都乱战的时候就发现，空气中的水分一定程度上决定了九凤之力显化出的能力高低，江河湖泊海洋，正是自己的主场！

蓦地，一张眼角带泪痣的清凉面孔自李阎面前划过，接着是细嫩的脖子，衣服间隙下的白皙的腰脐。

扑通！阎阿九入水，溅起的水花沾到李阎的脸，顷刻间化成无数冰珠子噼里啪啦落在浮冰上。李阎扯了扯嘴角，蹬冰面朝"嫉妒"狂奔而去，一路冰尘爆碎，霎时骇人。

这般声势，为红蔡两边的好手都提供了掩护，英葡联军的人注意到这一幕，大批的火炮调转炮口，朝李阎开炮，咻咻的火炮将李阎所在方圆几十米完全覆盖住，发红的炮壳以肉眼可见的速度皲裂破开。红色火焰顷刻间将李阎淹没。

几名金发碧眼的水兵炮手咒骂着什么，大抵是"该死的巫师"这类的话，当初东印度公司和妖贼海盗在越南交战，虽然最后不了了之，可妖贼海盗千奇百怪的太平文疏给红毛们留下了极为深刻的印象，他们此刻也把李阎身上的异象当成了类似的东西。

砰！冰尘爆出火焰，李阎肩担錾金虎头大枪，一身暗红色皮甲上有焦黑的痕迹，却连半条眉毛也没有损伤。他径直冲出火炮范围，脚下浮冰绵延又迅速融化，手掌压大枪翻手投掷，吞刃翻卷戳中气膜，钉在黑色船板上，紧接着抓住枪杆借力一拽，一个跟头落在船板上，錾金虎头枪在半空中划出一道曲线，咚地落在李阎脚下。

蔡牵眺望一路摇晃融化的浮冰，眯了眯眼睛，喃喃自语："又一个妖贼罢了……"

率先踏入"嫉妒"甲板的李阎环顾船板，几十把黑洞洞的枪口高抬，准星对着自己，子弹劈头盖脸射了过来。

实验过火枪弹威力的李阎一开始完全没当回事，等四面八方的子弹刺穿他周身寒气，李阎的太阳穴才传来一阵阵刺痛。

这火枪不对！意识到这点的李阁箭步前冲滑倒，耳边有尖锐的气浪钻过，大部分的子弹一下子落空，可还是有少数几颗锥形的子弹角度刁钻，擦破了李阁的脸和胳膊肘。

仔细看，这些水兵和普通的葡萄牙水兵的打扮完全不一样，头上是红铜色的圆兜帽子，一身黑色高领军装，手上的枪支通体乌黑，枪膛上勾勒出一个鸟喙的形状。

惊鸿一瞥传来相关信息。

【魔动科技：黑贝克步枪】

李阁虎吼一声，虎头大枪带着千钧之力砸在桅杆上，十几米的桅杆被硬生生地砸断，致使上面的风帆瘫软下落，盖住了大部分正在填弹的水兵。

李阁又瞧了一眼舱室上子弹射穿留下的黑色空洞。

【魔动科技：不稳定雷汞针击子弹】

穿透力增加。

李阁一眯眼，抬大枪往前踏步，一名葡萄牙水兵才冒头，红铜帽子连同天灵盖，就一并被白金吞刃轰了个粉碎。

森森寒流在甲板上纵横捭阖，除刚上船时，这些铜帽子水兵的一轮攒射让李阁避无可避之外，一身红甲的李阁拿大枪如虎入羊群，几个呼吸就截杀了十几个水兵，眼前这块甲板为之一空。

急促的脚步和惊呼汹涌起来，"嫉妒"船上，各处都拿着黑贝克步枪的红铜帽子朝大船边缘的李阁拥来，开火的命令层层传递，不过这些红铜帽子的子弹虽然厉害，可击发枪的射击速度和动作幅度太大，李阎加了小心，凭他的脚步和眼力，雷汞针击子弹很难命中。而一旦被李阎近身，大枪扫荡，伤亡会非常惨重。

也有一些年轻气盛的水兵拿起水手刀一拥而上，下场可想而知。

咚！又一名水兵倒地，喉咙上一个鹅蛋大小的血洞显得十分可怖，李阎反握虎头大枪，枪头垂下来，眼前是一大片的空地和凌乱的尸体，心中也对这些葡萄牙水兵的坚毅和冷静大为惊讶。

独闯敌船固然是飞蛾扑火，可一旦狠狠挫伤了敌人，打击力度是非常惊人的，这也是李阎当初在壬辰战场上的经验。

而这些水兵，尽管脸色有明显的惊恐和苍白，却依旧保持着射击精度，且站位逐渐分散，让李阎的躲避和扑杀都越发吃力。

叮！一道湿淋淋的钩爪扎在船上，阎老四翻身上船。

火鼎属种·镇海蝾螈

叮！叮！叮！又是几道钩爪咬住了船，反应快的红铜帽子立马转移枪火，把子弹都倾泻向了阎老四，李阎眉头一拧，嘴里的"躲开"和魔动子弹几乎同时到达。

阎老四听到动静，像驱赶苍蝇似的，毫不在意地挥了挥手，才刚听见李阎的"躲开"，就感觉自己的手臂一阵钻心的疼痛。

镇海蝾螈的妖力力场之下，魔动子弹有一瞬间的停滞，紧跟着噗噗噗几股血雾，黑色锥形子弹直接洞穿阎老四的手臂，陷进了他的胸口当中。

阎老四眼前一黑，口溢鲜血朝后倾倒，径直栽下了船！

跌宕海面，一个少年人头冒出海水，接连呛了几口海水，龇牙咧嘴的，嘴里有一个明晃晃的牙洞。

"我浪！什么鬼东西把我拽下去的。唔！"他说着话一抬头，阎老四无力跌落，劈头盖脸砸在他身上，两个人一上一下沉入海里。

刚刚上船的阎老大收回目光，他森然苍老的面孔宛如沉静的火焰。然而，先后几颗雷汞针击子弹穿透了他的胸膛和头颅，只溅起一点火花。

"红毛鬼。"阎老大抿着嘴，甲板上十几道火舌狂暴舞动，和李阎周身的森森寒气形成鲜明对比。

火鼎属种·车鼓烛

阎阿九化作一道黑色劲影，膝盖轰在一名水兵的脸上，脸骨碎裂的声音清晰可闻，伴随着颗颗飞舞的水珠。

女人咬着湿漉漉的辫子，充满爆发力的野性大腿屈弓，火精长剑飞掷出手，洞穿一名红铜帽子水兵，一边的阎老二拿手指一点，火精剑又灵动地飞了回来。

火鼎属种·泪鲛

火鼎属种·牵丝葫芦

叮！叮！叮！"嫉妒"的甲板上，越来越多的水手爬上船来，他们身穿劲装短裤，嘴咬匕首，身背鱼叉，一拨又一拨地摸上船来，场面顿时混乱起来。

这些人前前后后约莫两百，高里鬼也就罢了，蔡牵抽调的这批精熟水性的普通人，在这样的火炮对轰、舟楫沸腾的混乱场面下，折损了将近一半。何况，虽然蔡牵财大气粗，门路又广，手下兵力装备不比葡萄牙人的差，可火枪不能沾水，也不太可能穿着藤甲游过来，这些水手只拿着白刃上船，对上这种特殊的葡萄牙人部队，生还希望极其渺茫。

可每两三个看似孱弱的蔡氏伙计当中，就掺杂了一名高里鬼！

高里鬼，沿海传说中兴风作浪的恶鬼，也是天母近卫泉郎海鬼的弱化分支。

"红毛火枪厉害，务必小心。"老古之前冒头观察了一会儿才指挥人手上船，此刻冲着身后的高里鬼兄弟们大喊，叫他们重视葡萄牙人手里的火枪。

砰！葡萄牙水兵射穿一名蔡氏水手的喉咙，冷静后退，上弹，有另一名水手自侧翼滚地过去，手上匕首戳向这洋鬼子的后脑，不料那黑发鹰眼的红铜帽子背后生眼似的，把枪托往后一顶，稳准狠正中水手小腹。紧接着弓身暴跳回身射击，利落反杀，在李阁枪下毫无还手之力的红铜帽子，面对也算老辣水手的蔡氏伙计，却个个凶猛凌厉。

这名以一敌二的红铜帽子，抿着嘴角神色冷硬，耳边听得一声炸响怒吼，一名红旗帮高里鬼挥舞长刀，这洋鬼子来不及闪躲，帽子被刀锋砍中，当啷一声响，水兵固然头昏眼花，可那刀，却断成了两截。

这水兵嘶吼一声，千锤百炼的反应速度让他瞬间举枪射击，那断刀的高里鬼反应也极快，却下意识拿手去捏枪管。

铁皮褶皱。

砰！火花四溅，炸膛的碎片同时往两个人的脸上飞去。这水兵被一发子弹戳中眼窝，当场毙命。这名高里鬼也被喷了一个满脸花。

混战逐渐激烈起来。"嫉妒"的船身虽然不像"暴怒"那样庞大无匹，可在一众船只当中，体积已然蔚为可观。李阎一人上船，虽有声势，可见效太慢。而随着火鼎属种的支援，连同李阎和阎姓五种在内，一共六名千军辟易的十都级，外加高里鬼一众，"嫉妒"甲板上的葡萄牙水兵们开始有些支撑不住。

情势逐渐朝红蔡联军方面倾斜，红铜帽子水兵节节败退，阎老大捏了捏帽子："我听说，红毛的船，除了靠各色风帆作为动力，还有一颗铁皮心脏作为辅助，阿九，你进去找找看。"

阎老大话音刚落，折舞在众多红铜帽子之间的阎阿九应了一声，飞身冲进舱室，带起的劲风把舱门啪地关紧。

大概两个呼吸的时间。

砰！舱门被重物猛烈撞开，门板脱离舱室飞出去老远，阎阿九在半空中翻了几个跟头，才堪堪落回地上，脸上有深红色的拳印，看上去有点破相。而那滴泪痣，也流到了下巴。

舱门后的黑暗中一只烟斗若隐若现，叼着烟斗从黑暗中走出来的，是个肩章歪斜、脸有刀疤的葡萄牙水兵军官。

这军官体形魁梧，身高超过两米，嘴巴上的烟斗冒出一团又一团烟雾，刚毅的脸刀削斧剁一般，牙齿把烟嘴把咬得咯吱作响，往人前一站，就让人无端端地想起蒸汽、齿轮、活塞、烧红的烟囱、在钢轨上呼啸驰骋的铁皮列车！

李阎眯了眯眼睛，消瘦却挺拔的身子往前一挺，不料火精长剑却先一步钉在了自己的脚面前。

阎阿九正握火精长剑，眸子平静地盯着眼前的军官："天保龙头，不妨先行一步。"

火蛇缭绕，阎老大也走过来，他摘下帽子，眉毛发辫顷刻间化成烈火模样。

李阎也不坚持，而是回头叫道："老古！带一半兄弟跟我走。"

眼见远东海盗派出人手强行登船，李阎更是脚下踏海，冰尘暴起席卷"嫉妒"，英葡联军方面的高层也不乏担心。

"羔羊跳入深涧，只会摔得粉身碎骨。"唐若拉主教嘀咕了一句，强自镇定。

一边有戴着礼帽的英国爵士摇头："南洋海盗的士气很高，远东的巫术也独树一帜，坦白地说，胜负难料。"

这位来自印度的亚力克斯爵士的看法相对客观一些。原则上，真的让远东海盗们杀上"嫉妒"，己方就已经输了半筹。

"不过嘛，这些远东海盗未免太小看'嫉妒'了。"

这个年代的欧罗巴崇尚英雄和霸主，人们相信一场战争的胜负关键，更多地取决于军队当中的灵魂人物，也就是统帅。冷静的判断、出色的武力、难以名状的亲和力和个人魅力，一名传奇的统帅，可以创造奇迹。

正如欧罗巴那位不可一世的皇帝陛下所说：高卢人不是为罗马人所征服，而是为恺撒所征服。侵入印度的不是马其顿的方阵，而是亚历山大。到达威悉河和莱茵河的不是法兰西的军队，而是屠云尼。七年战争的围攻中，普鲁士能屹立不倒，不应归功于普鲁士的军人，而应归功于腓特烈大帝。

对于那个矮子的理论，出身古板贵族家庭的亚力克斯嗤之以鼻，他崇信的是兵力、装备、战术、地形等更加理性的因素。胜负在开战之前，就已经注定。

就在李阎带人和葡萄牙人在船上来回拉扯混战的同时，"嫉妒"对整片战场的影响力和破坏力依旧不减，它本身没有装配火炮，可任何火炮也奈何不了那诡异的气膜一分一毫。"嫉妒"的速度又远远超过红蔡联军的大部分船只，只要它碾压过的地方，气膜就像传染病一样飞速传播，只要被笼罩住，整条船就会在极短的时间内沉没至海底。而舵手胡乱躲避，非但不会让形势好转，还可能把这诡异的气泡沾到别的船上，导致更加糟糕的局面。

凭借"嫉妒"冲散红蔡联军的舰队后，葡萄牙人依托于此，朝海盗们疯狂开火！

蔡牵盯了一阵，说道："吩咐下去，叫伙计们划四百条小船，撞上去，能拦多久是多久，天舶司那些个积年的老船都过来，往前顶！别心疼！把红旗帮那些火炮威力大的船替下来，不然这仗打不赢！"

有人接话："拿咱们的船去顶，能挡多久啊？"

蔡牵眉头一挑："这仗能赢，沉多少船我都能再拿回来，给我顶！"

海战的局势，依旧扑朔迷离。

画着"林"字的风帆大船成功靠岸。

刺鼻的火药味道扑鼻，船上无人喝闹，只有伤者的低沉呻吟。可每个海盗绑帆索、搬木桶、下铁锚的忙碌当中，却都透着一股昂然味道。

林阿金带队大败葡萄牙舰队！

他带队在海上撵着巴罗斯追击出去老远，上岸后又先后在顺德、新会两个县城再次击退巴罗斯的水兵，可以说是大获全胜。更值得一提的是，林姓打败红毛，靠的是独到的眼光和判断，老辣的海战指挥和精锐的尖刀兵力。可以说，巴罗斯输得毫无脾气。

此刻林阿金风尘仆仆，还要乘胜追击。

"家主，情势不对！"敖兴噔噔噔上了船梯，对林阿金说，"香山那边有消息。"

"朱贵和章何那边？怎么说？"林阿金一皱眉头。三边的战场上，朱贵和章何负责对付香山附近的红毛水兵，以他们两人的实力绝无问题，在这点上，联盟当中话语权更高的红旗帮没有坑害他们。

不过他们的战场距离广州城是最远的，而广州湾的战场距广州城无疑是最近的。换句话说，一旦打赢，一般情况下，一定是天保仔和蔡牵先进广州里城搜刮财物，向城里的达官贵人拿人情，他林阿金次之，至于朱贲、章何，拿的好处就最少。当然了，成王败寇，如果章何当上盟主，今天去打香山的就是红旗帮天保仔。这没什么可说的。

按道理来说，香山方面不该有问题，就算朱贲靠不住，章何的能力，林阿金还是十分认同的。

"香山附近的葡萄牙水兵，连同零星的不列颠瓦斯科战舰，几乎没什么损失，红毛很轻易就突围出了朱贲的包围圈，两边人错开来，红毛不知道哪里得的消息，知道老巢起火，正火速驰援广州湾，至于朱贲这兔崽子，直接朝广州城里去了！"敖兴急匆匆的，"家主，这可是不守规矩了！"

广州湾这块骨头本来就最难啃，红毛鬼的这支精锐舰队加入战场，很有可能导致正在进攻广州湾的红蔡联军全军覆没！

"家主，咱怎么办？先发兵进城，还是静观其变？"

林阿金低着头，忽然一脸严肃："把各家头领叫过来，回去，务必把这支红毛拦下，不叫他们赶到广州湾。"

林阿金向来说一不二，敖兴舔了舔嘴唇，有点焦躁和迟疑的样子，可还是点点头就往外走。

"阿兴。"林阿金突然叫住了敖兴。

"家主，还有什么事？"

"人，先得看得清自己，更得看明白局势，别以为争着进城是好事。"

"家主，不说进城的事，那姓蔡的对咱提防的地方可不少，红旗帮跟咱更是世仇，咱又不是吃斋念佛的！你何必大包大揽？红旗帮和蔡牵伤了元气，对咱不是坏事啊。"

林阿金摇摇头："你真以为朱贲故意把这支红毛放进广州湾，红蔡联军就会败亡？没用。红、蔡联军，比你想象得游刃有余。"他顿了一下，"我是叫天保仔和蔡牵承我的情呢。"

说着，他想起了什么似的，又一皱眉："你说朱贲放走了红毛揽局，章何呢？他做了什么？"

"章何……带兵去了天保仔的老巢，大屿山。"

林阿金闻言沉默半晌，忽然摇了摇头："天保仔，这可不是我不帮忙，看你的造化了。"

李阎说完，刚要迈步，却冷不丁一回头，盯在了当时自己和蔡牵的闸船上。他的瞳孔，和闸船上的苏都鸟瞳孔相互重合。

甲板上，坐镇中央的蔡牵负手而立，正听属下说着什么，而两人的对话，都让在船上的苏都鸟听见，又被掌握着九十九只苏都鸟的李阎听了个一清二楚。

"好你个章何。"

"天保哥，怎么了？"

李阎笑了笑："无事，走，先把这条船掀个底朝天。"

"老板，老三有消息传过来。"

"哦？"

"姓朱的耍小聪明，放了本该他们负责的那部分葡萄牙人过来，自己带人上岸，先去破广州城了。"

"呵呵，先破广州，他也不怕撑死，小事。章何呢？"

"还有就是……章何带队折返，朝、朝红旗帮的老窝大屿山去了！而且，"那人满脸纠结，"火鼎娘娘说要去大屿山做客，此刻已经到了。"

"哦？"蔡牵先是一愣，然后苦笑起来。

"章何啊章何，这不是……"蔡牵罕见地爆了粗口，"他娘的！"

亚力克斯打了个响指："'库克三号'应该到了发报的时候了吧？"

"士兵！士兵！"有人朝外面喊。

"算了，我去看看。"亚力克斯站了起来，唐若拉主教一看，也跟着站起来往外走。

"库克三号"是由一些铜盒子、齿链、圆轮组成的奇怪机器，有一根天线竖着，杂音不断，还有一支被机械卡住的鹅毛笔立在羊皮纸上。虽然模样古怪，却被安置在船舱最稳妥的底部，有专门的士兵把守。

亚力克斯过来推门，刚要张嘴，就瞧见那支鹅毛笔动了起来。在羊皮纸上攒动，文字描述的，竟然是此刻其他战场上的实况，也就是林阿金、朱贲、章何等人的动向。

其中，一连串夸张的战报情况让亚力克斯的心脏跌宕起伏，复杂的情势叫他这个自命思维缜密的统帅也觉得诡异莫测。

巴罗斯惨败，自己即将迎来一支援军，远东海盗内讧，妖贼去了天保仔的老巢。情况，好像也不是太糟糕。

然而，鹅毛笔没有停下，依旧在写着什么：

妈阁遇袭！遭遇红旗帮大批的船和火炮！

蔡氏精锐五百金人！广夷岛五婆仔血脉！肩膀扛着白妖怪的黑甲骑士！已经杀上来了！

蔡氏贸司的人鼓动妈阁当地居民暴动，赊给他们火枪！局面失控！

驻守的妈阁总督亚利加被一名浑身冒火的刺客用双刀杀死！妈阁失守！妈阁失守！

第九章
洪流下的杂音

妈阁，福克斯教堂，此刻已经化作一片废墟。

唐若拉的留守兵力并不算多，何况李阆和蔡牵筹划良久，对这次行动早有腹稿。

唐若拉发兵之前，杀死了当地同知郑达、香山县丞赵光义，派人封锁了官府府衙，杀死妈阁当地的官兵数超过千人，镇里乡里的百姓，也被留守的葡萄牙人残暴镇压，其中惨状，不必详述。

可正因如此，妈阁当地百姓对葡萄牙人长久以来的不满，几乎达到顶点；再加上官府天差被杀，那层"租赁"的遮羞布被扯下来，"亡国奴"的恐怖、耻辱，切切实实地压在头上。红旗帮利用自己在沿海的影响力，几乎没费什么力气，就鼓动了数百人，悍然冲击葡萄牙人的教堂。

葡人方面，精神绷得很紧，在这样的情势下，毫不犹豫地下了杀手，然而却是火上浇油，反而引起了当地土人同仇敌忾。

蔡氏的走私船运来成箱的火枪和兵器，由天舶司护卫部队五百金人亲自押送。千钧标、侄侬、赵小乙一干人等也在其中，干脆纠结当地土著民揭竿而起，连同残余官府兵力，杀上了亚利加的总督府。

此刻尘埃落定，举着火把的当地土民把长久以来积压的愤怒和血泪都宣泄出来，抢掠，放火，哭喊，怒骂，四下一片混乱。

遍地的尸体和焦黑痕迹触目惊心，查小刀咬着烟卷，明明奇袭成功，大获全胜，他的神色却有些阴郁。

查小刀的眼帘正瞥见一个十四五岁的女孩扑倒在血洼当中，她穿着脏兮兮的黑白修女服，似猎枪下的牝鹿，后面有四五个神色癫狂的瘦弱村民举着火把拼命追赶。

咒骂逐渐逼近，查小刀盯着女孩的脸，眉眼高挑，睫毛很长，是个脆生生的美人坯子。乍看上去，和当地人没有区别，可仔细看，的确能看出葡人的血统特征来。

是个混血。

"别放走这小红毛！"

"我亲眼瞧见她躲在红毛的画像后面！"

查小刀冷着脸摸起一块碎砖头，砸在带头男人的后脑壳上。这些暴民立马举起火枪，瞄准查小刀，带头的仔细端详了几眼，急忙叫身后的人把枪放下。

"壮士……您？"

"滚。"

那人低眉耷眼，私底下慌忙摆手，带着身后的人灰溜溜地离开。

查小刀虎着脸。噼啪作响的火堆周围，有的是躺倒的尸体，可若仔细去看，葡人并不算太多，更多的是遗留的混血，甚至干脆就是纯血的当地人，只是信奉天主教，或者和葡萄牙人关系亲近一些，也被红旗帮和蔡牵煽动起来的暴民活生生杀死。

红毛鬼占据妈阁超过百年，拔出萝卜带出泥，情绪被煽动起来，有些事态是不可控的，何况无论是蔡牵还是李阁，事先也不可能去考虑这些。

可很多东西，意识到和见到是两码事。

查小刀久久无语，李阁搂着自己肩膀时的谈笑还在耳边："十二张异兽图，还差一张没有下落，可红毛暴动这样的机会千载难逢，眼下他们老窝空虚，我又联系了蔡牵，咱先占了妈阁，剩下那张图再慢慢找。刀子，到时候你可别心软啊。"

"天主大人伟力，赐信众福乐安康。"女孩抱着脑袋，哑着嗓子反复念叨着这句，暗淡的眸子里没有光彩。

查小刀蹲了下来，布满血丝的眼睛盯了那女孩一会儿，半天说不出话。

"你……"查小刀憋出一句，"你饿吗？"

"天主大人伟力，赐信众福乐安康。"

"天主大人伟力，赐信众福乐安康。"

"天主大人伟力，赐信众福乐安康。"

女孩瑟瑟发抖，没有任何表示，嘴里神经质地嘀咕着。她在教堂长大，最亲近的人是修女亚修莎，最爱吃的是亚修莎阿姨做的牛角面包，只是今天，火焰和血粗暴地毁灭了她狭窄的世界。

有马蹄踏过泥土，一个中年人挎着火枪骑在马上，威风凛凛。

这次奇袭，红旗帮带头的是查小刀，他的实力已经在天舶司大会上证明，没人不服气。而蔡牵方面，则是在天舶司大会上没有出手的阎老七带队，这人满肚子的鬼主意。煽动妈阁土著居民暴乱的细节，就是他一手策划的。

阎老七扫过一片狼藉的尸堆，马屁股后面是参与冲击总督府的当地土著，个个刀刃带血。

"乡亲们！天杀的红毛子杀我爹娘兄弟，辱我妻子女儿，如今，你我报仇雪恨的日子到了。"阎老七长相英武，卖相极佳，嗓音极具感染力。

众人双眼发红，一片哄然："报仇的时候到了！"

阎老七接着大喊："一个红毛鬼都不能放过，决不让这些王八羔子再去祸害别人！"

"一个红毛鬼都不能放过！"人群中音浪越来越大。

查小刀一身邋邋皮甲，头发开叉发油，乱糟糟的。他抿着嘴，扯了地上的女孩一把，不顾女孩的哭闹，把她扛在肩上往回走，正和阎老七率领的队伍交错而过。

阎老七自然看见了查小刀，他一拱手，语气中带着几分恭敬和刻意的亲近："查兄弟，这是要去做什么吗？"

查小刀扛着穿着修女袍的小姑娘，看也不看他。

"拉屎。"

唐若拉主教的脸上没有半点血色，他不顾旁边扈从的挽扶，抢步上去，两只枯瘦的手掌撑着桌子，低头扫视着羊皮纸上的内容，嘴里嗫嚅了一会儿，他紧了紧身上的金纹长袍，后退了几步没有说话。

亚力克斯的脸色数变，可他咽了口唾沫，还是勉强开口："主教大人，只要我们在正面战场击溃远东的海盗，我们就可以拿回失去的一切。"

"而一旦失败，我们也会失去所有，在您的一意孤行下，阁下！"唐若拉冷冷回了一句。

考虑到国内的政治形势，以及东印度公司在大洋彼岸强大的影响力，即使对方是个该上火刑架的新教教徒，唐若拉主教也一直对这位爵士大人保持着相对客气的态度，可这次，老窝被端的唐若拉有些忍不住动火气了。

亚力克斯察觉到唐若拉主教的话里带刺，但他没有失态，而是沉声劝阻："那么，我换个说法吧，主教大人。除了战争，你觉得贵国教会和王室，还有重新夺回妈阁的可能吗？"顿了顿，他又问道，"主教大人是觉得，对官府不宣而战的葡萄牙王室，可以继续获得中国皇帝对你们租赁妈阁的许可，还是觉得，无法无天的远东海盗，会乖乖地撤出妈阁？"

有沉不住气的教会扈从朝亚力克斯吼道："这次的战争，本来就是黑斯汀一手挑动的！"

唐若拉回头瞥了那人一眼，盯得那人脸上直流冷汗。好一会儿，唐若拉才收回目光，深深叹了口气："你说得对，爵士大人。那依照你的判断，我们现在应该怎么做？"

亚力克斯深吸一口气："后院起火的不只是我们，不是吗？"

大屿山码头，平日里挤满船只的海面此刻却稀疏了太多，只有零零散散的大船列着，且船上也看不到几个人。

岗哨上，潮义捏着拳头，脸色并不算好看。

无论是反攻两广，还是奇袭妈阁，李阁图谋大，动作就大，动作大，破绽就多。赢了固然通吃，可输了也就没有回旋的余地，此刻的大屿山精锐皆出，的确拉不出一支能上得了台面的队伍了。若是旁的海盗，红旗帮依托炮台固守绝无问题，可面对气势汹汹的妖贼，这点家底和准备就有点不够看了。

眼下的大屿山里，有妇孺老弱十万余众、工匠数百人，以及船厂六处、红旗帮秘辛海图数册、李阁在天母过海中捞到的"重炮再生机"；此外，原东印度公司管事索黑尔、三旗帮龙头郭婆等人也在山里。

除此之外，海战操急，李阁用来和官府做交易的肉票，两广总督徐元抚，也被送了回来。这些统统不容有失……

最要紧的是，郑秀儿几次抗争，都没能拗过李阁，在天舶司调兵遣将之后，广州湾大战打响之前，李阁就派人把郑秀儿这位南洋盟主和拜访红旗帮的"蔡氏神明"火鼎娘娘，一齐送回了大屿山。

"你以后有的是机会见死人和火炮，可总得先等我给你打一个扎扎实实的底子来，旁的都无所谓，唯独这次，你老老实实给我回去。"

李阁这样安排是为了郑秀儿的安全考虑，却也让章何有搂底的机会，大屿山一旦失守，后果不堪设想。

青黑色的海面上，九星黑旗飘扬，章何高搭法台，摆十二条高大紫金幡，一身黑色云服显得妖异威严。面前摆着香炉，炉孔上白烟袅袅，一片跌宕海面在烟中浮现。对面的红帆船只，水手面孔都清晰可见。

太平文疏·六壬魁烟

全本阴阳两卷，共四十二章的太平文疏，有六百一十二道法术，其中超过五百道，章何别说参悟，连看都看不懂。尽管如此，却并不妨碍妖贼成功修炼这道在整卷太平文疏当中神通威能也名列前茅的六壬魁烟。

六壬魁烟，可以说是章何压箱底的本事，当初东印度公司蛮横打进安南，妖贼就是靠这一手打出声势。

不过，此术的限制也极大，施展的时候需要法台、黄纸、沐浴、焚香，至少要提前两个时辰准备。天舶司大会，章何和李阎接船便打，这道六壬魁烟，自然派不上用场。

而此时此刻，情势当然不同。

章何面无表情，手指抓向烟雾当中的大海。青黑浩瀚的海面上，蓦地出现五根指头的凹陷来！

群盗沉默，妖贼长笑一声："徐潮义，你我得有两三年没见了吧？"

潮义皮笑肉不笑："得有了，你被我家夫人吓破了胆子，龟缩在安南不肯出来，你我当然见不到面了。"

船上的红旗帮海盗起哄架秧子，吹口哨骂街的比比皆是，更有诛心的把章何这些年的黑料嚷嚷个底掉。章何被十夫人压制多年，狼狈的事实在不少，此刻红旗帮海盗抖搂出来，句句戳妖贼的肺眼子。

章何不急不恼，语气阴沉："我这不是来了？如何啊徐潮义？

到了大屿山门口，总得让我给厌姑上炷香吧？说起来，我怎么见不到那位盟主丫头啊？天舶司之后，她不是被天保仔送回大屿山哭鼻子了吗？”

“哼哼，我徐潮义旁的不敢说，崩掉你几颗牙的本事还是有的，你背信弃义，撕毁盟约，倒转枪头攻我大屿山，已经坏了在南洋的名声，别说我红旗帮，蔡牵、林氏事后都不会放过你。章何，你费这么大劲儿，就为了和我红旗帮两败俱伤？”

“两败俱伤？”章何指头往烟里一戳，徐潮义只觉得眼前一阵发黑，好像有山岳压来，可面上一点不露。

“别说天保仔自顾不暇，就算他真的打赢了红毛，纠结南洋海盗来剿我……”章何舔了舔嘴唇，“我也觉得，你大屿山，有值得我冒这份风险的宝贝！”

岗哨上，徐潮义不再说话。

章何越发笃定自己的想法，红毛子发了疯也要夺回来的宝贝，就在大屿山，就算没有，踏平大屿山，也是章何毕生夙愿。红毛侵广，南洋海盗啸聚，这是千载难逢的好机会，十夫人已死这毋庸置疑，至于千夫所指，和南洋海盗为敌，连这点风险都不敢冒，章何也枉称妖贼了！

夜长梦多，章何懒得再和徐潮义扯皮，一巴掌拍碎白烟，前后两艘红旗帮的闸船，顷刻间化成了漫天的碎片，那情形宛如神魔盖世。

徐潮义见到这样的景象，也不禁暗自抽了一口冷气，南洋之中，顶尖的好手，也不过是高里鬼这般，再强横一些便是天纵奇才，纵有法术咒魇，也绝不是人力不能企及的，可妖贼这手段俨然通天。能让章何有今天风光的太平文疏，简直是天母的恩赐。

徐潮义掉转目光，望向桌子后头探着雪白脖颈张望的年轻女人。

这女人自天母过海中来。他心中暗想，虽然不知道天保仔在天母过海当中带出来的这个女人，怎么就摇身一变成了蔡氏天舶司的火鼎娘娘，可这并不妨碍潮义对丹娘抱有极大的期待。

潮义想张嘴，却卡壳了一会儿。丹娘看出这汉子尴尬，率先开口："叫我丹娘就好。"

"呃，火鼎娘娘。"潮义看了一眼丹娘旁边面无表情的蔡氏扈从，还是如此称呼道，"我大屿山诚危急存亡之刻，恰逢尊神莅临，望娘娘搭救。"徐潮义深鞠一躬，却还是有蔡氏的人神色不满，嫌弃徐潮义的礼轻了。

"太平文疏，这法术和香火神通类似，我倒是有些把握。"关于自己的立场，丹娘也不好说太透，私心想来，自己和李阎的身份，叫蔡氏和红旗帮的人这般认识就好，不会有太多麻烦，"只是劳烦徐头领，帮我一个忙。"

"娘娘请交代。"潮义正色。

"他搭法台、设香炉，我也要搭法台、设香炉，且只能比他的高，不能比他的矮。"

"我这就去办。"徐潮义刚要往外走，红旗帮的人一个没拦住，南洋海盗盟主、红旗帮前两任龙头的遗孤、昨天才过六岁生日的郑秀儿，一头扎了进来。

"秀儿，这里危险，你先回去，有什么委屈，等天保回来，潮义叔给你做主。"徐潮义下意识哄道，不料郑秀儿白了他一眼，径直让过他，奶声奶气地冲蔡氏扈从道："我听说你家老板曾对火鼎娘娘施三拜九叩的大礼，是真是假？"扈从一愣，只点了点头。郑秀儿听罢，正对丹娘扑通跪下。丹娘起来去拉她的肩膀，可一看女孩神色，也是一怔，没再阻拦。

郑秀儿跪了两次，叩头六回，额头通红地站了起来，小姑娘拍打青布裤子上的尘土，嘴里说道："蔡叔叔虽然年长，可身为联盟渠帅，却要低我一头，他冲娘娘三拜九叩，我自然也要二拜六叩才是。"

丹娘瞧着一脸认真的郑秀儿，笑着问："那，秀儿盟主有何请求呢？"

"与潮义叔一样，望火鼎娘娘，搭救我大屿山。"

"如此，我应了便是。"丹娘领首。

"潮义叔，"郑秀儿转过头来，"天保哥扣押的三位旗帮头领何在？"

徐潮义一愣，这时节提这个做什么？不料郑秀儿又说道："我早听天保哥说，此间事毕便放了三位旗帮龙头。五旗本来同气连枝，如今闹到这般地步，只是误会。眼下大屿山危在旦夕，潮义叔可要看住了三位龙头，若是他们性命损伤，红旗帮必让妖贼血溅当场，给三位龙头偿命。"

徐潮义何等心思，郑秀儿说到一半，他便领会了个中含义。

如今三旗龙头在红旗帮手里，已经是烫手山芋，杀了，不合适，放了，更不可能。若是死在章何手里，才是干净利落，没有半点手尾。李阎那里，对蓝旗千钧标和黑旗赵小乙，可是觊觎良久了。

"潮义领命。"徐潮义拱手，缓步离开。

他带上门，门外站着徐元抚。两人四目相对，徐潮义抿着嘴盯了老头好一会儿，才转身离开。徐老头拎着半斤花雕酒，他听了多半会儿的墙根，到这时候才点点头："没忘词，也不怯场，还行。"

妖贼海盗个个悍勇。舰队摧枯拉朽撕破红旗帮防线，没过半个时辰，大屿山的口岸已经沦陷大半！至少有六支妖贼的队伍已经杀进大屿山内，甚至有人冲进了大屿山的船厂腹地！

郑秀儿此刻十根手指交错，牙齿咬着嘴唇，神色虽然焦躁，可顾盼之间，却透着一股别样的味道来。

丹娘等着潮义准备法台、香炉、长幡，百无聊赖之下，便直勾勾地盯着秀儿的脸。

好一会儿，秀儿抬头，也盯着丹娘。

"吃糕吗？"

"不饿。"

"好。"

枪身抖擞，朝上抹出一点刃光，绽放数点血花。

李阎快步掠过，脑后两三名体格壮硕的葡萄牙士兵僵硬了一下，歪斜瘫软在地。一众精锐红旗帮海盗抬起脚越过尸体，被枪挑杀的葡人胸口被掏出一个拳头大小的血洞，黏腻的血滴滴答答直流，还有一些黑褐色的液体流下。

这些红铜帽子的水兵一个个骨架要比甲板上那些大上一个号，虎头大枪撕扯开他们的身体，偶尔能看到镶嵌在内脏之间的齿轮和黑色油管。

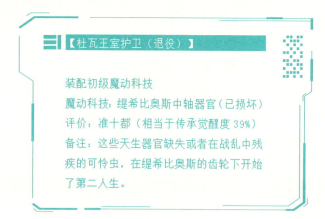

【杜瓦王室护卫（退役）】

装配初级魔动科技
魔动科技：缇希比奥斯中轴器官（已损坏）
评价：准十都（相当于传承觉醒度 39%）
备注：这些天生器官缺失或者在战乱中残疾的可怜虫，在缇希比奥斯的齿轮下开始了第二人生。

"有机会一定去这颗果实的欧罗巴看一眼。只是这次是来不及了。"

李阎如是想着，踢开一块崩碎的齿轮，冲身后的高里鬼吩咐："走。"

高里鬼们又敬又畏地看了一眼最前头的李阎，赶紧跟上。

李阎等人上船的时间说起来不长，有四五盏茶的工夫，但也造成了极大的破坏，葡萄牙水兵死伤多半。可这"嫉妒"就这么被海浪和蒸汽引擎推着，依旧在海上肆无忌惮，蔡牵不知道派了多少小船填进去，都被"嫉妒"毫不费劲地怒沉掉了，而如果不是蔡牵下血本保住红旗帮的炮船，也许此战已经没有了回天之力。

大概是从上次天母过海回来，天保仔给人的感觉不太一样了。

厮杀汉没有十夫人那么敏锐的心思，可实力变化是最直观的。尽管之前的天保仔，也是和大伙儿一起在沾血的甲板和挂着残骸的帆索旁厮混过来的。可那时的天保仔，给人的感觉是可以托付性命的好兄弟。而如今，"龙头"两个字，在高里鬼的心里踏踏实实地有了分量。

天舶司枪压阎老四，马尼拉大船斗败妖贼，如今一马当先，连克数敌。单是有这么一杆突出如青峰的大枪在身边，便有一种攻无不克的豪气。

至于怀疑天保仔被偷梁换柱，那就是天方夜谭了。一个名不见经传的千钧标，在天母过海里拿到一把妖叉，就摇身一变，成了整个南洋首屈一指的海盗头领，凭什么我家天保龙头就不能脱胎换骨？何况天保仔的谈吐和小动作都没有什么变化，对于一帮子海盗来说，"行走""夺舍"之类的概念，太过超前了。

越往里走，舱室走廊就越发狭窄，潮湿的木板上，依旧结着一层踩上去咯吱作响的气膜。

李阎原本的意思，是找到这条船的火药库，点把火烧了得了，或者让阎老大出手。可到了船上才发现，这船上的膜不知道什么材质，锋利些的刀枪，一戳就破，可极黏，刮不下来，火焰和冲击力则完全无效。摸上去还会自己蠕动，恶心又诡异。

这层气膜，毫无疑问，就是"嫉妒"最大的倚仗了。

几名阎姓属种牵扯了大部分葡萄牙精锐的注意力，头上的滚滚喊杀和一声声炸响接连不断，给人巨大的心理压力，可依旧掩盖不住走廊尽头巨大的机器轰鸣声音。李阎在大屿山船厂里见识过索黑尔发动"重炮再生机"的声音，和这声音一般无二。

依照这个声音推算，"嫉妒"的心脏所在的舱室，应该就在附近。

"天保哥，换我在前头走吧。"老古开口。

李阎回头看他。

老古笑了笑："你一道杀过来，都没歇过气来，我都来不及说一句，哪有让自家龙头站在前头的道理。"

李阎摇头："这样吧老古，你站最后面，帮我照看着点，咱这么往里闯太吃亏，要不是海战吃紧，我也不会这么冒险。"

老古闻言点点头，往后走之前，还走过来冲李阎低语道："天保哥，我看你心神不定啊。"

"我没事，你放心。"李阎面无表情。老古"嗯"了一声，也就没多问。

老古看得不错，李阎心里是有点暴躁。

尽管有苏都鸟作为耳目，让身居战线的李阎不至于消息闭塞，可红毛和海盗错综复杂的局势，他也说不好谁会是最后的赢家。

朱贲满心欢喜地去了广州城，义豕海盗一向臭名昭著，如果让这些人进了十里洋场的广州，造成的破坏会比红毛大上百倍千倍，也会影响李阎后面的计划，如今只能希冀，自己放走的那些残余官军能稍微拖延一下。

查小刀带着李阎一众班底以及蔡氏五百金人去打妈阁，现在还没消息，也不知道情况如何。

妖贼兵发大屿山想兜自己的底，却是撞在了丹娘手里！妖贼太平文疏对上野神香火神通，李阎对丹娘极有自信，可妖贼还带着数万安南海盗，如此一来，胜负就不好说了……

还有自己这边，再不把这条邪门大船给拿下，广州湾之战一旦输掉，那可就万事皆休，只能灰溜溜地回去了。

甚至会死在红毛的炮火下。

李阎一边走着一边想着这些，正往前走，耳边忽然传来忍土的声音。

"你获得了一条通话。"

是查小刀。

妈阁，妈阁祖庙前，查小刀扛着昏厥过去的混血小修女，脸色阴沉地点了一支烟："拿下了。"

李阎听得心中一阵战栗，拿下妈阁是他所有目标当中最重要的一环，只要这一点能保证，其余的阎浮事件全都失败，李阎也有从头再来的资本！

奇袭妈阁虽然轻描淡写，可天时、地利、人和缺一不可，李阎也十分重视，把手边的人都派了过去，连黑骑鬼和白老头都塞到查小刀手里。

"你自己怎么样？受伤重不重？"

李阎脚步急了一些。

"小伤而已，这边摧枯拉朽。李阎，我问你个事儿……"

咚！"唔！"铛！最后是咔嚓咔嚓的霜冻声音和男人的怒吼！

查小刀眉头一皱："怎么了？"

"咳……咳咳。"李阎抹了抹嘴角站了起来，往嘴里塞进所剩不多的元谋大枣，后背的木舱门上镶嵌着穿透肺叶的子弹，带着斑斑血迹。

"碰上点小麻烦，晚点儿联系你。"李阎声音冷然地切断通话。

【杜瓦王室护卫（退役）】

装配中级魔动科技

7字拐角旁，一列红铜帽子葡人水兵急匆匆地往外走，正和李阎碰了一个对脸。领头那人抬枪、瞄准、扣动扳机一气呵成。李阎也不含糊，虎头大枪出手动若雷霆，把他手里的黑贝克步枪砸成了碎片，可自己还是肺叶中弹。

后面的水兵纷纷举起步枪，却迟迟等不到头领的命令。

扑通！带头的水兵军官双肩连同锁骨被虎头吞刃划出一道翻涌血浪，整个人栽倒在血泊里。

换成环龙的话，能快一点儿，就不会挨这一下了。李阎心里可惜。

高里鬼一窝蜂地冲了上去。

第十章
"嫉炉"的秘密

"火鼎娘娘，您要的法台和香炉，都已经准备好了。"

丹娘一抬眸子，颔首表示清楚。

潮义准备的法台在一角突出的险峰边上，足够高，环水环山，后崖是一片山木棉，正是十夫人的安眠之地。

丹娘从山上眺望，海岸边黑烟沸腾，妖贼的气焰不可一世，他的手掌在一片白烟当中拔出，汹涌海面上被挖出一大块！一条红旗帮的闸船带着厚厚一层青苔和贝壳拔海而起，然后轰然粉碎。

"秀儿，替我打盆水来。"

"我去。"潮义刚开口，郑秀儿已经拿起铜盆，朝泉水边走去。

"好了。"郑秀儿把铜盆抬到桌子上，袖子上带着水渍。

丹娘点了点头，接过铜盆，修长的食指在水上点起阵阵涟漪。蓦地，一个漩涡从水盆中间升起，一点黑色石块在水面上迎风而长，七八个呼吸的时间，已经成了一块头颅大小的布满青苔的不规则怪石，漂浮在水上。丹娘脸色一白，却带着沉静的颜色。潮义皱眉看了半天，看不出门道。

几乎是在盆中怪石形成的瞬间，妖贼脸色狂变不止，他目光望向苍翠山峰，一抖袍袖，削掉了烟雾中的一角。与此同时，丹娘眼神一厉，一把拉住伸着脖子往海边看的郑秀儿往后一扯，然后攥紧白嫩拳头，朝铜盆的水里一砸！

轰隆！郑秀儿脚下，至少三十多丈的一块崖石从中间平整断开！带着烟尘坠入大海！铜盆中间的怪石头边上，也有牙签大小的一块石头断开，沉入盆底，铜盆里的水来回荡漾。

章何拧着眉头，就感觉眼前一黑，比自家闸船的帆尖还高出足足五米的巨浪，疯狂地朝妖贼舰队拍了下来，至少有五六条妖贼的船结构瓦解，直接倾覆！

"十夫人？！"章何的嗓子骤然尖厉起来。

李阎步步踩出霜色冰碴，寻常人挥舞吃力的虎头大枪在他手中化成道道白金色锋流，甬道极长。李阎踏过舱板，连人带枪拉出道道残影，转瞬之间，大枪来回冲杀了四五次，把杜瓦王室护卫的火枪阵列冲了个粉碎！

这时候，他胸口的伤口已经止血，可胸腔里一阵阵火烧似的疼痛，依旧提醒着李阎，不要小看了这些人手里的针击子弹。

这些葡人个个身手敏捷，且倚仗手中的魔动步枪，一轮射击反倒伤了不少高里鬼，可惜没杀掉一个，反而让李阎带人冲散了队形，各自陷入了高里鬼的绞杀当中，这些号称植入了齿轮器官的杜瓦护卫，单论身体素质的话，是比高里鬼差一些的，加上人数较少，陷入围攻后，一下子死掉了。

扑哧！一名葡人不顾吞刃，径直朝李阎扑过来，尽管被枪锋戳穿胸腔，却死抱着枪杆不撒手，逼得李阎一顿。立马有葡人反应过来，几颗魔动针击子弹对李阎射过来。李阎此刻反应快得像怪物一样，身子一扭避过要害。不料一名高里鬼却挡了上来，那子弹射穿了这名平时缄默的高里鬼脑袋，擦过李阎手背的时候杀伤力已经弱了太多。

李阎眉头大拧，旋拧枪身连同枪上的红毛一并砸了出去，越过瘫倒的海盗朝前挥动大枪，大拇指下压枪杆，燕穿帘淹没了一排三名水兵。

眼看事不可为，这些退役的杜瓦王室护卫开始收缩回去。李阎哪能放任，只要视线所及，几乎没有能从他手下逃生的。

扑哧！吞刃夺走了一名红铜帽子护卫的生命，李阎的手感很硬涩。正惊疑之间，那具尸体迅速膨胀发烫，但听轰的一声，血肉和火焰齐飞，把李阎和他周围两名高里鬼都笼罩在里头。

李阎头皮一阵发麻，滚地护住头脸。剧烈灼烧之后，李阎翻身坐起，他反应快，而且经历过九凤强化，对普通火焰已经不怎么惧怕，可那两名高里鬼却被烧坏了眼睛，此刻痛苦地哀号着，手指陷进地板里。

"孙小巴、赵胜、张牙子，"李阎叫了三名没受什么伤的高里鬼，"安顿好不能走动的弟兄，找个地方躲起来，等我们消息。"李阎又低头看了一眼给自己挡了一弹，脑壳洞穿，此刻已经没了声息的那名海盗，"其他人跟我走。"

船舱一阵剧烈的颠簸。除了李阎，剩下的人都或多或少一个趔趄，种种不似人的怒吼在他们头顶响起，带着裂缝的木板开始渗水，惨烈的火光和船与船之间凶恶冲撞的声音透了过来，所有人都知道刻不容缓。

"天保哥，前面后面都有人！"老古的声音传过来。

李阎心里一紧，前面的人不说，后面来人，说明阎姓伙计那边情势不妙，以至于葡萄牙水兵有余力抽调士兵过来。

李阎舔了舔舌头，四下打量着昏暗的底舱："呵呵，老古，高里鬼的水性一定够好吧？"

"天保哥，这还用问？不是我吹，这里头你随便挑一个，一手一个百十来斤的麻袋，多了不敢说，游个十几里还是没问题的。"

"那我可对不起各位兄弟了！"李阎敲了敲粘着气膜的底舱木板，抡舞大枪带着万钧之势砸在上面！砰！一股水花倾泻出来，"有这怪膜在，火药没有作用，老子拿大枪硬砸，也能弄沉了它。"

砰砰砰砰砰！铁钉乱飞，一层厚实的船肋硬生生被轰碎，裂纹迅速蔓延。用麻绳、油灰、沥青、贝壳、鱼骨填充起来的外板缝隙被李阎轻描淡写地破出几块大洞。

一层隔板直接被李阎踹倒，没承想有三四个葡人水兵躲在后面，准备打这些远东海盗的黑枪，不料被抽冷子砸船的李阎发现，直接被高里鬼乱刀砍死。

整条"嫉妒"歪斜着，尾端已经沉入了海里，李阎等人的脚下，水已经没过膝盖，几块破洞能直通大海。那些前后夹击过来的水兵，也因为李阎的作为手忙脚乱。

"嫉妒"的底舱大概十米的方圆，几乎被李阎一把枪捅了个穿，让李阎想不到的是，耳边，那种机器轰鸣的声音，在自己一番肆意施为下竟然又大了一些。

李阎摩挲着隐隐作痛的虎口，仔细听了一小会儿，抡起大枪砸向自己右手边上！

木渣滓和铁钉烂了一地，李阎面前是一根纵向贯穿整条"嫉妒"的木头，也就是俗称的龙骨，而这根龙骨是中空的，上面还有许多李阎看不明白的玻璃管和装有各色液体的器皿，以及一个叉开尾巴的人鱼标志。

而龙骨里面正是那水油滑腻的气膜，"嫉妒"的魔动科技也浮现在李阎面前。

【魔动科技：气膜制造机】

品质：传说（唯一）
产地：赫仑船厂
状态：完美

效果1：
利用塞壬藻菌构成防备火炮的气膜。

效果 2：
塞壬藻菌具有极强的繁殖能力，被塞壬藻菌覆盖三分之二表面的物体会强制下沉。

制作者：
欧罗巴最伟大的微生物学家，赫科斯。

备注：
我羞于跟那个酒鬼和痞子并列七帆大船的科研顾问席位，他就是个让人恶心的下流坏子。可当那个老流氓在黑斯汀沙发上撒尿的时候，我竟然感到了快意。上帝啊，请原谅我内心的魔鬼。
——赫科斯

李阎放声大笑，一滴鲜红血滴自空中滴落在这根龙骨上面。血蘸！李阎抬手打断一截船梁，下摆枪身轰在底板上，底板的裂纹迅速蔓延，加上红旗海盗的践踏，终于支撑不住，开始塌陷。李阎脚下一空，他翻身踩在一块断开的舱壁上，壁虎游墙一般，朝龙骨冲去。

有九凤之力在，加上倔强的千层底永不打滑的特性，尽管李阎还做不到完全无视地心引力，可踏水而行，飞檐走壁，已经是轻而易举，被他大枪抡砸过的地方无处下脚，几名高里鬼都背着受伤的弟兄下了水，而李阎却如履平地。

那些铺满"嫉妒"的气膜也就是塞壬藻菌貌似意识到了危险，涌动的膜泡猛地收缩，一层又一层裹了龙骨的本体上，膜泡足有三尺多厚，那滴嫣红的血蘸被夹杂在里面，深深嵌进木头里。

中空的龙骨里头，塞壬藻菌组成的膜泡潺潺流动，终于扭曲成一张五官模糊的猛兽头脸，从玻璃器皿和中空的机腔里头凶恶地扑向李阁，可顷刻间便被虎头大枪迎面打散！

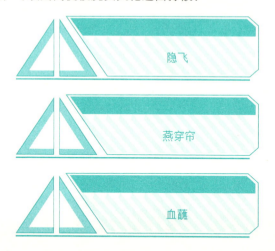

白金色流光把塞壬藻菌、玻璃器皿连同半截软木龙骨直接淹没在其中，整块塞壬藻菌分裂成一团又一团，四下逃散，却在森森寒气下寸步难行，紧接着被狂风骤雨般的白色羽毛戳成了冰疙瘩。

可这样的破坏力，李阁仍不满足。

砰！嫣红的血点轰然炸裂，血丝伴随霜白色纹路在"嫉妒"的核心龙骨上迅速蔓延到整条船架。

呼呼呼呼。龙骨贯穿整条"嫉妒"，隆隆的碎裂声音从李阁这边涌动，一直传出去好远，整条船上，被蔡氏和高里鬼闹得惶惶不安的水兵，都听到了这道怪异的崩坏声音。

让人无端端想起将死的男人沉重的喘息。

"嫉妒"上大量的塞壬藻菌一下子癫狂起来，疯狂攀附起四下的构件，木桶、碎木板，哪怕一颗螺丝钉，然后粘着这些物件，下沉入海！

整条大船的木料和铁皮一层层剥落，李阁脚下全是空空的船架子，而"嫉妒"，也成了七帆大船当中第二条折毁在远东的传奇战舰。

李阎一晃脑袋，有隐约的失重感，血醮和隐飞的副作用一阵阵袭来，不过面上看不出什么。

这时候，李阎头顶的舱壁突然破开！

一只头颅大小的拳头朝李阎头顶砸落，李阎貌似缓神，惊神间宛如怒虎抬头，两只脚硬生生立在大船肋架之间，举起大枪上挑撩向拳头！

气浪四散！

咯咯。李阎抬头，透过根根船梁，和站在夹板上的葡人水兵军官对视，这人正是被几名阎姓伙计拖延住的叼着烟斗的葡萄牙人。

此刻，他嘴上的烟斗只剩下滑稽的把儿，半张面皮被撕掉，露出里头大小错列组合的齿轮、铜金属线，还有微末的白色头骨。他上半身的衣服被火焰烧毁大半，露出肌肉和半截手臂，可从表皮往里看，这人的内脏和血管大半不见，取而代之的，是大大小小、有磨损痕迹的齿轮和泵，貌似杂乱、粗粝，却也巧夺天工、井然有序。这些齿轮此刻正疯了似的运转，腾腾的汗水蒸腾成雾气，从这水兵的皮肤上透出来。

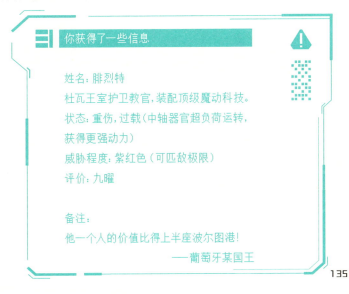

你获得了一些信息

姓名：腓烈特
杜瓦王室护卫教官，装配顶级魔动科技。
状态：重伤，过载（中轴器官超负荷运转，获得更强动力）
威胁程度：紫红色（可匹敌极限）
评价：九曜

备注：
他一个人的价值比得上半座波尔图港！
——葡萄牙某国王

李阎眉毛越皱越紧。便是自己，面对阎老大、阎阿九等人的围攻也是输多赢少，甚至有败死的可能；这个叫腓烈特的至少也是甩脱了几名阎姓伙计，还保留着九曜的实力，那他全盛状态怕不是九曜巅峰甚至更高！

可惜的是，腓烈特面对李阎的虎头大枪太过托大，一照面就吃了大亏。他竟然自信到用自己的手臂去接李阎的枪！腓烈特的整条手臂是金属打造的，看上去黑沉沉的，五根手指却不笨拙，伸手抓向锋利度足有100的虎头大枪。腓烈特抿着嘴，牙齿把烟斗把子直接咬碎。

枪铳牙

零件和碎块大把地往下掉，没一会儿，腓烈特的整颗拳头都碎烂落下，黑色碎点划过李阎的脸落入大海。李阎怪笑着仰视失去一只手的腓烈特，冲他勾了勾手指。

"红毛蛮鬼，还我六弟命来！"阎老大早已不是人形，而是斗篷下面一团张扬火焰，五官都模糊下来，黑辫子随风摆动，火蛇铺天盖地，失去塞壬藻菌保护的"嫉妒"在阎老大的全力施为之下终于燃起了熊熊烈火。这个在海盗眼中半人半鬼的葡人毫不迟疑，反身朝海中跳去！

火焰追不上他，一道惊鸿却快过火焰，径直朝腓烈特扑去！是阎阿九！火精长剑已经断裂，这女人脸上的泪痣不翼而飞，周身泛起蔚蓝色的华彩，轰向腓烈特。

两个人同时落在半空中。

这女人双目发红，显然失去理智，不料看似狼狈逃窜的腓烈特嘴角却一勾，只听得砰的一声气浪，腓烈特的身体在空中折向，划出一个对勾，不仅让过了阎阿九的拳头，剩下的一只右手更是飞快摸向腰间暗金色的短火铳，对阎阿九的后背扣动扳机！

"阿九小心！"阎老大吓得亡魂皆冒。

李阎纵跃而下，后发先至！大枪迎头砸下，看见那口白金大枪，腓烈特一阵头皮发麻，无奈之下只得掉转枪口，朝李阎射击。

子弹砸在錾金虎头枪的枪头上，歪得不知道去哪儿了。

扑通！腓烈特和阎阿九前后落入水中。李阎被强大的冲击力震得在空中翻了一个跟头，收了长枪，单手攀住一截帆索。阎阿九的脸跃出水面，湿漉漉的头发披散，混战中四顾，却已经找不到腓烈特的影子了。

李阎冲着阎老大喊出了声："大局已定，穷寇莫追！"

阎老大脸色复杂地看了李阎一眼，不知道想起了什么，他的鼻腔里喷出一丈多长的白烟，拳头攥得死死的，咬牙切齿："红毛鬼，这事不算完！"

朱贲的队伍上了岸，沿途留下海盗劫掠不谈，朱贲自己带着五千多人的精锐队伍，朝广州城进发，已经不足五十里。

"自北宋年间起，南洋时有巨寇，可试问一句，有哪一个海盗，能拿下一方省会？"

朱贲心里起伏，他野心、胃口都不小，妖贼折返，他也乐得少人分赃，更窃喜章何能拖住天保仔的脚步，至于红、蔡、林三家的报复，以及义冢在南洋海盗的名声毁于一旦，这不在他的考虑范围之内。

我怎么没拦？红毛船坚炮利，我挡不住啊。这吃败仗的事，谁也不想啊。

我怎么进了广州城？咱这次来不就是为了打下广州吗？我拦不住红毛突围，当然奔广州城去啊！

这当然是托词，红、蔡也不会信，可有钱、有人，那就有名声、有地位！红、蔡经此一役，还真不一定是自己的对手，等官府福灵再封自己一个官身，这辈子功名富贵、兵权财货都在手里，还怕他们不成？

没料想，朱贲正打着如意算盘，手下队伍传来消息，说路被官兵挡住了。

"官兵？如今两广哪还有能挡住咱的官兵？"朱贲闻言又惊又怒。

属下慌张回答："领头的是个叫林栋的，是广东右翼镇的官。我打听过了，这人之前被天保仔的人搭救，蔡氏给钱给人，叫他沿路收拢溃散的官兵，可巧，和咱们撞上了。"

朱贲听得眉头大皱："他们有多少人？"

属下摇头："两千多，拦着不让咱们过去。"

朱贲勃然大怒，拨马往前一看，的确是官府的人马不假。

他眼珠来回乱转，此刻他存的心思是进城发财，再拿福灵的封赏，可要是在这儿和官兵翻脸，自然不美，一时间进退两难。

广州湾正值酣战。

红、蔡联军，船头的蔡牵久久眺望，一直等到看见"嫉妒"上的大火，不由得放声大笑："黑斯汀吹得神乎其神的七帆大船，也不过如此。"他脸色一正,"放鸣矢,一鼓作气抢攻英国人的甲板。"

错杂的大船在炮火和枪鸣的声音中扭撞在一起。

把辫子盘在脖子上的凶恶海盗和英挺的海兵扑杀惨烈,来回的蹬踏让船板发出不堪重负的咯吱声,不时有尸体跌落大海,溅起水花朵朵。

水下黑不见底,大多数游动的鱼群早就惊恐地避散开,海里多是沁透的血花和沉没的残破船骸,一只咕噜咕噜冒泡的黄鱼慌张仰头,平日里金白色的水面,如今被黑色遮蔽,橘色火焰和泥沙交融混沌,纷乱的水泡下,宛如梦幻。

李阎没再冲杀在前头,而是在局势稳定下来后,与一干高里鬼回了红旗帮的船上,招呼船医,收拾伤口,指挥作战不提,几名阎姓伙计也回了蔡牵的船。

"天保龙头呢?"蔡牵扫了一圈。

阎老大沉着眼皮:"他中途上了红旗帮的船,还叫我带话给老板,等尘埃落定,他会兑现承诺。"

蔡牵低头皱眉,不知道想到什么。

"老板,老六死了。"

蔡牵一抬头,脸色数变,喉头涌动了好一会儿:"知道了,你们先去简单包扎一下。"

阎老大点点头,带着几名伙计进了船舱。

黑色"嫉妒"上燃烧的熊熊烈火,烧得唐若拉眼前一阵阵发黑。他怎么也想不到,短短几天的时间,情势会急转直下到这个地步!

"撤兵!我要撤兵!当初是黑斯汀信誓旦旦,征服官府比征服莫卧尔还要简单!现在'嫉妒'被毁,妈阁被占,这一切都是你方的责任。"

唐若拉尖叫着,满是褶皱的脸因气急败坏而扭曲,再无风度和城府可言。

亚力克斯苦笑出声："主教大人，难道当时你是因为真的相信了那种在议会上鼓动士气的场面话，才同意加入的吗？"

顿了顿，他才艰难地说："事在人为，我们还未必会输。"顿了一会儿，他又说，"无论如何，公司会为自己的行为负责。"

唐若拉没有说话，可他知道，无论胜负，黑斯汀通过战争打开贸易市场的想法基本上已经宣告失败。显然，他们如今的战果和局势，绝不足以支撑他们提出这样的条件。

大屿山。

章何拨雾，削断半截山崖，丹娘弄水，掀起滔天大浪，貌似斗了一个平手。

大浪过去，甲板上的水没过膝盖，妖贼嘶吼着往外舀水。

妖贼脸色狰狞，再看香炉，已经被海水扑灭。"六壬魁烟"也消失无踪。

"哈哈哈哈哈！"法台上一身黑袍的章何不惊反笑，"不是厌胜术！不是十夫人！"

厌后十夫人多年以来已成妖贼一块心病，甚至有了心悸失眠的毛病，所以潮义耻笑他是有缘由的。

章何笑罢，脸色一正，拔开香炉盖子，一口舌尖血喷了进去，一团血色火焰突地升起，滚滚的白烟再现，烟雾升腾，化成一个眉眼风韵极足的女人，正隔着烟雾，凝视着自己。

"吼！"章何目眦欲裂，那新生烟雾整个沸腾起来，丹娘设法台的山崖，顷刻间龟裂开来，地动山摇。阵阵厉啸传来，滚石崩裂，戳向法台边上的众人，蔡氏的扈从和潮义等人慌张躲避，倒是丹娘附近没有任何异样。

潮义稳稳立在山石上，四顾之下，心中有些惊惶，且不说自己，秀儿也是在场的。不禁有点埋怨这位火鼎娘娘，她帮大屿山斗法，无论输赢，红旗帮都感念恩德，可原来斗法如此凶险，你却还把我家秀儿带在身边，这是何道理？

"没事吧？"崖边的丹娘细声问道。

差一点跌落山崖的秀儿惊魂未定，下意识地摇了摇头。

"那便好。"丹娘低语，回首又望向潮义，"潮义头领，红旗帮借妖贼的手除掉郭婆几人，可已处置妥当了？"

丹娘说话太直，这本来是徐元抚指点郑秀儿的话，潮义也有此意，可这种话当面说出来，总归是不太好听。

潮义讷了一会儿，才支支吾吾地说："妖贼来势汹汹，大屿山自身难保，几位旗帮帮主的安危如何，我实在不清楚。"

"那就是妥当了？"丹娘望向盆中的潺潺水波，她的手往盆中一拢，"既然如此，这妖贼如何处置，就让天保龙头自己来决定吧。"

"什么？"潮义没听明白。

丹娘笑了笑，从腰间摘下一只漆黑小鼎，攥着拳头把小鼎浸入水里，然后用力一捏。

噗！丹娘的指缝之间冒出一丝碧色火焰。紧跟着，整个铜盆的水，都被这碧色火焰点燃！

浩瀚无际的南洋海面，以妖贼百条黑帆大船为中心，至少方圆十五里的范围，海水都化作了一片碧色火焰，而海盗凡虫肉眼，只感觉遮天蔽日都是碧火，好似末日景象。

当啷！妖贼法台上的香炉碰在地上，摔了一个粉碎，火焰将章何的脸映成一片碧绿，他身子摇晃，强自支撑才不会瘫软倒下，嘴唇哆里哆嗦，说不出一句话。

无论是杀红眼的妖贼海盗，还是奋力抵抗的红旗军，此刻都被这惊世骇俗的景象震慑，一时间都忘了厮杀。

咚！丹娘把铜盆倒扣，崖前海水顷刻间翻覆，碧色火焰如同花瓣合拢，把妖贼连船带人包在里头，阳光普照，海上升起一座燃烧着火焰的碧色山峰，惊世骇俗。

方才还不可一世的妖贼，转眼间就败下阵来！

有已经上岸的妖贼海盗幸免于难，看到这幅景象，刀都要拿不稳了。但听红旗帮海盗中传来声声呐喊："火鼎娘娘真身显世，尔等宵小还不束手就擒？""火鼎娘娘真身显世，尔等宵小还不束手就擒？"

他们这边喊得起劲，丹娘沉了沉眼皮，心里觉得有点羞耻。她神色疲惫，有蔡氏扈从看见，连忙过来为她打了一顶伞。丹娘冲那扈从笑了笑，低头暗自思忖："火鼎神通，摄山幻术，运用接洽还算得当，可内里驳杂依旧，缺乏调理。我分明已经吃尽火鼎公婆的余波影响，施法还是紊乱，长此以往，必将坏我根基。"

潮义一干人脸色不提，在山坡那头，徐元抚也瞧得清清楚楚。"蔡牵、天保仔、火鼎娘娘，"他眉头紧皱，一时间觉得前路难行，宛如深陷泥潭，"蛮浊苦瘴之地，怪力难言啊。"

广州湾海战，打了一天一夜，红、蔡的船只折损接近一半，伤亡人数过万，而英葡联军，大概折损四成，有四千水兵阵亡。

若是继续打下去，红、蔡联军未必能赢，即使失去了"嫉妒"，英国人的战术船只水平还是高出南洋海盗太多。红、蔡联军攻打广州湾的人数，是亚力克斯麾下水兵的六倍，可最终的伤亡，却是英国人的两倍还多，这让李阎和蔡牵的心情都不是太好，可红毛的压力，远比根基在南洋的海盗们要大得多，本土战线的吃紧，更让亚力克斯不敢再把珍贵的海军兵力浪费在远东。

亚力克斯苦苦等候的援兵久久未至，眼看唐若拉越发暴躁，这场战争的损失，也早早超过黑斯汀的预计，亚力克斯最终挂出白旗。

广州湾之战，最终以红、蔡联军的胜利告终！

亚力克斯一路败退到海上。李阊登岸，气势汹汹直奔广州，正赶上耐心用尽，对于翻脸对官兵动手的朱贲，李阊也懒得说什么场面话，更没理会朱贲的狡辩，带着红旗帮的精锐加入战团，一口气把朱贲杀退到广西深山里，这才慢悠悠地回转，带着人马直入广州。

尽管福灵有城中财货予取予夺的承诺，可红、蔡两家各有抱负，不愿背负骂名，于是彼此订约，官兵府库尽取，洋财各半，不许滋扰百姓，并发书于宝船王。

至于朱贲、妖贼，红、蔡没打算叫他们进城。

灰头土脸被李阊赶跑的朱贲一路收拢人马，退到西江岸附近，他也犯难，就这么带人回去，没面子也没里子，可这时候再想进城，李阊和蔡牵未必答应。

红旗帮和天舶司对耍滑头的朱贲，都没有进一步的表示，这让朱贲心存侥幸，就这么带着自己的人马，在西江水口扎了营口，每天派人和红旗帮交涉，大抵是"都是误会"一类的话，他没皮没脸，李阊和蔡牵忙着善后和瓜分战果，也懒得搭理他。

各处海盗纷纷传来捷报，林阿金拦截下葡人援兵，等广州湾胜负分定，自然也以胜利告终，在蔡牵、李阊进城三天以后，林阿金也带兵进了广州城。

他为红、蔡拦截援兵这事，传到李阊耳朵里，李阊专门派人给林阿金送了不少财货去，表达谢意，也缓和了两家百多年的宿怨。

有个插曲是，葡人曾派小船，将这次劫掠的许多财货从红、蔡的眼皮子底下运出去，不过没有成功，拦截下的货船，经过天舶司和红旗帮两方的统计，大概有七十条，至于有没有漏网之鱼，就要另说了。

大屿山传来消息，老家无恙，但是叫天保龙头速回。

另一边，天舶司和红旗帮大批船只驶入妈阁港口，谨防东印度公司发难。

按照之前说好的，红旗帮和天舶司联合发兵拿下妈阁，事后两家一人一半，一齐在妈阁驻兵。

蔡牵对广州城的兴趣，远比妈阁要大，可李阁却正好相反。

广州虽然富饶，对阎浮行走的意义未必有多大，妈阁的阎浮秘藏才是李阁上心的事。

而蔡牵则认为，妈阁被红毛占据良久，占了这个地方，无疑会成为红毛的眼中钉，何况油水不多，他蔡牵如今走的也不是占岛称王的路子，妈阁对他来说实在鸡肋。

至于广州对蔡牵的重要性，自然不用多说。

两人一拍即合，李阁让出了一大部分进城之后的甜头，都让给蔡牵去跟官府做人情，而蔡牵则让出妈阁。

官府封赏，李阁不稀罕。

财货珍宝，如今两广瘫痪，进了城的李阁随便一划拉，就已经盆满钵满。

拿下妈阁，郑秀儿做了名义上的海盗盟主，有这两样在，李阁的目的基本上达成。

南洋的战事基本落下帷幕。李阁掰着指头，才发现自己这次做成的事实在不少。

打服红毛联军，名为"妈阁具"的阎浮秘藏唾手可得，十二张异兽海图只剩一张，建立永久通道只差临门一脚。

十万白银献祭湘君，率兵破虎门，滔天大匪勒索官府，广夷岛五婆仔的伤病，南洋海盗驱赶红毛。

这是足足五次阎浮事件。对李阁来说，只剩下零星的收尾工作，就可以大功告成。

剩下的，就是收割胜利果实了。

第十一章
太平文疏！

　　嘉庆十四年七月中，福灵驾回广州将军府。上书京城，洋洋洒洒数百言。

　　　奏明我主万岁：红毛匪叩边作乱，镇抚叶山仁轻敌冒进，被洋枪打中，当场阵亡，损兵折将无数。奴才忝列王爵，皇天浩荡，幸得义士相助，方才攘除奸凶，不亏祖先戍守之托……

　　从李阎、蔡牵进城，再到福灵重新入主，这里头隔了有十几天的时间。

　　这段时间，李阎结结实实过了一把土皇帝的瘾头，也不用打招呼，城里头的达官贵人就争前恐后巴结上来，送金银，送女人。不必多说，说起来，这些人怕海盗，还多过怕红毛。

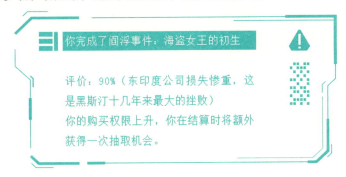

　　"福灵想请我吃饭？"李阎似笑非笑，"知道了。"
　　"天保哥，那我怎么回啊？"

"我不跟你说了吗？"李阎瞪着那人，"知道了。"

"哦哦。"那人点头往外走。

李阎这次搜刮，除了几把品质不错的刀剑可以拿来做备用之外，只有一些书籍能给查小刀作为"吞文"，至于别的财货，都没什么特殊效果，要么就是莲娃杆网这样带不出去的特殊物品，可惜李阎如今不太需要这点油水。

兑换点数的上限又已经满了，李阎摸了几件放在当代称得上国宝的古董，也没太贪心。另外，水嫩的姑娘倒是一抓一大把，城里有个姓杨的富商，一口气送给李阎十来个国色天香的美人，还有一对双胞胎，姿色过人……

李阎这时候正带人抄英国人的商馆，这已经是第九家了。

他搜刮洋人的地界，就是因为当初最后一张闽南异兽图是被英国人买走的，李阎把广州的教堂、商馆快搜了一个遍，也没有找到这张图。后来经人打听，有个东印度公司的商馆管事喜欢中国画，这些年不少画手才子都指望他养活，圈里头有名，李阎这才带人赶过来。

"天保哥，这东西是在一个床头柜夹层里找到的，我觉得有点问题。"有人抄来一幅油画。

李阎端详了半天，这画倒是有名，《最后的晚餐》，仿制品。他拿一把镶嵌宝石的小刀一剥，框里面果然藏着东西。

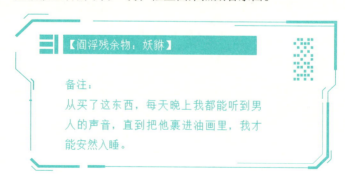

【阎浮残余物：妖貅】

备注：
从买了这东西，每天晚上我都能听到男人的声音，直到把他裹进油画里，我才能安然入睡。

李阎一撇嘴："那你买它做甚？费我这么大劲。"

傍晚，广州龙泉酒楼。上下四层楼，五十四间上房，真可谓"光闪闪贝阙珠宫，郁巍巍画梁雕栋"。

偌大的酒楼，唯独留出一桌来。丝乐靡靡，弹琵琶的歌姬露出大腿。

桌上有四张椅子，三张已经有人坐下，分别是广州将军、宗室皇亲福灵，天舶司家主蔡牵，宝船林氏阿金，还有一张空着。

"顺官，我的好顺官啊！"福灵两腮发红，显然喝得不少。他身穿四团蟒龙袍，姿态雍容，还带着几分早年带兵的气度，但是多年沉溺酒色，眼袋浮肿。

蔡牵坐在他旁边，右边袍袖缠着一圈白色带子，轻声道："爷，少喝点儿。"

林氏传到林阿金这一辈，和官府早就没了干系，他一个海盗头子，和福灵也说不到一起，开始客气了两句，林阿金便只顾吃菜，只剩下福灵和蔡牵推杯换盏。

"顺官。"福灵托着鼻烟壶，"路遥知马力，疾风知劲草啊！要不是你内外操持，上下打点，我这次别说乌纱帽，只怕连性命都要不保。你放心，只要我还在广州，你的荣华富贵，一点也不会少。"

比起当初，福灵的态度不只亲昵，甚至有刻意的拉拢。

红毛破广州，福灵简直觉得天都塌了下来，可却没想到，自己培养多年的钱袋子，在关键时候竟然有这么大的能量，说动南洋群盗出兵不说，手腕、权术更是了得。

福灵自己都觉得纸包不住火，这次京城旨意一下，自己罪责难逃，可蔡牵一句话，却燃起了福灵的希望。

"爷，您在广州经营多年，这事绝不至于陷入死局，你要是信我，只需放权给我，我保您一个瞒天过海。"

此刻风波已经平息，蔡牵指使福灵，把所有责任推给死去的广州镇抚，封锁消息，把这事打成一个"平边之功"，便万事大吉。

此刻福灵如此高兴，当然是蔡牵的计划起了作用。

蔡牵听到福灵的话，只是低头说："主辱臣死，爷你这话折煞我了。"

"好！好！"福灵道了两声，忽地一拍桌子，张嘴怒骂，颇有些喜怒无常，"城中这些个勋亲贵人，都是养不熟的狼崽子！竟然说要进京弹劾我？让他去！他带人要能到京城，我就不姓爱新觉罗。"

"嘘！慎言，慎言。"蔡牵劝诫。

福灵撇了撇嘴，又眨巴眨巴眼睛，忽然看到蔡牵袖子上的白带子，不悦地说："顺官，这大喜的日子，你带这东西，岂不是晦气？"说完就要去扯蔡牵的手腕。

绷！琵琶弦断，歌姬低声惊叫。福灵猛地一激灵，只感觉天灵盖有一股凉气冒上来，酒都醒了几分，他睁大眼去看蔡牵，这个向来恭顺的商人，此刻转头看他，眼里是一抹不加掩饰的阴冷。福灵下意识地松开了手。

"怎么这么不小心啊？"蔡牵先是转头，笑着责备了歌姬一句，又回过头来，"家中有长辈新丧，还望贝子爷海涵。"

福灵的手心全是冷汗，"嗯"了一声，干巴巴地拍了拍蔡牵的肩膀，说了两句宽慰的话。气氛有些尴尬。

林阿金埋头饮酒，恍作不知。

蔡牵举杯："如今广州已复，诸事太平，就算有那不开眼的，想要造谣生事，兹事甚大，朝堂诸公不会理会，爷，您高枕无忧。"

福灵点点头，刚要举杯子，又一皱眉头："顺官，你不是说，赶走红毛的，还有一位义盗头领吗？这酒都喝了大半，怎么还不到？"

蔡牵也抿了抿嘴："这我也不太清楚，昨日我还见他在洋人的商馆里头溜达，今天倒是没看见他。"

几人正聊着，门外有脚步声音。

"来了，来了。"蔡牵笑道，可推门进来的，却是个神色凶悍、脖子上文着蝎子的中年男人，老古。

蔡牵笑容一滞："古兄弟？天保龙头人呢？"

老古一拱手："我家龙头身体抱恙，已经先行回了大屿山，走之前嘱托我，谢过贝子爷和蔡老板的美意。另外，龙头还特意说了一句，这月十八在赤水港放人，让贝子爷别忘了去接。"

"谁？"

"到任的两广总督，徐元抚。"

福灵把酒杯一放，脸色不虞。

这边，林阿金也放下筷子，冲福灵一拱手："贝子爷的酒席好味道，林某吃饱喝足，这厢告辞。"他站起身往外走了几步，又一回头，"当初天舶司大会，贝子爷说过，要给我立功的南洋海盗封官拜将，如今大事已成，将军可不要食言啊。"说完林阿金转身便走，走到老古身边还招了招手，"古兄弟，我有些醉了，搀我一把。"老古低下眉眼，搀着林阿金下楼离开，不顾福灵脸色难看。

很多窗户纸一旦捅破，便再也回不去了，两广海防孱弱至斯，红毛又败退海上，我有什么理由把你这个广州将军放在眼里？若不是蔡、李、林、朱还有制衡，便是扯旗造反，你官府又能奈我何？

"古兄弟。"蔡牵叫住了老古。

"蔡老板，还有什么事？"

"火鼎娘娘拜访大屿山也快一个月了，麻烦你给探探口风，娘娘什么时候回转我天舶司啊？"

"一定带到。"两人转身离开。

福灵这下发了火："这帮泥腿子简直无法无天！"福灵心念一转，气势汹汹地问蔡牵，"顺官，打红毛的时候，那黄火药的大炮，你手里有几架？"

"一架也没有，船是林氏的，火炮是红旗帮的。"蔡牵的话像一颗咸鸭蛋，整个塞进福灵的嗓子眼，堵得他说不出话，"如今红旗帮势大，就连曾经的妖贼去偷袭大屿山，至今也杳无音信，天保仔挟大胜之威，南洋群盗无不唯他马首是瞻。爷，小不忍则乱大谋。"

福灵半天才憋出一句："那就治不了这帮泥腿子了？"

"那也未必。"蔡牵悠悠地饮尽杯中酒，脸上浮现出一丝浅笑。他低头，袖子里滑出一个玻璃瓶子，里头是不断扭动的膜泡。

"嫉妒"的奥秘，塞壬藻菌。

"天保龙头，你我可还有得斗呢！"

"先回大屿山！"李阁冲着舵手吩咐。

老古还得在广州待一段时间，过一阵子，潮义也要过去。这次福灵大出血，广东财库被红毛和海盗先后肆虐，本就元气大伤，他还要出大把银子和人脉给南洋各海盗头领加官晋爵。这赏赐，得让红、蔡、林三家海盗带头讨要，也是给各家海盗做人情，李阁不乐意处置这些琐事，只派了人手盯着，自己早早上了船。

他长在内陆，本来不习惯在海上过活，可这些日子下来，李阁再见到漫无边际的青黑海面，闻到带腥味的海风，却有别样的亲切感觉，身子都舒坦了许多。

"天保哥，咱走得匆忙了吧？"

"匆忙？现在外头都有风言风语说我让章何抄了老窝，我还不赶紧回去看一眼？大屿山来信说控制住了妖贼，怎么个控制？你心里有数吗？"

那人摸了摸头。

"嘿，天保哥，广州富商送来那些个水灵的丫头，你真一个都不带走？"

"谁要看上了，自己领家去。可有一样啊，你不能已经成了家，还从我这光棍手里讨人不是？"

那人啧了一声："那可惜了，我家里有一口子。"

李阎转头，巴掌一压薛霸的脑袋。

"小霸，你不挑一个？"

"不要，年纪太小。"

李阎笑着揉了揉薛霸的头发。风帆鼓动，声势浩大的红旗舰队满载而归。安置着"五婆仔之壳"和"活体海水涡轮"的"鸭灵号"一马当先，带着先头三十多条战船，先一步转回大屿山本部。

船上财货丰厚，有白银一百五十万两，各色珍贵药材，古玩，皮草，天文仪，气压仪，火器，兵器，八十米橡木龙骨六条，广州三家大船厂里的图纸、设备，但凡能拿走的，一样没落下。要不是蔡牵盯着，李阎是有心连城里的各色工匠都锁了带走的。

有用没用的，先拉回去，反正大屿山没有，也不嫌多。

"等咱到了，查刀子那帮人也应该回来了。"

李阎摇了摇头："我叫他们在妈阁岛等我，等卸了货，我径直去妈阁岛。"

众海盗虽然不明白为什么自己的龙头对妈阁岛如此上心，可还是点头称是。

有人咳嗽了一声："天保哥，还有个事，一直没来得及和你说。章何偷袭咱大屿山的时候，郭婆他们被上岛的海盗砍死了，全尸都没落下。"

李阎一愣，立马问道："这个消息什么时候传过来的？"

"今天早上。"

李阎抿了抿嘴："把那海水涡轮给我弄开，明天中午之前，务必赶回去。"

"鸭灵号"甩开大部队，在第二天早晨的时候，船员就可以看到大屿山的黑点，以及大屿山岛礁边上从海中拔起的滔天碧焰，巍如山岳，拢似花骨朵。

李阁还没踩上大屿山的石头，就被海上升腾的碧焰山岳吓得眼皮一阵乱抖。他眼神比普通人好，碧色火焰后面，分明是一条又一条的战船。

李阁没理会船员的议论纷纷，而是遥遥望向山崖前凝视自己的一抹倩影。

"原来是这么控制住的。"

"你要小心些，章何只是被困住，你单枪匹马进去，还是有不小的风险。"李阁绑上硬皮革的护手，身边的丹娘嘱咐了一句。

"我要是章何，早就被你这一手吓破了胆子，哪还有反抗的意志？"

"其实，你迟早能做到这一步的。"

李阁拳头打在自己手上，眉头忽然一拧："你这么做，有没有后遗症？"丹娘张了张嘴，还没说话，李阁的眉头又紧了几分，直接打断了她，"别宽我心。"

丹娘扑哧笑了出来："没什么，只是这碧焰不散，我是没什么法力再去做别的事了。"

李阁有心多问几句，或者干脆用惊鸿一瞥看一看丹娘现在的状态，以他和丹娘现在的关系，这不是什么大事。可想了想，他还是按捺住了。

"那，我放你进去。"

李阁点了点头。

也没见丹娘如何动作，海上的碧色火焰洞开出一条路来，李阁也懒得驾船，脚下踏冰，往碧色焰海中走去。丹娘抱着臂膀，目视李阁远去，笑靥如花，也不知道为什么。也许"别宽我心"这种话，对她来说，算是情话了吧？李阁步入碧色焰火，火焰内里却是一片鬼域似的愁云惨雾。

距离丹娘出手，已经过去了十七天。

几乎是李阎踏进来的同时，一道陷空刀迎头劈来。李阎耳朵一动，扭腰躲开，脚下冰花四射，踩着凹陷的船板折身两次，那个偷袭的妖贼海盗还没看清楚，就感觉眼前一黑，硬生生被李阎抓着脑袋提了起来。

"好招呼啊。"李阎笑眯眯的。

"天、天保仔！"

十七天火焰围困，食物和淡水吃尽，这些海盗邋遢得像乞丐，两眼发绿，饿狼似的。人声渐响，一个个人头冒了出来，手里的劲弩和火铳都对准了李阎，可手指头颤抖着，没有一个敢动。

李阎一甩胳膊，把那人扔出去老远："叫章何出来见我。"

他话音刚落，耳边传来一个低沉沙哑的男声："成王败寇，你要如何，尽管说便是。"

李阎一眯眼，章何的穿着、脸色倒是一如既往的冷淡阴沉，可那双带血丝的眼睛像是秃鹫。

"交出太平文疏，我让你们活着离开大屿山。"

章何不屑地一撇嘴："你觉得我会信你的鬼话？"

"郭婆他们死了，我得叫你活着给我背黑锅。"李阎连场面话也欠奉，直接把自己的打算说了出来，"而且，蔡牵不是个易与的，留着你，对他也有掣肘。"

"你就不怕我卷土重来？"

"十夫人压得住你，我一样可以。"李阎冷笑两声，"何况，你的人还有胆子再来大屿山吗？"

章何无言以对。

李阎环顾了一周："我给你一个时辰的时间考虑。"

"不必。"章何扫过自己的弟兄和儿徒，拳头松了又紧，嘴都咬出血来，"你想要太平文疏，可以。"

李阎做了一个继续的手势。

"随我来。"

章何转身，默念一会儿腾空而起，朝战船外面飞去。李阎踩着冰面，一步步跟上，留下一条霜色的痕迹。两人一前一后，走了好一会儿，直到身边没有旁人，只有被放弃的焦黑船骸。

"上次在天舶司，我输给你，是因为我先和阎老大碰了一场。"

"所以？"

"再打一次，你赢了我，太平文疏就随你拿去！"

李阎盯着章何的脸，点了点头："可以。"

黑烟滚滚，李阎脚下霜色冰纹蔓延开来。

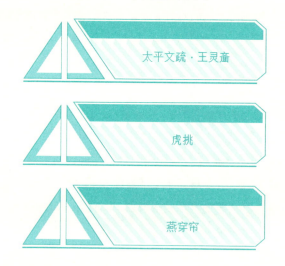

太平文疏·王灵畜

虎挑

燕穿帘

枪鸣，妖影，水波迸裂。

夕阳西下，那突出似山岳的碧焰花骨朵最终化为乌有，随着最后一点碧色火焰收进丹娘手里的黑鼎。损兵折将的妖贼，也渐渐远去。

"所以，他是打了一场又输了？"薛霸撇着嘴。

李阎舔了舔嘴唇："易地而处，我也会输。"他低下头，一金一紫两颗丹丸被他攥在手里。

旁人看不出真假，忍土的提示不会骗他。

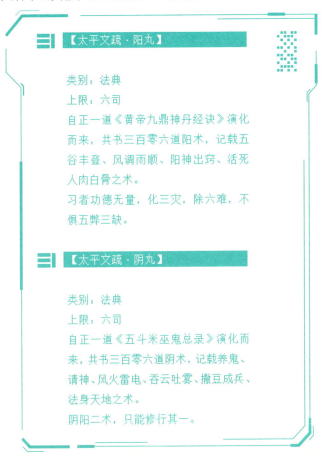

【太平文疏·阳丸】

类别：法典

上限：六司

自正一道《黄帝九鼎神丹经诀》演化而来，共书三百零六道阳术，记载五谷丰登、风调雨顺、阳神出窍、活死人肉白骨之术。

习者功德无量，化三灾，除六难，不惧五弊三缺。

【太平文疏·阴丸】

类别：法典

上限：六司

自正一道《五斗米巫鬼总录》演化而来，共书三百零六道阴术，记载养鬼、请神、风火雷电、吞云吐雾、撒豆成兵、法身天地之术。

阴阳二术，只能修行其一。

对于法典，李阎自己没有直接修行的想法，且不说"永久滞留该果实"的副作用，太平文疏的风格也和李阎格格不入。

实际上，行走穿行果实强化传承的路子，和修行本土果实法典相比有明显的优势。

十夫人也好，章何也罢，都在法术神通上倾注了十余年的心血，才有九曜以上的水平。而李阎只花了大半年，就堪堪赶上。

何况，这些法典摆明了上限只有六司。而阎浮行走的路子，却走出过曹援朝这样的四御强者。

二者孰优孰劣，一看便知。

向阎浮献祭法典，可以不用花费时间，直接得到法典中的一部分法术神通，这也是个不错的选择。合适的传承搭配法典法术，也许能发挥出一加一大于二的效果。

十夫人生前梦寐以求的，是太平文疏中的阳丸用来抵抗楚服厌胜术的副作用。

李阎的想法是把这颗阳丸留给郑秀儿，无论是情感趋向还是从长远的利益考虑，这都是完全值得的。至于阴丸，李阎就自己留下了，其中的法术内容等回归后再看。

"秀儿呢？"李阎问站在一边的潮义。

"偏房，徐老头给她上晚课呢。"潮义回答。

李阎若有所思："徐元抚？"

潮义可能觉得自己表达得不清楚，又补充了一句："徐老头对秀儿很好。"

自从发觉秀儿的成长，潮义对徐元抚的态度软化了很多。他视秀儿如己出，只要结果对秀儿好，就算有时候徐元抚的行为有些出格，很多时候，他也是睁一只眼闭一只眼的。说到底，对于读书人，这个年代的人还是有一种不明觉厉的憧憬和尊敬。谁都知道能得到徐元抚这样入仕的大学问家的教导，是几辈子修来的福分。

"老头子对秀儿很好……"李阎自己念叨着，忽然摇了摇头，"潮义哥，人啊，不能太把自己当回事。"

潮义没听懂："什么？"

"没什么。"李阎想起当初初到广州时，那些"师兄弟"的嘴脸，却哂然一笑。他攥紧两颗丹丸，朝偏房去了，只留下一句话："在有的人眼里，泥腿子就是泥腿子，土匪就是土匪。人家同情你，人家也得剿你！"

七月正是盛夏，潮义心里却是一冷。

"义不抵命，势危难拒小人。"

徐元抚疲惫地揉了揉眼睛，秀儿见状，自旁边的书案给徐老头递上了一杯浓茶。"今天，是我教你的最后一课了。"老头子抿着嘴看了一眼个头还小的秀儿，没接茶水，而是说了这么一句，"你家天保哥跟我说，明日，便派人送我回广东。"

秀儿怔了怔，轻轻把茶放下，回到自己的位子拿起笔杆，垂着头不说话。尽管徐元抚在大屿山时间不长，可这老头学识渊博又风趣幽默，和秀儿相处这些日子，外人见了真是爷孙一般。这时候徐元抚要走，郑秀儿情绪低落是可以预见的。她垂着头颅，桌上的宣纸湿了一大片，只是女孩倔强，强忍着没出声。

"唉！"徐元抚张了张嘴，最后化作一声叹息，"丫头，你想学的，我也教了个七七八八。你年纪小，忘了些就忘了些。只有一桩，你要记牢靠。"徐元抚脸色一正，"白首相知犹按剑，朱门先达笑弹冠。"顿了顿，他又说，"你这孩子命不算好，心智早熟，有些话我本不必明说，可你不能忘了，你父亲郑一拐早年死于海难，你的母亲也早早离世，人心隔肚皮，天保仔对你再好也不是你的骨血亲人。红旗帮的权力在他手里，今天你是南洋海盗的盟主，明天呢？以后呢？你要早想退路。"

郑秀儿才六岁，一听这话，没忍住哭出了声，小脸暴雨梨花，煞是可怜。

徐元抚抿着嘴，整理课本刚要起身，郑秀儿却脆生生地说话了："先生，你刚才说这最后一句'义不抵命，势危难拒小人'，是

157

什么意思？"

徐元抚漫不经心地回答："大义比不上性命，情势所逼，难免要做小人。"

"原来先生这样的人物，到这般境地，也要做个小人吗？"女孩还带着几分哽咽，话音虽轻，却有千钧重。

徐元抚一抬头，喉头涌动一会儿，眨了眨眼："丫头，你这话是什么意思？"

郑秀儿抿着嘴，脸上却啪嗒啪嗒掉眼泪，一边哭泣，一边说道："先生，你先回答秀儿，你说你少年家贫，家中曾有女儿饿死，妻子因替人浣衣染上风湿，此事是真是假？"

徐元抚眼皮一抖，闭口不言。气氛一时间沉默下来，只有女孩的抽泣。

"先生本是闵县县令林远光之子，乃九牧林氏之后，书香门第。自幼定亲，妻子陈氏是广西布政司的独女，先生少年得意，二十四岁便担任厦门海防同知书记，膝下有三子，没有女儿。所以那些个话，只是来诳骗秀儿这个不经事的孩子的吧？"

徐元抚闭着眼睛听着，好半天才艰难回答："这些事，你是怎么知道的？"

郑秀儿别过脸吸了吸鼻子，尽量平稳声音："先生实在小觑了红旗帮这些年的经营。"她红着眼圈，"先生虽有大才，可身陷囹圄，有力也使不出，你编这番谎话，不过是见秀儿爹娘死得早，想以此触动我的心事而已。"

徐元抚的脸皮微微抽动，郑秀儿每个字都打在他的脸上。

"先生见秀儿一个女孩家却有好强的心智，便想借书本道理挑动秀儿和天保哥的关系，纵然眼下无用，他日总会给我红旗帮留下后患。秀儿说的，可有半点差错？天保哥对秀儿如何，秀儿心中有数。书中道理我只认一句：仗义每多屠狗辈，娼盗尽是读书人。"郑秀儿的眼泪又流下来，“秀儿哭不是因为先生骗我，而是到了今天，先生话虽诚恳，却连秀儿一杯茶都不肯受。说到底，先生心中，对我并没有半点情分。”

徐元抚闭眼无语。

滴滴答答流着眼泪，郑秀儿走下书桌，单膝跪地，将那杯已经凉了的浓茶奉到徐元抚面前：“秀儿别无所求，但求先生能受我一杯茶，便不枉今日师徒之谊。”

自打郑秀儿头一句话问完，徐元抚的眼睛就没睁开过，此刻茶已经到了眼前，他却像泥塑木雕，动也不动。

女孩的抽泣声音逐渐变轻。

徐元抚睁了眼，站起身来收拾书本，看也没看秀儿一眼，夹着纸张离开。

郑秀儿低着头，胳膊都举酸了，房子里早就空无一人。串珠似的眼泪顺着郑秀儿的脸往下滑落，可她却一声不吭。蓦地，她的手臂一轻。

“都凉了，还端着？”李阎端坐着，手里捏着茶杯大口咂摸滋味，“谁惹我们家秀儿哭了？”

郑秀儿一噘嘴，“哇”的一声扑在李阎怀里。李阎拍了拍女孩后背，肩膀上湿了一片。

他脸色平静，手里捏着的茶杯却咔嚓一声，一个“戒指环”被李阎从茶杯上硬生生抠了下来，落在地上，滚出去好远。

第十二章
干干净净！

一大清早，李阎便派船送徐元抚回广州，福灵早早差人在港口等候。在天舶司大会之后，张洞便被送走了，这次的船只送徐元抚一人。

"徐总督，这些时日在大屿山委屈你老人家了。"

徐元抚还是那身黑色长衫，胡须被海风吹动："不委屈，你那位查姓兄弟的手艺不错。"

李阎瞥了这老头子一眼："今天送你上路。"

徐元抚眉毛抖了两抖，把手揣进袖子里，没说话。

李阎又幽幽地说："我答应官府把你送到广州港口，赎金他们已经送来，三十万两，南洋百年来最贵的一票。"

徐元抚长叹一声："红毛进南洋，却肥了你们红旗帮，这一个月的工夫，抵得上往常三十几年的经营吧？"

李阎也不看他，兀自望着水面："我还是那句话，你不来惹我红旗帮，红旗帮也不会招惹官府。"

徐元抚微微一笑，半个字也不信。在大屿山一个月，旁的他或许看错，可天保仔一身反骨，他绝不会看错。不过李阎也没骗他，短时间之内他对这颗果实的确没有进一步扩张的欲望，毕竟嘴里的还没消化。

"天保哥，可以开船了。"站在船头的伙计回头道。这人一双三角眼，腰带别着刀子，气质阴冷，一看就是见过血的好手。

"徐总督，上船吧。"李阎做了个"请"的动作。

徐元抚深深地看了李阎一眼，扶着木篙踩上了船，扁舟一阵摇晃。

"开船。"李阎喊了一声。

舟楫划动，小船拨开水浪。

徐元抚盯着待在岸上的李阎，眼看着李阎的身影越来越小，这才收回目光。扁舟不大，船头的三角眼汉子在划桨。船上只有他们两个。

李阎转身离去。

后崖，嫩绿色的斜坡蔓延红色山木棉树。郑秀儿穿着小绣鞋踩在小土径上，眼光眺望土丘之间，十夫人的墓碑前面，有个一身丹翠罗裙的女人放下一束花，并着膝盖坐下。那女人一撩发帘，蓦地一回头，正看到挎着篮子的秀儿，两双黑白分明的眼眸对在一起。

"前港太吵，这里静一点。"丹娘歪了歪脖子，"要不，我去别的地方？"

"不用。"秀儿走过来，和丹娘一起，环抱小腿，坐在草地上。

"那……"丹娘张了张嘴。

"不吃糕。"秀儿打断。

"哦。"丹娘闷闷地说。

秀儿皱了皱鼻子，越是心思敏感的女孩，杂乱的坏心眼就越多，可坐在这个女人身边，闻着她身上香甜的气味，却连一点嫉妒的心思也生不起来。

"火鼎娘娘，"秀儿眼睛闪烁，"他们都说你是神祇显世，信众有求必应，那，你能把我娘救活吗？"

没等丹娘回答，秀儿自己就摇了摇头："我昏头了，娘娘你当我没说。"

丹娘把手放在秀儿的肩膀上，递上了自己的手掌，摊开来，是一颗金色的丹丸。

"这个是？"

"太平文疏，天保仔放了章何，以此为条件换来的。昨天你哭了一宿，他没好意思，所以让我转交给你。"顿了顿，丹娘又说，"章何修的是阴丸，这颗是阳丸，里头的法术能活死人肉白骨。"

秀儿不可置信地抬起了头。

"你们都说我是香火神祇，有求必应。可实际上，我对死亡怀有和你们一样的恐惧和疑惑。太平文疏有没有用，还是你自己去琢磨吧。"

秀儿接过阳丸，她毕竟是孩子，乍听得这个消息，粉嫩小脸一下子露出酒窝。"谢谢娘娘！"说罢她抓起篮子，冲十夫人的墓碑拜了三拜，便朝自己的房里跑去了。

丹娘转头看着跑开的小姑娘，不知道想到什么，尾指搔了搔头发，长出了一口气。

当！铜锤脱手，自李阁眼角旁边飞过。薛霸兵器脱手，眉毛陡然一立，蹬地前扑，胳肢窝夹住李阁的枪杆，两人膝盖一弯，同时朝前一顶。

李阁的手背上青筋毕露，薛霸脸色涨得通红，两人中间的枪杆绷成一个弧度。

"着！"李阁暴喝一声，却松了手！

若是反应慢一点的，听到李阁这声喊，一定死命地去压枪杆，这正上了李阁的恶当，不料薛霸一激灵，也松开了手，虎头大枪在空中铮地一抖，两人的拳头都到了对方面门。

"不错。"李阁嘴角一勾，脚步却一勾一顿，薛霸这一拳头结结实实砸在自己的嘴角。李阁吃痛，脚尖往回一错，正把这口气用尽的薛霸绊倒在地，而自己的拳头化掌借势搭在了薛霸的肩膀上，扯紧往下一拉，膝盖往上猛顶在薛霸鼻尖上，撞了他一个满眼金星。

"唔！"薛霸捂着鼻子，连连后退，摆着手道，"不打了不打了。"
李阎后退两步脚尖挑起大枪，心里有难言的成就感。

你获得了一些信息

姓名：薛霸
专精：海战 87%

薛霸天分不错，和出生在和平年代的李阎、张明远不同，薛霸见惯生死，搏杀经验极其丰富。就算没有高里鬼的加成，薛霸对上当初年少轻狂、砸烂广东十三家武馆招牌的李阎，胜面也有六成。而且薛霸是野路子，很多细节欠调教，李阎手把手教了一段时间，薛霸的近战水平突飞猛进，连带海战专精也飙升了 7%。

"小霸，过阵子林氏来人，你跟他走，长本事去，等回来，我让潮义哥给你找个疼人的婆娘，怎么样？"

"行，天保哥你可别骗我。"薛霸一听这话，咧嘴一笑，任谁也瞧不出这小个子下手的狠辣和对人命的淡漠。

其实李阎自己对成为传说中的天母近卫也不是没有兴趣，敖兴这一身怒目金刚的本领，他也非常羡慕。和法典不同，肉身洗炼会为行走增加一个永久状态，比如高里鬼、泉郎种这些，本质和李阎当初的混沌文身同理。所以成为泉郎海鬼，对行走来说不会出现永久滞留这样的惩罚。而李阎没有选择让自己接受林氏洗炼，除了对蔡、林不放心，以及自己走后给红旗帮顶尖战力留下保障，更是觉得，按照前几次事件的经验，以自己这次的评价，没有理由拿不到泉郎海鬼的购买权限！

阎浮行走，掠天地为己用。

李阎正考虑着这些，潮义颦着眉毛走了过来："天保，有件事我想问你。"

"问什么？"

"你派的送徐元抚回去那人，是刑堂的吧？"

"嗯。"

"你、你想中途宰了他？"潮义问起这个，其实有一些唐突。

李阎眼睛往上翻了翻："我好像是叮嘱了那小子什么。具体是啥，想不起来了。"

潮义犹豫了半天，支支吾吾："天保，你……派的那人，让我给换了。"

"哦？"李阎平淡地应了一声。

潮义此刻的行为无疑是越线的，不过李阎的反应出奇平淡。

"是秀儿求我，不要叫你杀了徐老头。"潮义咬了咬牙，"天保哥，我坏你的事，怎么处置我，你尽管说吧。"

李阎咬着指甲想了一会儿，忽然摇头："换人是秀儿自作主张，她根本没求你。这事你是才知道的，跑我这儿扛黑锅。"

潮义张了张嘴，头垂得更低了。

"哎哟！"李阎似笑非笑，"秀儿才六岁，能想到这层已经不错，尤其念人情，好事。"李阎笑了起来，他拍了拍潮义的肩膀，"我只是叫那人小心风浪，到了广州别让官府的人抓住，根本没提要杀徐元抚的事，秀儿想多了。"

潮义一愣，李阎一句话就戳穿了自己的心思，这时候更没必要骗自己。

"天保，你真不杀徐元抚？"

"不杀，我不杀。"

翌日，天刚蒙蒙亮，载着徐元抚的船即将到达约好的赤水港。船头那人把船桨扔开，拔出腰间牛耳尖刀，一掀帘进了船舱。

闭目养神的徐元抚徐徐睁眼。"你要杀我？"抛开秀儿的个人感情，徐老头在大屿山待了太久，索黑尔的事他知道，火鼎娘娘的事他也知道，对红旗帮内部权力结构他更是了如指掌。别说李阎，潮义对徐也数次起了杀心。

这样的人，成不了大屿山的黑袍军师，也绝不能放虎归山。

"本来是要杀你。"那人吐了一口唾沫，一抬刀尖指着徐元抚的鼻子，"老头，有人要我告诉你，朱门埋奸骨，仗义在人间。"说罢，这人把刀尖往桌子上一插，转身出舱跳入水中。扑通！水花四溅，方舟摇摇晃晃，随着水流一直朝赤水港去了。

徐元抚嘴唇青紫，半天才睁开眼睛，他揉了揉酸麻的小腿，叹息了一小会儿，拔起尖刀，开始在桌子上刻什么东西，一边刻一边念叨。

船撞在码头上，船外面喧闹了好一阵，有人急匆匆上船，掀起帘来，带着惶急的语气问道："可是立叟先生？"

徐元抚摆了摆手，意思是不要打扰自己。那人恭敬等着，两三盏茶的工夫，徐元抚才刻完，桌子上，是张地图似的东西。

"先生，你这是？"那人问。

"这是大屿山的地形布防图样，我能记住七八分，这东西藏不住，只能记在脑子里。"徐元抚也没看清来人的脸，"你立刻派人，把这张图临摹下来——"徐元抚语气一住，不可置信地抬头，胸口的血污一点点散开。

"你是谁？"

那人没一句多余的话，拔出刀子抹在徐元抚脖子上。老头倒在血泊中，脖子上的伤口往外冒血泡，一会儿就没了声息。

那人冷冷盯着，举刀把徐元抚的脑袋割下，拿布包着，快步走出船舱。

"事成了，扯呼！"

琉球群岛，蔡氏祠堂。

蔡牵焚香沐浴，对列祖列宗施了三拜九叩的大礼。

"老板！"阎阿九在外面恭声道，"事成了。"

"人头呢？"

"带回来了。"

"那便好。"蔡牵点头，"当初天舶司大会一时情急，和姓徐的撕破脸，这事总要擦屁股。倒是白白帮了天保仔一个忙。"

蔡牵表情难言，想起了当日福灵宴请三大海盗，天保仔没来，却叫老古传话："龙头特意说了一句，这月十八在赤水港放人，贝子爷别忘了去接。"

这月十八……赤水港……别忘了……

李阎这话哪里是说给福灵的？这是说给他蔡牵的！

"也好，红旗帮不头疼，我也不头疼。"蔡牵转身走出祠堂。

"鸭灵号"乘风破浪，浮光掠影，海鸥自李阎脸际飞过，碧空万里，青蓝色海水一望无际。

李阎让出打进广东之后的相当一部分利益，只搜刮了一通与官府干系紧密的士绅，就直接转回大屿山，目的就是和蔡牵交换妈阁岛的占据权。此刻他怀揣十二张闽南异兽图，心情火热，赶奔妈阁岛。

妈阁有一众精锐坐镇，此刻，查小刀在当地的妈祖庙和李阎通话。

"你把徐元抚搞死了？"

"后半句是对的。"

李阎手中端着一把银挂饰嵌碧玺的三尺剑，正拿毛巾擦拭。此剑名青凤，是李阎自广州搜刮来的，稀有品质，锋锐度70，特性"破邪"。环龙坏掉以后，这把青凤剑算是李阎能找到的所有兵器中最称手的，在环龙没修好之前，李阁准备先用这把。

"那姓徐的老头……其实人不错。"

"我人怎么样？"

"哈哈！"

"嘿嘿！"

"对了。"李阁又开口道，"我从广东回来，给你准备了几本古籍，你的吞文，应该能从里头拿到不少好处。"

"你什么时候到？"

"今天晚上。"

"有个事，今天早上赵小乙风风火火地要走，我拦他，还动了手。"

"然后呢？"

"我截住他，没走成呗。"

赵小乙闹事，李阁并不意外，想必是郭婆死在妖贼手中的消息传到了他的耳朵里。

郭婆最早和郑一拐争过盟主，未果。十夫人当权，他来闹，一样灰头土脸。可即便如此，五旗当中，他的声望、势力也是名列前茅。

换作两个月前南洋一片平静的时候，提起黑旗帮龙头郭婆，号召力是比天保仔大一些的，毕竟当时的天保仔充其量也就算是红旗帮的二把手。谁能想到，城头变幻大王旗，"郭婆"两个字还没掀起风浪，就被十夫人一手诈死阴死在了水坑里。直到天舶司大会，人人都把郭婆当了死人。黑旗帮的二当家安千禄干脆投了妖贼章何，像赵小乙这样的死忠派几乎没有。

"我来处理吧，他要走，你也别拦。"

天舶司大会，赵小乙把闯"鸭灵号"的胡老三打下水，明面上表忠心，暗地里救了胡老三的性命。当时老古说他有二心，李阁倒觉得，赵小乙念旧情，做事也有分寸，不钻牛角尖。人都是感情动物，郭婆还没死，自己咋咋呼呼要求赵小乙表忠心，这不现实，更没气量。现在郭婆死了，李阎更不担心和赵小乙闹掰。毕竟妖贼远遁，势力犹在，安千禄做了叛徒，手中也有近万的人马；赵小乙是光杆司令，这个时候离了红旗帮，什么事也做不成。

是夜，李阎兼程到了妈阁岛，当地的居民正翻新妈祖庙宇，祈福来年风调雨顺。李阎问过才知，前几日天母过海，整座妈阁岛的天空上浮现出一张朦胧庄严的女人面孔，持续了两天两夜，被当地人视为神迹。更有老人传说，每次天母过海，妈阁岛上都会有此神迹发生。

这样的传闻让李阎更加坚定，阎浮秘藏·妈阁具的确在岛上不假。

到了妈阁岛，当地的代理县丞、官府兵署将领、地保乡绅，以及红旗帮一手扶持起来出力反抗葡人的义军领袖等等，摆了酒宴为李阎洗尘。

人皆有趋利避害之心，红毛欺压妈阁岛百姓，谁知道这位红旗帮龙头是个什么脾气，此刻当然要搞好关系。

李阎来者不拒，推杯换盏，一众琐事，不提。

待到后半夜喝趴下一群人，从酒席上晃晃悠悠站起来的李阎给查小刀使了个眼色，两人到了僻静些的后院。李阎亲手把十二张闽南异兽图交到了查小刀手里。

拿到完整图样的查小刀也看到了那位叫米力的行走的留言，一时间心情复杂。可他仍是毫不迟疑，准备开启事件。

你凑齐了十二张阎浮残余物，可开启一次特定的阎浮事件，该事件可以和缔结组队契约的同行者共享。

"开启。"

你开启了一次大型阎浮事件
参与者：李阎、查小刀

本次阎浮事件，为其他阎浮行走死
后遗留。在集齐上一位行走的所有
残余物之后，行走大人只需要完成
事件的后续步骤，即可完成事件，
获得全部奖励。

检查进度中……

李阎和查小刀耐心等着，两人的瞳孔前有扭曲的光影闪烁。

进度如下

经历一次天母过海：1/1
杀死三十六种以上的天母过海三千种：1/1
入手扣冰辟支古佛手卷记载：1/1
入手"晏公"鳞片并献祭：1/1（慎！）
以上为上一任行走完成内容。

捣毁妈阁岛所有教堂，并把所有殖民侵略
者赶出妈阁岛：1/1
当前进度 5/5！

你完成了此果实难度最大的事件之一

天母余愿！

评价：90%
你在本次事件中的评价登顶！
你在本次事件中购买权限登顶！
你获得了阎浮秘藏·妈阁具的抽取权限！

 高难度阎浮事件专有奖励如下

传承：妈祖之灵！
传奇异物：天妃黛！
传奇异物：道公巾！

查小刀压抑不住心中激动，点上烟卷，皱着脸看向李阎："咱要不，再考虑考虑？"

李阎伸了个懒腰："甭考虑，我意已决。"

查小刀咬着牙："得，你弄来的东西，你说了算。"

阎浮行走获得五仙类传承时会获得如下提示：

 为弥补五仙类传承的实力弱势，拥有五仙类传承的行走拥有如下权限：

一、无偿查看高位行走的探索笔记；
二、天然魅力；
三、高位五仙类行走以及代行者将担负一定阎浮运行的职责，其中五仙类代行者将担负核心责任；

四、阎浮允许在等价交换的原则内为五仙类行走提供一次自由愿望的权利。

请注意！每名行走终身只有一次权利，即使更换传承也无法再次许愿！

"传承：魁之天权，行使自由愿望的权限。放弃阎浮事件的专属奖励，换取执行本次事件的行走随时进入本次果实的权利。"

查小刀话说完，那边却寂静下来。李阎和查小刀对望一眼，心中有些忐忑。

"啊，几个月才遇到一次自由愿望，一遇到就是这种麻烦事！"杂乱昏暗的房间，一张对着荧光屏幕的女孩脸庞哀叹着。

卡通贴，人物海报，蕾丝内裤，薯片包装，带着凹凸颗粒的塑料玩具，成箱成箱的光碟卡带。老旧的台式电脑发出不堪重负的噪音，可就是这台扔进垃圾山也不一定有人要的电脑，却代表让无数阎浮行走趋之若鹜的权利。

衣衫不整、顶着黑眼圈、瘫坐在办公椅上的女孩把一条大腿放在电脑桌上，抓了一把碎薯片塞进嘴里。"没有拒绝的权利。可答应的话，老头子这边会抗议，曹援朝那帮人又不松嘴，到最后我们这帮人受夹板气。我当初是多脑抽才会去做天类的代行者？！"她在键盘上一阵胡乱敲打。

妈阎岛，李阎和查小刀的耳边，都传来簌簌的风声，撼人心弦。

这声音李阎听过，是高位行走向阎浮事件中的行走发起的通话。太岁遭遇围攻时，一个参与追杀的代行者曾对他发起过一次，叫他放弃接受事件。当时被太岁干扰，反而让李阎将计就计。

"你获得了一次通话。"两人同时听到这话，"咳咳，那个……二位好啊，我叫雪莉，七官级阎浮行走，传承魁之摇光，负责受理这次自由愿望。有几个问题，要和两位确认一下。"不见其人，可这女人声音含糊，好像在咀嚼着什么，"首先，行走与同位体合并的过程是不可逆的，所以在行走回归以后，果实里原本的人也会消失。"

"能解释解释什么是同位体吗？"李阎心头一动，天保仔和自己的关系就是所谓的同位体无疑。

"没空。"

李阎挑了挑眉毛："好，请继续。"

"为了避免不必要的麻烦，阎浮往往会派出忍土作为替身，来维持这颗果实中行走身份的日常活动，这样做的意义主要是为行走下次降临做准备。比如，这位李阎先生，你在鳞·丁酉二十四（太岁）果实当中拥有大明镇抚的军职，你回归后阎浮会派出一名忍土，变成你的模样，在军营度过。当然，为了避免麻烦，忍土会尽可能避开行走在果实中的人际关系，只作为背景出现。还拿这位李阎先生举例子，你在地·甲子二百五十九（茱蒂）果实中有一位关系极为亲密的女性伴侣，而忍土只具备人的外表，并不具备满足你伴侣的能力。"

扑哧！查小刀没忍住。

"所以这颗果实的忍土就在你回归之后选择了离开香港，避免露馅。"

李阎强笑："你们还真是体贴啊。"

"通常情况下，忍土替身这部分服务是不收取费用的，可是如果你要建立永久根茎通道，你就必须支付忍土替身的费用，或者频繁往来，自己独立经营这颗果实。"

"忍土替身的费用要多少？"

"分档次，也不算贵，最便宜1000多点每年吧，我是指天·甲子九果实的时间。"

在李阎想来，这是再好不过的结局。

"二位确定了吗？不再考虑考虑？"

李阎看了查小刀一眼，查小刀欣然点头。

"好吧，唔，我会发给你一份资料，是由阎昭会制定，对果实可持续开发的意见手册，包括对通过个人印记空间运输技术和材料，低烈度以上危险品的审核和惩罚等，请注意查收。再见。"摇光不快地结束了这次通话。

"加班！加班！"女孩挠着头发，扫开桌子上的垃圾，关掉影音软件，咬牙切齿地在电脑上敲打起来。

"有点儿心疼。"

"物有所值。"李阎捶了查小刀的胸口一下。

"刚才那个叫雪莉的，我好像听说过。"

"哦？"

"前阵子闹得沸沸扬扬，个人拍卖行有个阎浮行走拍卖自己，就是她。"

李阎无言以对。

"什么时候回去？"查小刀问道。

李阎往码头上努了努嘴："蔡牵赔的十万两祭品我带来了，法坛、香火、祭祀我也找好了，今晚就回去。"

"大屿山那边？"

"我有准备。另外二十万两银子，你我一人十万两，到顶10000点数。"

查小刀心头一片火热，不管怎么说，这次的收获是他进入阎浮以来从来没有过的。

"赵小乙呢？"李阎忽然想起来。办完这件心腹大事，他整个人都放松下来。

"酒席前就要找你，看你喝酒，在院外头等着呢。"

"知道了。"

两对石狮子门口，赵小乙站得笔直，鼻息均匀，泥塑木雕似的一动不动。

"哎。"李阁在漆门里头吹了声口哨，手里拿着一坛子开了泥封的女儿红，"有事进来说。"

赵小乙抿了抿嘴，迈步往里走。走了一半，一低头要往地上跪，李阁眼明手快，一把捏住了他的肩膀。

"你对我也算有授艺之恩，有话直说。"李阁说话利落。

赵小乙坚持要跪，李阁手捏得很死，两人僵持了一小会儿，李阁死活不放手。

"天保龙头看得起我，可您这样，我张不开嘴。"赵小乙腮帮子咬得鼓起。

"你跪了，我又没一两银子拿。你先说，答不答应在我。"

赵小乙一咬牙："我想让天保龙头借给我五千人、三十条大船，还有二十门火炮。"

"你要干什么？"

"重组黑旗帮，手刃安千禄，斩妖贼，为郭帮主报仇。"

"我有什么好处？"

赵小乙苦笑一声："我一穷二白，天保龙头不嫌弃，命给你又何妨？"

"一个条件。"李阁早有腹稿，"你在秀儿身边待五年，五年之后我借人给你，帮你打安千禄。至于妖贼，你自己想办法。"

赵小乙有些犹豫。倒不是他讨价还价，若是此刻起事，他还能多少召集一些黑旗帮人手，安千禄那里人心不稳，也好收复。再等五年，就没这个机会了。

"安千禄，插标卖首的毛贼而已。可妖贼章何，你拿什么去对付他？"李阎问了赵小乙一句，他见赵小乙脸色阴晴不定，又说，"你武艺高强，要是拿到高里鬼和泉郎种的肉身洗炼之法，成了泉郎海鬼，两个敖兴也不够你打。十夫人死后，红旗帮没人会炼制高里鬼的法门，可秀儿那边我可以帮你想办法，你自己想想。"

李阎转身要走，赵小乙叫住了他："天保龙头，一言为定。"

李阎瞅着赵小乙，欣然一笑。

官府依旧是那个官府，可红毛寇边、徐元抚死于红毛战乱的奏报，多少让京城警觉。

内阁大学士、汉中堂赵韵坐镇京城，连夜召回跟随徐元抚的学生张洞，询问事宜。是夜，张洞面见圣上，天保仔这个名字第一次映入皇帝和众位大臣的眼帘。

官府磨刀霍霍，一方面借福灵之手，借高官厚禄，拉拢分化海盗；另一方面接受东印度公司的道歉和赔偿，以极低的价格向黑斯汀购入火炮军舰，组建新军。才刚刚爆发战争的双方联络迅速火热起来，世事之荒谬难以言表。

义冢朱贵投诚官府，挂总兵职务。

林阿金被封爵，亡妻受封诰命夫人，光耀门楣。

妖贼也受到了官府的招揽。

唯独红旗帮，和官府的摩擦逐渐频繁。

"红旗孽众，匪焰滔天，必为天下除此巨害！"徐元抚的知交好友赵韵言之凿凿。

南洋的局势又变得不可捉摸起来。一片诡异汹涌之中，有件小事微不足道：徐元抚的门生张洞在为亡师守孝一月之后，低调娶了一位平妻，娘家姓蔡，据说是广东豪富之家。

第十三章
结算

"兔崽子！"黑仔一个激灵，猛地睁开了眼。他是天保仔的亲信，水性极好，那一日有人在妓船上行刺天保仔，被囫囵杀了个干净。

当时天保仔把尸体扔下了海，叫他和张巍暗自盯着，看看是哪路人马给这帮刺客收尸。两人盯了几天梢，几经周折，张巍性命都没保住，却查了一个石破天惊！

"天舶司！是天舶司！"他发狠地大喊出声，一张硬朗的脸上全是汗水和眼泪。

屋子平时有人照看，可巧这时节郑秀儿在院子前头读书，黑仔醒了，她最早进来。

郑秀儿还没开口，黑仔看见女孩，一把攥住她的手腕："查清楚了，是天舶司！"

郑秀儿先是一愣，随即冷静下来："黑仔哥，你先喝杯水。"说着她转身去拿茶壶。

黑仔眼睛发红，一掀被子坐起身："刺杀天保哥的是蔡牵的人！十夫人受伤，也是蔡氏趁乱偷袭！"秀儿瞳孔一缩，"我听得清楚，那帮人叫他阎老八！"

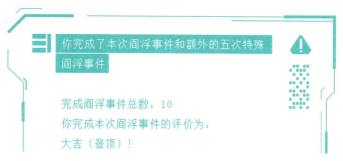

你完成了本次阎浮事件和额外的五次特殊阎浮事件

完成阎浮事件总数：10
你完成本次阎浮事件的评价为：
大吉（登顶）！

你将带出的物品为：太平文疏·阴丸、青凤剑、清水芦叶枪、织金陀罗尼经被、火蚕丝软甲

结算开始！

李阎闭上眼睛，身子一点点碎成光点，上面那几件，是他搜刮广东得来的，还分了一半给查小刀。

光影交错，一轮骄阳跃出蔚蓝的海面。草鞋踩在杆桅上，男孩咧开嘴，露出明晃晃的牙洞。火光绚烂，刀枪齐鸣，一只手臂横拦下红帆大船，碎浪拍打裤腿。圆桌前的蔡牵好整以暇，妖贼脸色冰冷，秀儿左顾右盼。账房噼啪叩打算盘，数百万两的军备票据漫天乱飞。舟楫沸腾，帆船交错，喊杀震天。塞壬藻菌无孔不入，黄火药烧沸南洋。庞然的"暴怒"碾压而过，黑色海啸席卷，天地变色，惊雷大作！画面最后停留在一根插入云霄的金色的腕足上！

依旧是那个林立黑色柱子的大厅，查小刀和李阎都没说话，忙着查看自己的收获。

"果实命名，秀儿。"李阎说道。

行走的状态在一定条件以内，
本次修复不收取任何点数。

 结算报告如下

随时进入"秀儿果实"的权利。
大吉评价结算点数：600点
购买权限额度：250%（登顶！）
你兑换了白银，共获得阎浮点数10000
点！该果实贵重物兑换已达月额度上限。

扣除海战专精固化 1000 点。（固化后海战
专精并入古武术专精，综合计算数值，实
际效果不变。）

当前阎浮点数 10086 点。

作为事件完成的特殊奖励，你将随机抽取
一项包含湘君之力的物品。

你在该果实中共完成六次事件，可获得六
次抽取机会。

　　李阎喉头一动，却没有先动手抽取，而是把这六次抽取放到
了最后。

 你在本次阎浮事件当中收获如下

一、个人类
无

二、物品类
【青凤剑】锋锐度 70。特性：破邪。
【清水芦叶枪】锋锐度 85。
【火蚕丝软甲】轻若无物却坚韧无比，
25 以下锋锐度的冷兵器无法割破。
【织金陀罗尼经被】长久披之入睡，延
年益寿，百病不侵。

三、秘藏类
可开采阎浮秘藏·妈阁具。
每次回归后，购买权限中将随机刷新一
件妈阁具，内容为长生种子、兴化寿面、
龙井铜符、遛金铁马、白湖圣泉、天妃

黛（小概率）、道公巾（小概率）中的一项。
持续五次阎浮事件。
本次刷新妈阁具为：龙井铜符。

【龙井铜符】消耗品，可对任意出自秀儿
果实的异物进行点化，点化之后此项异物
将更加适合阎浮行走使用。
花费 7 点。

李阎随手就买了下来。

上面这些是李阎的收获。之后，他把这次的购买权限大致浏
览了一遍，赫然发觉，每个类别的购买权限，底部都有一行鲜红
的字体，赫然写着"登顶奖励"的字样。

拿精华类举例。

精华类

1. 四级古武术格斗精华（枪术）：增强近
战类专精 5%
需求阎浮点数 150 点，只限一颗。
2. 三级火炮操控精华
3. 三级刀术精华
4.……
登顶奖励!

魔动机械学精华：增强魔动机械专精 5%
花费 100 点，仅限十颗。

备注：
稀有专精将赋予行走更为专业的个人能力，
同时也是发挥某些传承全部威力的前提。

因为这次点数充裕，李阎思考过后，除了把四级枪术精华拿到手，也把登顶奖励的魔动机械学学了，于是李阎的专精也成了古武术 98%（并入海战）、热武器 38%、军技 50%（并入马术）、魔动机械 50%。

后面还有厌胜物品类，大概十项，李阎浏览后觉得下面这几个用得着，干脆入手。

 物品类

【蛊毒娃娃】
将名字和生辰八字写在纸上，连纸和娃娃一起用针刺穿，可掠夺其神志，使其完全听从施者的命令。
花费 500 点。
备注：
并非所有人都吃这一套，请对普通人使用。

【赤水精】
消耗品，可引发一次小范围海啸。
花费 1000 点。

登顶奖励！

【厌胜钱】
十夫人爱物，佩戴者可破除一切厌胜巫蛊之术，修为不如十夫人的巫师将受到反噬。
花费 500 点。

后面还有很多杂七杂八的，包括船只、火炮、珍宝等等，不过李阎如今也算坐拥大屿山和妈阁岛的基业，这些也不是太看得上。

最后，便是个人强化类的内容以及登顶奖励，让李阎颇为心动。

 技能观想类

【飞鲤三式】
每次观想 10 点（通过赵小乙讲解，花费点数大幅度降低）。

个人类

【气功】
修炼至高深可斩出刀芒，威力不俗。
花费 300 点。

【太平文疏法术】
可随机获得一项太平文疏法术。
花费 500 点。

【火鼎丸】
增加传承 10% 觉醒度。
花费 1000 点。
备注：生灵食之，遂有灵性，即火鼎属种。

【邪神五婆仔血脉】
可随机获得一项五婆仔神通。
备注：请注意，血脉类神通具有排他性和唯一性，且和血液类传承冲突！
花费 1500 点。

登顶奖励！

【泉郎海鬼】
获得泉郎海鬼状态。
花费 2000 点。

此项强化需要沐浴九天药汤，请回归个人
房间进行。

情势明显，李阁也没思考太久。太平文疏直接跳过，气功鸡
肋，五婆仔血脉他也没兴趣，最终决定购入火鼎丸以及泉郎海鬼的
沐浴药汤。

火鼎丸呈现烫金色，拇指大小，李阁把玩一会儿，整个吞下。
轰然破碎的声音从李阁身体里响起，清冽鸟鸣经久不绝。姑获鸟之
灵 66%！距离第二次面对峰值突破只差 3%！

最后是龙井铜符这东西该怎么用。它的描述很抽象，可李阁
没怎么思考就有了主意：点化，太平文疏·阴丸！阎浮秘藏是错落
在阎浮果树当中对行走实力有明显提升效果的异物，之前的无论
是龙虎气还是尸狗钱都让李阁获益匪浅，所以这次用来点化阴丸
的龙井铜符也不例外。

太平文疏·阴丸本是一颗剔透的紫色铜丸，质地坚硬，上面
有烦琐的花纹。李阁每次把它握在手里，耳边就会响起低低的吟
声，要静心细听才能听得清楚，颇有些神奇。

李阁本来有两个选择。要么献祭阴丸，解锁所有太平文疏法
术，可因为技能栏限制，最多只能学四种；考虑到除了风泽，剩下
三个技能都不能割舍，那偌大的太平文疏，李阁最终能学到的只
有一个。要么自己修习阴丸中的法术，不用受技能栏掣肘，但要
花费大量的时间和心血不说，还要受到永久滞留的惩罚；考虑到自

己现在已经回归，阎浮也不太可能再把他塞回去，所以多半是在果实之外无法修炼。

而现在，李阎多了一个选择：用龙井铜符对阴丸进行点化。

让李阎意想不到的是，点化的结果是巴掌大小的暗金色铜符和紫色阴丸同时破碎开来！砰的一声脆响，好像炸炉似的，紫金粉尘沾了李阎一手。一阵针扎似的疼痛顺着手掌传入大脑，还没等他有所反应，浸透心脾的冰凉感觉逆着痛感一路游回到了手上。灼烫的痛觉和透爽的冰凉感觉来回冲刷着双手，手上的紫金粉尘受到刺激，顷刻间化作无数蝇头小篆，透进李阎的皮肤骨肉，消失得无影无踪。李阎拧着眉头，攥住的拳头动弹不得，疼痒难耐，不过以他的意志力，挨挨也就过去了。

四五分钟后——

龙井铜符点化完毕

李阎松了口气。他摊开手，那些揉进他骨肉的金紫粉尘不知什么时候汇聚在一起，成了一滴颤巍巍的紫色流浆，聚而不散，躺在手心。

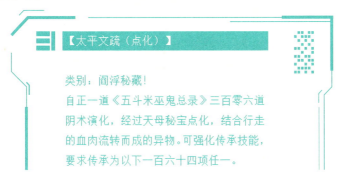

【太平文疏（点化）】

类别：阎浮秘藏！
自正一道《五斗米巫鬼总录》三百零六道阴术演化，经过天母秘宝点化，结合行走的血肉流转而成的异物。可强化传承技能，要求传承为以下一百六十四项任一。

> 例：……
>
> 你的姑获鸟满足强化条件。
> 每个传承技能只能强化一次。每次强化会
> 花费 1000 点并消耗太平文疏阴术中的一
> 道或多道，阴术消耗完毕则物品直接消失。

李阎对着文字说明读了几遍，心中掀起了滔天巨浪。姑获鸟不是没强化过，可这道太平文疏的价值显然远远超过九凤神符和尸狗钱。李阎先选择强化血蘸，被提示要消耗 1000 点和太平文疏中的陷空刀、伽蓝帖、王灵斋等十二道阴术。他确认强化，而后巴掌里的紫色流浆蒸发了一小点，只是肉眼看不大出。大量文字从李阎眼前闪烁。

> ### ☰ 血蘸强化完毕，效果如下
>
>
>
> 血蘸将附带对三魂七魄中的胎光、爽灵、
> 伏矢、吞贼、非毒、除秽、臭肺加上已有
> 的尸狗共二魂六魄的固定伤害！
>
> 你现在可以在血蘸命中时立刻引爆血蘸，
> 造成损伤敌人魂魄的固定伤害，无冷却，
> 无副作用。
>
> 你现在可以对最多三名敌人同时使用血蘸。
>
> 累计伤害引爆的高威力血蘸造成的副作用
> 进一步降低，为钩星效果的一半。

这还不算完，李阎又用太平文疏强化隐飞，这次只消耗了应还

替身、青鸾、术斗罡三道阴术，紫色流浆也蒸发了一点。

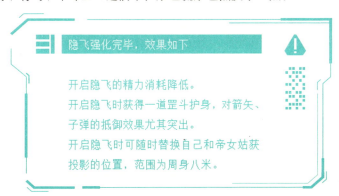

隐飞强化完毕，效果如下

开启隐飞的精力消耗降低。
开启隐飞时获得一道罡斗护身，对箭矢、
子弹的抵御效果尤其突出。
开启隐飞时可随时替换自己和帝女姑获
投影的位置，范围为周身八米。

两次强化后，太平文疏里的阴术还充裕，姑获鸟的后面则增加了九凤强化、二魂六魄强化、天罡斗数强化等字样。尽管没有任何提示，李阎却没来由地感觉再耗费几道九凤神符或者把三魂七魄的强化集齐，那传言中的传承进化距离自己可能就不是太远了。

李阎呼出一口气。他按捺住激动的心情，再看一眼自己原本10000出头的点数，在强化专精、购入异物、强化传承技能后只剩下不到2000点，但是完全值得。这次的提升强度可以说是进入阎浮以来前所未有的！

剩下的，就需要一定的水磨功夫。

一个是使用泉郎海鬼的药汤沐浴，一个是观想飞鲤三式并吃透自己这段时间来的强化所得——自己是不是忘了什么？李阎犹犹豫豫地看了一眼六次抽取机会。自己连专属奖励中的妈祖传承都放弃了，为了一个和姑获鸟同一神系的湘君，要是六次都抽不到，那可真是失败得可以。

当初李阎面对貘，选择湘君作为自己下次事件的传承，原因非常简单：除了都是楚地神系，他还考虑到第二传承和姑获鸟的配合。九凤之力只有在水汽丰富的地方才能发挥最大威力，而九凤之力本身却没法像燕都一战中的传承玄冥那样制造出水来。所以李阎当时对第二项传承的要求就是：楚地神系，和水汽相关，最好是五仙类，这样能尽早接触阎浮深层次的权限。这样一来，湘君便成了最佳选择。况且放弃专属奖励，原因也是多方面的。自己要长久经营大屿山，要是拿了专属奖励，这就成了一锤子买卖，红旗帮的基业也就随之搁浅。

来吧，抽几次试试。

抽取中……

一截布满红色斑点的竹节落在李阎手里。

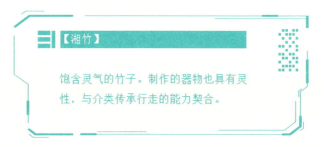

【湘竹】

饱含灵气的竹子。制作的器物也具有灵性，与介类传承行走的能力契合。

李阎也不在意，又开始抽取，然而脸色开始变得不太好看。五次抽取，除了一开始的湘竹，后面四次，一次是服用后可以水下呼吸的丹药，可李阎内服了三片鲛鳞，这东西对他只是鸡肋；两次是阎浮信物，一件湘妃泪，一件环廊佩，分别可以增加3%和5%的觉醒度，这让他正式迈入第二次峰值突破的门槛，取得了九曜的实力认证（觉醒度69%）；还有一次是名叫"舜炼丸"的药物，相当于壬辰的草还丹，不过效力更强，另外还能治愈已知的所有疑难杂症，恢复永久性的断肢、失明，包括魂魄伤害，仅对极少数伤害无效。总之，吃下这颗药相当于回阎浮接受一次免费治疗。

至此，李阎的机会只剩一次。

貘随口提过，抽到传承的概率和评价度挂钩，大概在10%到20%之间，且每多完成一件事件，抽取奖励的品质就会提高一次。李阎这次的评价已经登顶，按这个标准，六次抽取能拿到湘君传承的概率是很高的。可事实摆在眼前，点儿背这种事，实在没什么道理。

有的人这时候会停手缓缓，求几句神，可李阁头铁，眼皮都不眨一下。

抽取！

入手一凉，李阁低头，自己手中是一本线装蓝皮书。

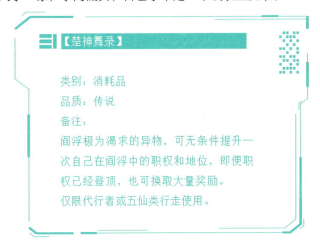

【楚神舞录】

类别：消耗品

品质：传说

备注：

阎浮极为渴求的异物，可无条件提升一次自己在阎浮中的职权和地位，即便职权已经登顶，也可换取大量奖励。

仅限代行者或五仙类行走使用。

李阁常听人说，有些故事创作者会故意在最后关头让主角化险为夷或遇到奇遇，至于抽奖，前头更是可以直接略过，最后一次才心想事成，这叫触底反弹。

李阁没懊恼多长时间，心里突然灵光一闪。他打开拍卖行界面，以"阎浮极度渴求""提升职权"为关键字检索，结果是没有！这类物品从来没在拍卖行上公开拍卖过！

李阁有些奇怪。要知道，即便是凤毛麟角的传承卷轴，也是有成交记录可查的。传说品质再珍贵，总不可能阎浮当中从来没人拿到过这类东西吧？他尝试把楚神舞录挂到拍卖行，结果出现了"此类物品在十主特供序列，请等待专人联系"的字样。十主特供序列？意思是十主可以比所有人先一步买下的意思？李阁挑了挑眉毛，又一次意识到阎浮虽然无比自由广阔，可行走间等级森严，"特权"二字无处不在。不过李阎的性子并不反感这种把晋升渠道摆得明明白白的权力制度就是了。

看来，这次的确是触底反弹。这东西摆明对于那些站在阎浮顶点的大人物有强烈的吸引力，就算对现在的李阎来说是大而无当的摆设，可他一样能通过交易来换到自己想要的传承。他把楚神舞录挂上拍卖行，尽管明面上依旧查不到，可李阎知道，自己要做的，只是等待。

最后，他在拍卖行找到一项熔炼修复兵器的服务，花了100多点修复环龙。这可比当初买它的价格贵了快十倍，可眼缘手感这东西，没有道理可讲。李阎甚至早就下定决心，如果睚眦之泥不够，那就先强化环龙，把威力更强的錾金虎头枪先放一放。

强化的事情告一段落，李阎耳边传来提示：

你已经有一项传承达到 69%。

你可以随时申请九曜行走的考核，阎浮会安排行走在两个月内对你考核，通过后你将享受九曜行走的特权。

特权为：
进入事件后可无偿要求该果实中的忍土提供对完成事件有帮助的探索记录，无须自己逐条查阅；还可获得其他忍土势力的支援。

"立刻申请。"

李阎如今的评价是九曜，可再碰上九曜评价的章何，他完全可以轻松取胜，且只需要再等不到四个月：龙虎气秘藏蓄满三十刻，李阎就能直接突破第二次峰值。到时候，即便是深藏不露、只惊鸿一瞥便有九曜巅峰实力的蔡牵，李阎也有信心战而胜之。下次见面，还真想看看这位蔡老板的乾坤一掷啊，李阎一哂。

他一回头，刚要招呼查小刀，却发现除了沉浸在个人实力提升中不能自拔的查小刀，昏暗大厅里还站着两个人：一个是仰着脸、睫毛眨动的美丽女人，一个是浑身裹着黑色甲胄、肩膀上站着白胡子老头的甲士。自从上次天母过海，李阎脖子上的六纹金钱就失去了作用，李阎原本还担心不能把丹娘带回来，当时是丹娘说有办法，他才放心。黑骑鬼两只红色瞳孔茫然地转动。肩膀上的白胡子老头吐着花生壳，冲着黑骑鬼耳语什么，黑骑鬼没反应，他自己桀桀乐个不停。

"感觉怎么样，火鼎的后遗症还有吗？"李阎越过盘坐出神的查小刀，轻声问丹娘。

"我没事了。"丹娘依旧仰着脸，眼眸盯着上空黑沉沉一片，忽地冲李阎一伸手。李阎眨了眨眼，也不知怎么的开了窍，把手里的六纹金钱抓了下来，放进丹娘手里。丹娘拿过来一看，笑了笑，忽地用力一捏，然后往上空的黑暗里一抛。蓦地，黑暗中响起一声炸响！"大胆火鼎！安敢坏我好事！"李阎一惊，这声音他曾经听过，便是天母过海时被陆姓骷髅敬酒、一击轻描淡写毁灭"暴怒"的金色腕足！丹娘低头理也不理，紧接着是这声音渐变，代之以恼怒而痛苦的呻吟。一股浩大、平和而难以理解的伟力降临，尽管只有一瞬间，李阎还是感觉身心都受到洗礼，仿佛回到母体，被羊水浸泡；又好像在温暖的书房望向窗外的狂风暴雨，带着恐惧和安宁。

铜钱铮地垂落下来，和六纹铜钱一齐垂落下来的还有两块焦黑的肉块，而原本不能使用的六纹金钱恢复了正常。

"晏公。"丹娘轻轻吐道，"看来试图凭借一己之力走出一方果实，还真是强大香火神祇一贯的夙愿啊。"

"这是天母过海的时候……那个晏公？"李阎脸色惊疑。

"嗯，是他的两根腕足，类似于念头化身之类的东西，可能是想去别的果实试探看看吧。"

丹娘说得轻描淡写，李阎后脊背却一阵发凉。尽管李阎已经在阎浮中沉浮了多半年，丹娘也是从别的果实进入自己的生活当中，可一想到晏公这样的怪物有可能跟着自己回河间老家，李阎还是有强烈的不真实的感觉。

无论在其他果实有再夸张离奇的经历，只要回归，那些神鬼的光怪陆离就像泡沫一下子被戳破。高速路，路边摊，车水马龙，高楼大厦，人们念叨着工资和油价，这才是李阎二十多年的生活常态。直到这两块焦炭落下，李阎才惊觉果实之间是可以流通的，那些怪异神鬼、奇人术士和自己自幼生活的环境都在同一棵果树上。

当然，强如晏公，也未必真能动摇这个看似繁华、平和、温吞的世界。毕竟作为一个现代人，李阎对科技武器还是有一定认识。如果不顾及对环境的危害，现代军事武器的破坏力比起网上吹嘘的那些搬山填海的妖魔神怪来，真未必差多少。

"天·甲子九。目前已知唯一产生阎浮行走的果实。"李阎想起果实的序列越靠前便代表这颗果实的疆域越广阔，蕴含的能量也越恐怖。这么看来，自己也没有太过杞人忧天，而且显然阎浮并不乐意看到晏公这样的偷渡客。但同样是果实中的异类生灵，丹娘却受到阎浮的包容。他们有一个最大的差别：传承。丹娘手里有自太岁处来的阎浮传承。

李阎想着这些，扬起手里的六纹金钱，黑骑鬼垂着头颅化作一道黑流涌入方孔，在他肩膀的白老头没留神，呀的一声被收了进去，花生撒了一地。

"我看看刀子那边怎么样。"李阎想起什么似的，"对了，既然你也能自由进出阎浮——"

"我只能跟着你出入不同的果实，没有阎浮事件的要求，也没有奖励。"丹娘会意，她挑了挑眉毛，"这么一想，我和那个叫冯夷的脱落者更像是一伙的嘛。"

说者无心，听者有意，不过李阎没说什么，只是默默记在心里。

"这次发达了！"查小刀吼了一声，一拍大腿站了起来，脸上满是兴奋。

"收获不小吧？"

"下次你看见就知道。"

两人都会做人，没必要隐瞒，对方有需要就如实回答，可也不会上赶着追问别人的收获和底牌，点到为止。

"对了，这次我海钓了不少珍贵食材，佛跳墙也差不多能做出来了，咱俩回去碰个头吧，我那边的厨房用得顺手。"

"好。"李阎点点头，一翻手，点化后的太平文疏送到查小刀面前，"你用得上。"

查小刀看完提示，颇为讶异地看了李阎一眼，心里有点不好意思："三百零六道，我用到猴年马月去。甭管怎么说，这次我占你便宜了。"查小刀摸了摸头皮。

"回去碰头再说吧。"

"好。"查小刀强化了传承之后，太平文疏又消耗了二十来道，"对了，你的湘君传承怎么样，六次20%，拿到的概率很大了啊。"

李阎脸一黑。

查小刀没注意李阎的脸色，手里拿着一个淡金色的茶叶罐子："带我进来那位说故事罐子最坑人，有人花了几万点出了一屋子的垃圾，平常我也不买，这次我试试。"查小刀说着扭头，"你要不要也来一个？"

李阎摇头，他倒不是差那点点数，就是心里堵得慌："算了，下次吧。"

第十四章
立命

"哗啦啦。"宽敞的院子里,李阆穿着白色的跨栏背心,脖子搭着毛巾,吐出一口牙膏水。

要说人比人真是气死人,貘当初来音像店找李阆,也是这身北方老大爷似的打扮,也是二十多岁,可肚腩往前一突,要多寒碜有多寒碜。换李阆穿这一身,肩宽背厚,双臂匀称的肌肉虬结,两眼有神,湿漉漉的短发顺着下巴滴滴答答流水,拿白毛巾往脸上一盖,擦干净之后清爽无比,旁人瞅着也痛快。

李阆吐了一口气,看了一眼水里的自己。"李总旗,天保仔,嘿嘿。"他喃喃了两句,揉了揉脸,把毛巾往肩膀上一搭,往屋里走。

这是归来之后的第六天,无论是九曜的考核还是十主特供序列的拍卖都没有消息。李阆每日除了抖枪练拳就是泡昂贵的药汤,反倒觉得有些空落落的。无论翻覆厮杀还是钩心斗角都已是明日黄花,倒让李阆有点儿想去南洋见见秀儿。反正两颗果实时间流速不同,在那里还能多休息一段时间。

屋里头,丹娘穿着白色毛衣,正摆弄空调,找遥控器的时候,打开储物柜子,才发现里头躺着一台铜色的留声机。她颦着眉毛盯了好一会儿,越看这东西越眼熟。

"今日痛饮庆功酒,壮志未酬誓不休……"李阆哼着样板戏转进里屋。他来回溜达两圈,翻了几个抽屉才拿出一根耳挖勺来。

女人的声音从外屋传过来:"我说,柜子里的留声机,你是什么时候买的?"

李阆眯着眼掏耳朵,也没在意:"上次在燕都,我看你喜欢,抽空替你买了，正赶上老头子出殡，心里一慌给忘了，回来才发现这玩意儿好像坏了，就没告诉你，准备哪天找个人修修。"

"哦。"丹娘把柜子合上，左右寻摸了一下，踩着凉鞋，踮脚去够柜子顶上的遥控器，"明天我去修吧。"

"我来吧，这玩意儿现在不好找。"李阁的声音传过来。

这座宅子是李阁的祖产，算上院子和练武场五百多平方米，平房，六七个人住都不嫌挤。现在空了大半，李阁和丹娘一人一间。两个人关系有点暧昧，但是也没捅破，平时起居，丹娘会帮忙收拾屋子。她就这样住着，平时上上网，李阁自然不会言语。

说实话，李阁头一次觉得，老家房子多不是什么好事。

他想起这个，貌似无意地问："对了，上次说我想搬家的事，你觉得怎么样？老家这边交通不方便，往津海城里住，条件也好点。"李阁顿了顿，"就是房子肯定没这么大了。"

丹娘头也不抬："我觉得还是住得宽敞些好。对了，你钥匙在哪儿？"

"我房里，书柜上。"刚说完，有人砰砰地拍门。李阁一拧眉头，几步走到门口，一拉门闩，看到外面的人，火气才消了大半。"婶儿，怎么了？"

外头是自家两辈儿的邻居，自己打小叫声婶儿，姓崔，得有五十了。崔婶的眼袋红肿，眼角一道又一道的皱纹湿润，显然是刚刚哭过。她手掌冰凉，一把拉住李阁的腕子，恳求道："大阁！婶找不着别人能管了！婶求你一回，你拉拉你伯，你要不管，你伯这条命就没了……"

李阁一低头，崔婶的手指上是破皮的灰色老茧，路上还摔了一跤，裤腿上有土印子。听到崔婶的哭诉，李阁脸上倒是没有太多表情，只是沉着嗓子问："婶，怎么回事？你跟我说说。"

崔婶哆哆嗦嗦的，她叙述得很乱，李阁听了个大概：省里有家公司，资产四百多亿，在镇上盖了大片厂房，这几年扩建，要占村里的地。大队上没跟村民商量，老早签合同把地卖了。合同里盖厂房的地皮里有村里几家人的祖坟，一个没看住，全让工厂开铲车给平了，尸骨撒了一地，里头就有崔婶他老头子家。这下子捅了马蜂窝，村里人不接受赔偿，指着大队支书鼻子说告到死也要告。崔婶老头子姓刘，脾气倔，带头上访了几次，因为手续不足，也没结果。三个多月，一直没妥善解决。

这件事李阁也听过两耳朵，酒桌上他那个发小张继勇提过。张继勇知道得多点：这事麻烦的点在于，这家工厂的厂房扩建说是给兵团做设备，细了小勇也不清楚，可有这档子关系，就不好办了。小勇当时直龇牙花子："这事儿不能闹，越闹越完。"

这事耽搁来耽搁去，有几户拿了钱，再让人一吓唬，就打了退堂鼓。可祖坟被人刨了，哪能所有人都忍气吞声？刘老头年轻时候也是镇上的强人，眼看没个公道，嘴里骂着大街，叼着烟卷，领着子侄儿从家里开出几辆运土的大货车，把人厂子门口堵了个严实，这下厂里发了火。可真闹起来，刘老头这边更吃亏。崔婶早晨瞧见家里老头子骂着祖宗八辈带人出去，实在慌神，想到李阁在这片有头有脸，不说解决这事，至少不让自己那口子惹祸，这才找了过来。

"婶你等我会儿，我穿件衣服，你带我去看看。"李阁说完转身进屋。丹娘伸手递了一件外衣过来，李阁点点头，披上就往外走。

他从旁边人家借了辆自行车，带着崔婶直奔工厂。一路无话。等到了厂子门口，拦路杆子被撞飞的碎片还能瞧见，几辆货车还堵着，人围了里三层外三层，比李阁想象得还多，高三度的声音喊道："动手？！""动手？！"从人堆里头传过来。李阁看了几眼，地上有摊血，两边是扎堆儿的脸上带血的男人：一边是刘老头几个外甥和侄子，气势明显矮人一头，吃了点亏，一个个身上挂彩，显得很狼狈，好几个站着都勉强；另一边是工厂的工人，虽然穿着制服，却明显不合身，而且流里流气，本地人都认得出这里头好几个是镇上出名的滚刀肉，不用想也知道，是工厂让人找来的。

两边人推搡着，食指都要指到对方脸上。

刘老头沉着脸。他人在货车车头里，佝偻着身子抱着方向盘，双眼平视，眼里都是血丝。自家大儿子在下头，衬衫上沾着灰尘和血，和工厂的代表红着眼对峙。

李阁远远地看着，工厂这边有个蹲路牙子上抽烟的一语不发，拿眼神吊着刘老头这帮人，下巴上有刀疤。这人，李阁认识。"呵。"李阁低头一晒，安慰了崔婶几句，挤过人群几步到了货车前头，那边气氛火爆，竟然没人注意到他。

咚咚咚。老头眼珠一动，李阁在车外边敲窗户，老头摇下玻璃，一腔烟酒嗓："大阁，你怎么来了？"

"伯，开门。"

老头舔了舔嘴唇，把货车车门打开，李阁蹿了上去，坐在副驾驶上。

"伯，你没事吧？"

"没事。"刘老头虎着脸，"你婶找你了？用不着。你回来也没几个月，别掺和这事。"

"嗐，您还不知道我嘛，好热闹。再者说，"李阁话头阴沉沉的，"要是我爸去广东前没张罗着把家里祖坟迁走，今天开车来的得是我。"

话是这么说，李阁还真没着急插手。放前两年，他敢抢过老头方向盘往厂子里轧，可在阁浮沉沉大半年之后的李阁，却并不打算这么做。

现在看，这事八九不离十，就是这么个情况。可往口冷里说，货卖一张皮，人凭一张嘴，崔婶说的话，未必就全是实话。李阁直愣愣插手，容易里外不是人。就算李阎认定了，这事他管，也得先观望观望。

拔刀相助，哪有那么容易的事啊？

工厂的态度无非是先礼后兵，可惜李阎来晚了，"礼"这个流程他没赶上，这时候正是"兵"。声音虽然嘈杂，可对峙的人堆里头，一个满脸横肉的男人顶着厂牌，高八度的嗓子分外出挑。他手指头戳在刘老头大儿子的脸上："滚，听见没有？"村民这边推搡还嘴，两边嘴里都不干净，可这男人骂得格外难听。村民这边动手吃了亏，可也不乐意走，局面就这么僵着。

这时候，厂里头有震耳欲聋的声音响起来。李阎往后一看，撑开足有几十米高的起重机开了进来，普通货车跟人家一比，丝毫不起眼。一个挂着工作证的中年人走路带风，他拍了拍叫骂的"工人"，走上前，嗓子洪亮："好话我给你们说尽了啊，你们不是要横吗？好办，看见没？"他一指后面，"我后面这玩意儿，一百多吨的钢材都吊得起来，你们不是耍吗？我今儿还就治治刁民。"这人越说声调越高，"我数三下，就派人上吊车，那老不死的再不把车都开走，我连人带车都给他扔出去！"

李阎就在车上听着，他一伸手，把老头前窗放的茶水杯拿起来，也不见外，拧开盖子吹了吹热气。刘老头嘴唇动了动："大阎，这事和你没关系。"李阎直摆手，也不说话。

"你敢！"刘老头的大儿子一听这话不干了，他一个五大三粗的汉子一瞪眼，刚才还吆五喝六的中年人立马后退两步，冲蹲在路牙子上抽烟的刀疤男人使眼色。刀疤男使劲嘬了嘬烟头，吐口唾沫站了起来。"刘学武，"他一张嘴，也是本地人，"我呢，一直没张嘴，给你留脸。"他眼神一冷，"把你们的车弄走，该干吗干吗去，昂。"

刘老头的儿子沉着脸不说话，半天才哑着嗓子："姓张的，你是不是东西啊？要是你们家祖坟让人刨了，你今天就这么说话？"

这刀疤脸拧着眉头，一低头冷笑起来："给脸不要脸的玩意儿。"他一回头，嗓子眼那句"上车"只迸出一个"上"字，就和车窗上喝茶水的李阁打了一个对眼。他一哑火，别人都往车上看，等看见李阁，一个个都不说话了。所有人眼巴巴地看着李阁喝茶水。

李阁吱喽吱喽地喝，眼顺着倾斜的茶杯盯着刀疤脸，也不说话。半天，直到工厂那管事的中年人扯刀疤脸的袖子，他才不情愿地张了嘴："大阁哥，你怎么来了？"

李阁也没理他，把茶水喝干净，胳膊把着车窗，这才慢悠悠地说："张刚明。"李阁用的也是家乡话，"我刚才啊，一直没张嘴，给你留脸。"李阁掰着手指头，"把你身上这身狗皮扒了，该干吗干去，"他话里话外，一点脸也没留，李阁还觉得不过瘾，又补充道，"昂。"最后一个字，乡音十足。

刀疤脸使劲儿咬了咬牙，低眉奔眼，朝货车车头走了过去。他侧身遮住别人的视线，给李阁递了根烟。

李阁接过来，也没点，就这么拿在手里。

"大阁哥，这事，你也不好使。"刀疤脸压着嗓子，"你弄我，我服。可你就是弄死我，这坟地也已经平了，你现在出头，你又能干吗？"顿了顿，他瞥了一眼李阁旁边的刘老头，"这儿的老板你认识，段五，人家说了，要钱，多给。"

这家厂子开在这儿也有几年，老板姓段，在当地有头有脸，不是刀疤脸给人家起外号，这老板白手起家，小时候家里穷，还真叫段五。

刀疤脸又说："可闹，一分钱拿不到不说，吃亏的不还是他们。刘老头上访了几次，都没结果。你还不明白这里头是个什么门道？"

李阁没接他话，只是问道："张刚明，平坟这事儿，里头有你吗？"

刀疤脸一愣："没！没有！拿人钱财，替人消灾。"

"行，那你把刚才要拿吊车扔我那哥们儿叫来。"李阎捏着烟卷，对张刚明的态度实在称不上客气。

刀疤脸犹豫了一会儿，转头冲厂里的管事中年人走去。这刀疤脸在当地是有名的凶横。李阎刚从广东回来的时候，和他打过几回交道，张刚明吃过李阎的亏，从黑到白，从白到黑，弄得他服服帖帖。围观的老百姓眼看事态转折，一个个议论纷纷。

这边张刚明和工厂的人嘀咕着什么，李阎也转头和刘老头说话："伯，我说几句话，您别不爱听。"

刘老头刚受了李阎的帮手，这正张不开嘴，听李阎的话急忙摆手："大阎，有话你就说，伯承你的人情。"

"这事，说破大天，也是咱占理。可有这么句话说得好，宁做讼棍，不做刁民。天底下总有讲理的地方，村里解决不了，就去县里，县里不行，再往上，这都没毛病，可是伯啊，您带着几十号人开车堵人家厂子，您这道理就没了。人家要是报警，就叫派出所拘留您，把车给您吊走，您怎么办？您这么大岁数，不为自己考虑，也得替儿女想想，您说呢？"

刘老伯沉默一会儿，开口说道："大阎，我也是没办法，我有个外甥认识一位领导，姓邴，说话管事。他下午能过来，我那侄子私底下嘱咐我，闹得大一点，而且得把工厂的人闹出来，这事才好办。"

李阎皱了皱眉头，心里觉得这话不靠谱，可又不知道怎么张嘴，想了一会儿他才问："这个邴——"

"主任，他是主任，邴主任。"

"好，邴主任，他来了，这事能解决？"

"应该能。"

李阎掏出手机看了一眼，不到四点："行，他人下午来是吧？我给你想想办法，拖到他人来，也不枉崔婶急赤白脸找我一趟。"

那边张刚明也和别着职工证的中年人嘀咕完了。没一会儿，这人走到李阎身边，打量了李阎两眼：二十多岁，一身明朗，右手拿着茶杯，中指和食指夹着一根没点的烟。他缓了缓脸色："兄弟，怎么称呼？"

李阎推开车门，跳下了车，手里的水杯还拿着："您看着比我岁数大，叫我小李就行。"

李阎说了这么一句，厂里这位估计也是经年的管理层，立马拉长嗓子："小李啊，我们厂里有规定——"咔嚓！这位不敢说话了，眼睛突出多半，活像两颗鹌鹑蛋。

李阎手里的水杯是不锈钢的，苹果那么粗细，银光锃亮，愣是像捏破抹布一样，让李阎皱皱巴巴捏成一团，而且他的食指和中指夹着的纸卷烟完好无损，只用了剩下的三根手指。

李阎扔下皱钢皮，右手重重搭在这人的肩膀上："您放心，我这人轻易不犯浑，不过有这么两句话，您得告诉告诉我。"

这人咳嗽一声："啊，我是咱们这个，堰江都有限公司，外燃机事业部的部长，我叫——"

"不不不，我不问这个。"李阎一摆手，"我问这么几句。"顿了顿，李阎说道，"这个项目，是您负责？"

"呃，不是，这事我们老板主持。"

李阎一挑眉："段五？"

"对。"

"行，那我再问一句，你们铲人祖坟这事，段五知道吗？"

这位一正色："这个是真不知道，村里这块地，比原计划拖了一年多，我们和甲方有生产合同，压力也很大。之前说地里有村民的坟地，我们只当是野坟，没料——"

李阎点点头："行，我就当真的听。"

对方脸色尴尬，其实野坟什么的都是屁话，村里的坟地是圈出来的，年年扫墓，这只是工厂的托词。

李阁又说："我最后问一句啊，你说你们跟甲方有合同？"李阁特意强调了"甲方"两个字。对方听李阁提起这个，腰板都直了一点，好像这两个字给予了自己无穷的力量。李阁笑道："你也别提什么甲方，给兵团做设备对吧？没什么大不了的，人家甲方没让你们刨别人祖坟吧？这事说白了，你们没拿老百姓当回事，出了事后悔，可又怕闹大，拿钱上下打点，威逼利诱。话得说明白，虎皮谁都想扯，可披张虎皮，不是谁都能糊弄，您说是不是？"

中年人咽了口唾沫："你想怎么解决，直说。"

李阁直视对方的眼睛："出了这事，村里支书那边再说。当场指挥铲地的负责人现在在哪儿？我们到这儿来，要的也不是钱，就想让工厂把这人交出来，孰是孰非，咱们再钉对（商量）。"

这人摇头："这个我做不了主，我给你打电话问问上头怎么样？"

"那也行，就这么办。您往上问问，我这边劝劝老人家，快六十了，身子骨也耗不起。等晚上来人，给我们个答复，我把老爷子连同这帮人都劝走。"

中年人合计了一下："好，那就这么说定了。"

等这人走了，李阁才回身，冲车厢里的刘老头说道："伯，僵到晚上，应该没问题。"

刘老头在边上听得一愣一愣的，等李阁说完才开口："大阁，他真能跟上头商量交人？"

李阁冷笑："他商量个屁。"

这边中年人风风火火地往里走，脚底抹油似的，直揉自己肩膀。旁边有工人问："部长，你要给谁打电话？"

中年人没好气地看他一眼："我打个屁。"

李阁站在路灯下面，遥望红红绿绿的霓虹灯，手里是拨通的电话。

"喂？"电话那头，是个熟悉的男声。

"昆哥？你回家了？"李阎有些惊讶地挑了挑眉毛。

"嗯，我妈让我周末带孩子回去吃饭，难得你打我家电话。"

"二舅呢？"

"书房看报纸呢，怎么了？"陈昆扶了扶眼镜，手里拿着电话筒。

"哦，有个事。"

灰尘在金黄色的路灯下升腾弥漫，夜色里有蒸汽轰鸣声和钢铁撞击声从工厂里传出来。辽阔的土地上点缀着三三两两的荒草，李阎看着在工厂门口围坐着抽烟的人们，嘴唇翕动。

"大概就是这么个事。"李阎说完，又失笑道，"我这也算是，给老干部汇报一下基层情况。"

"哦。"陈昆沉吟了一会儿，说道，"这事，甭找我爸了，我给你办。"

李阎眼皮都不眨："行，那就这么说定了。"

电话那头传来爽朗的笑声："哈哈哈……哎不是，我就一小公务员，你就这么放心让我办？"

"哎，尽力就行，我也就是提一嘴。不能给你添麻烦不是？"

"少来这套。"陈昆笑骂了一声，"行，我琢磨琢磨。"

两人闲聊了几句，李阎挂断电话。抬头看了看初露的月亮，心里估计丹娘恐怕还等着自己吃饭呢。

刘伯侄子的主意，李阎觉得不太靠谱。不过人家信誓旦旦，今天那位"邴主任"能过来解决这事，李阎也不好多说什么，给老头子打电话，也是尽一份心力，以防万一。

不过，这天都黑了，下午会来的那位"邴书记"依旧杳无音讯。李阎走到刘老头的大儿子身边，人家递上一根烟来，李阎还是接过来没点。"学武，我啊，家里有人留饭，得回去打个招呼。这边有情况，你随时给我打电话。"顿了顿，他又说，"要是今天晚上那邴主任没来，你劝劝老爷子，先让他回去。他岁数也不小了，别在这儿熬。有讲理的地方，叫他先宽心。"

刘学武神色焦虑，但还是点点头："大阎哥你先走，我打电话问了，我表弟说，人家邴主任中午就到了，在这边开了个会。按照办事条例，现在正在村委会那边了解情况。"

李阎一龇牙花："这姓邴的，是哪个部门的主任？"

"哦，他是——"

"来了来了！"也不知道谁喊了一声，负责的工人连同聚众的村民都眼前一亮，气氛一下子热烈起来。一辆黑色的长城汽车在路口转向，一连几辆，带头奔着这里驶来，刘老头接了电话，神色激动地下了车。

来的人不少，村委的，镇政府的，方方面面的领导，其中有一个衣冠楚楚的青年，这人是刘老头的侄子，也在机关工作。他身边，便是那位姗姗来迟的邴主任。

这位邴主任看上去得有小五十岁，浓眉大眼，红脸膛，笑起来很诚恳。

刘老头刚过来，半年前给家家户户送猪肉的村支书荣金飞就不干了，他大咧咧地嚷嚷道："刘继成！你有情况，到村委会去反映嘛，你跑到这里来闹是违法的，你知道不知道？要不是我们和工厂交涉，派出所早就来人抓你们了。"

刘伯活了一把年纪，文化水平确实不高，但是真不怕事，他一瞪眼要骂荣金飞，又看到自己侄子使眼色，这才悻悻作罢。不料，一旁的邴主任却替自己开了口："这个，荣金飞同志，我表达一下我的看法。村委会的工作出了问题，要在自身上找原因。老百姓的困难不能解决，做出一些过激的行为，这都可以理解，不能避重就轻、颠倒黑白嘛。"

荣金飞脸色尴尬，油腻的脸上堆笑："对，是，是这么个道理。"

刘老头有人家这么一帮腔，看邴主任的目光立马就不一样了，他紧张地擦了擦手心的汗，邴主任主动开口问道："您是……前几天向我们反映问题的刘继成同志吧？"

"对，对。"刘老头连连点头。

邴主任握住他的手，笑容令人如沐春风："老哥哥你好啊，我姓邴，从市里来，是咱们这个……"他简单叙述了自己的身份，左右看了看，又回头说，"是这样！啊！我呢，本来说，想先去这个事发的地方去了解情况，结果时间上比较紧张，没来得及。不如这样吧，我到您家里去，包括这个，蒙受损失的几位村民，都来。你们和我详细地叙述一下这个事儿，好不好？"

刘老头挺高兴，晕晕乎乎地刚要答应，邴书记旁边，那个一丝不苟的年轻人打了个哈哈："主任，我看啊，咱们都到工厂门口了，不如就见一见工厂的负责人，坐在一起把问题解决了。这黑灯瞎火的，您也别挨个上门了。几户人家，我给发短信，叫他们都过来不就完了嘛？"

刘老头一听这话对，急忙点头："坟地是厂子的车铲的，没他们在可不行。"

邴主任不着痕迹地看了青年一眼，笑道："你说得有道理，那我们，先进去聊？"

这小王被邴主任看了一眼，脸色僵硬，心里有点后悔，可还是硬着头皮说："进去聊吧，进去聊吧。"

李阎没往前凑，他烦这个，几个人的对话他听了个大概，原本迈了多半步的脚又收了回来，抿着嘴盯着人群里的邴主任。

一群人先把大货车挪开，白天被李阎吓走的那位"部长"走了过来，一本正经地和邴主任等人客套了几句，大伙儿都往工厂里头走，无关的人也散了大半。

刘学武兴奋地走过来："大阎哥，你说得还真不错，这天底下总有讲理的地方。"李阎点点头。"大阎哥，我看这事有门儿，干脆你给家里打个电话，就别回去了。这事多亏了你，等那主任把这事解决了，我们家请你吃饭。"

"好啊，我跟你们进去看看。"李阎笑道。

"行。"刘学武拉着李阎往里走，李阎忽然说道："还有啊，你这表弟人不错，甭管这事成不成，以后多来往。"

"那是，我们一起长大的。"刘学武笑道。可李阎的弦外之意，粗枝大叶的他却半点没听出来。

李阎看了一眼前头，刘老头正干巴巴地回答那书记的问题，对眼前的刘学武说道："行了，别说了，咱善始善终，我倒要看看，这位那主任葫芦里卖的是什么药。"说着话，李阎拉着他往里走，眉心忽然一烫，眼前有两行字样飞速划过：

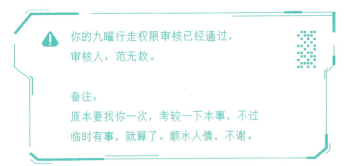

你的九曜行走权限审核已经通过，
审核人：范无救。

备注：
原本要找你一次，考较一下本事，不过
临时有事，就算了。顺水人情，不谢。

李阎有些惊讶，按照阎浮原本的说法，觉醒度69%可以申请九曜认证，但需要向审核人表现出一定能力，自己审核十都权限时，雨师妾借故找自己试探余束的事，顺带让自己通过；等到这次九曜认证，这位素昧平生的范无救也直接开了绿灯。得到阎浮私爱的行走们对职责的敷衍以及胆大妄为，由此可见一斑。

李阎眯了眯眼，一个想法压抑不住地涌上来：如果是阎浮行走遭遇了刘老头家里这种事，那会是怎样的局面？獏当初的告诫是：

不要在人前暴露明显不属于这个世界的能力，虽然暴露了也没关系，会有人擦屁股，但不是免费的。李阁当初对阎浮的认知还浅，没有多想。但现在想一想，拥有种种能力的阎浮行走，纵使不能对抗大型集团，但若是换成柔和的方式，能对原本世界造成的影响也绝对是天翻地覆的。旁的不说，单是李阁这次入手的可以控制心智的巫毒娃娃，其操作空间之大就让人想入非非。

貘嘴里的制约相对于这样的现状来说实在太脆弱了，根本就无法限制行走。而且阎浮果树从来没表示过不允许行走在原本的世界里肆意妄为：没有抹杀惩罚，没有修改记忆，什么都没有。那么行走至今还潜伏在水面之下的现状是如何维持的，这就值得玩味了。

"大阁、大阁。"李阁抬头，刘老头正招呼自己，那位邴主任则打量着自己。

李阁朝他们走了过去，对刘老头喊道："伯，什么事？"

老头冲邴主任说："这是我一表侄，跟着来看看。"

论起来，老头和李阁多少沾点亲戚，毕竟村子不大，不过表侄什么的，只能说是老头临时杜撰，总不能说，这是我从小看着长大的邻居家孩子吧。

邴主任的笑容一如既往，他朝李阁含笑点头，李阁也点头回应，可邴主任见李阁这个回应，却不经意地挑了挑眉毛。

"呃，那个，主任，工厂这边的负责人请您到那边坐。"他身边的青年急忙道。

邴主任"哎"了一声，摆摆手："大家一起坐，一起坐。"

青年赔笑："哪能啊，您得压轴。"

人头攒动，顺着邴主任的脚步往工厂大会议室里移动。李阁找了个边角坐下，耳朵里听见这青年私底下朝刘老头抱怨。

"老伯，这是我哪个表哥？怎么这么没礼貌？人家邴主任朝他点头，他怎么能也跟着点头，这是什么态度？"

李阁闭着眼，权当听不见。刘老头压低声音："人家是来给咱家帮忙的，别那么多话。你给我说，这位邴主任，能办成这事不？"

这青年迟疑了一小会儿："这是我上司，应该没问题。"

"别应该啊，给我句准信！"刘老头有点急了，他也活了这么大岁数，就是一时没转过弯来，抽根烟的工夫，也能琢磨明白。这位邴主任说下午到，结果天黑了才来，还是跟倒卖村里土地的荣金飞开了会才过来的。他见了自己，一张嘴倒是挺亲，却没有和工厂方面交涉的意图，而是急急忙忙要到村民家去"了解情况"。这么大的厂子就摆在眼前，连一句"你们是不是刨人家祖坟了"都懒得问。忙活了一白天，到晚上了才来跟当事人了解情况，早干什么去了？再说现在开会，村委的人倒是来了，可那位大企业家段五呢？别说人影了，连提都没提，还是这个挂牌的部长在这应付事儿。

回过这个味来，邴主任嘴上热闹，可什么事都没给自己办呐！

侄子迟疑一会儿，跟刘老头说道："伯，我跟你说实话，一会儿啊，你该提赔偿就提赔偿，该要求道歉要求道歉，可有一样，这地，你得松口，得答应村委，把这地卖出去。"

刘老头一愣："这怎么行啊？"高乡铺这块地，自打出了刨祖坟这事，村民日日夜夜守在地上，不让动土，到现在也没解决。

侄子一脸难色："我的老伯啊，我跟你说实话，邴主任这次愿意来，就是因为我告诉他刘村民乐意松口，承包土地的问题能得到解决。你不知道这个事有多大。段五花了多少钱，你也不打听打听，人家这设备是给兵团做的。趁着这次人来，你能占点便宜就占点便宜。"

刘老头喉咙动了动，脸色一阵红一阵白。

青年脸上也挺难受："这事啊，您就低低头，忍了算了。"

"各位同志。"坐在最前头讲话席上的邴主任开了腔，"我这次来呢，主要是听说啊，咱们这个新农村建设的过程当中，出了一些状况。"邴主任一顿，又说，"我通过荣金飞同志了解啊，咱们这个镇子交通便利，投资方就是看上这一点，在这里开厂房，也已经有七八年了，解决了很多人的就业问题啊。这些年，咱们镇上这个生活水平，那是噌噌地往上涨，在这点上，我得代表镇上，向堰江都公司提出感谢。"

那位部长驾轻就熟，当即回答："这是应该的，啊，我们董事长一再强调，企业的社会责任感一定要抓牢。"

刘老头看一眼邴主任，又看一眼工厂的部长，嘴唇直哆嗦。

两人说了一箩筐这样的话，邴主任这才说道："是这样，刘继成同志，工厂方面也都在场，啊，你有什么困难、什么委屈，你就说出来，大家一起帮你解决，你说好不好？"

刘老头听了这话，没说话，气氛有些尴尬。会议室里最响的是某个角落里手机按键的嘟嘟声。"晚饭不用等我。"李阁把这条信息发出去，瞥了一眼上面的邴主任，又把眼睛闭了起来。

刘老头低头想了一会儿才说："我找律师咨询过了，刨坟掘墓，还不够判刑。我就要求，工厂必须把我们先人的尸骨入殓，坟地修好。给我们道歉，还有精神损失费。村委没经过我们同意，卖村里地的事——"老头看了一眼荣金飞，艰难地说，"我们……可以不追究。可有一样！"刘老头加重语气，拿手按着桌子，用尽全身力气，"那块地是我们高乡铺的祖坟，这地不能卖给厂子。"

他话说完，后面坐着个岁数挺大、揣着袖子的老头也张嘴："对，不能卖。"

"对！"有一就有二，零零散散的，村民的声音汇聚起来，越来越大。

邴主任没什么表情，刘老头那个在机关工作的侄子龇牙咧嘴，揉了揉太阳穴。

"小王同志。"邴主任忽然开口，目光却瞟到了那青年身上，"这个，跟咱们来之前你跟我汇报的情况，不太一样啊。"他又说，"大伙儿的这个意见，你转达给我的时候，可打了折扣啊。"他的语气还是那么平常，脸色却不太好看了。

小王赔笑两声，也不知道说什么好。

"小王同志，你这是瞒天过海啊。我还奇怪啊，这厂门早不堵晚不堵，怎么我来，他就堵了呢？"邴主任的声音也大了起来，"你是大学生，又是公务员，你要克服狭隘自私的观念，把眼光放长远一点，不要抓着眼前这点小事不松手，当然了，我不是在批评刘继成同志，我是说现在咱们的年轻干部啊。哎！"

小王强笑着，手指攥着圆珠笔。刘老头把手揣进袖子，皱着脸不说话。

"另外啊，刘同志，我也得说你两句，咱们人呐，不能太自私了，工厂在这儿这么多年，给多少老百姓提供了就业机会，给政府减轻了多少负担。不能一棍子把人家打死嘛，咱们啊，要识大体，顾大局，舍小家，顾大家。"

刘老头咬着嘴上的死皮，半天才说："您、您说的有、有道理，我们也不是闹事，甭管怎么说，我、我们祖坟，不能让人白刨了不是？"

"哎呀，刘同志你这是什么话？说悬乎了！你有困难，你就说出来，我们帮你解决嘛。"

老头没再说话。邴主任环顾村民的脸，一张张皱巴巴的脸蛋缩成一团。

邴主任长出一口气："好了好了，我就说这些。剩下的，你们自己去悟嘛。今天，就先到这儿吧。"他硬邦邦地甩下一句，要往外走。

"主任您慢走。"小王站起来，给他收拾好公文包。

邴主任不咸不淡地"嗯"了一声，刚要出门，角落里传来一句丝毫不加掩盖的男声："什么玩意儿啊？"

这声音不算高，情绪也不激烈，像是自说自话，可扎人心肺，让人听见好比劈头盖脸打过来的巴掌。

这句话正出自李阎嘴里。

荣金飞一双三角眼滴溜溜乱转，可也没张嘴。他认识李阎。李阎年轻，可横劲儿尽人皆知，家里门头也硬，别人不清楚，他荣金飞可知道。何况李阎自己也有十多年不在村里住，虽然叔伯一样叫着，可人家要是翻脸，那还真是哪个长辈的脸色也不看。

邴主任本来要走，让李阎一句话噎得上不去，下不来，当即停下脚步，冲着李阎脸色一沉："你这个小同志，怎么这么说话，啊？你哪个单位的？"

"呃，邴主任，这是我表哥，乡下人，文化水平不高，您别往心里去。"小王出了一身透汗，上前劝道。李阎说这么一句，有一两个呼吸的时间里，他是快意的；可邴主任一使脸子，他硬着头皮上去，心里对李阎便只剩怨怼了。

"文化水平不高就要学习。不能满肚子都是牢骚。你要是能给乡里解决就业，我们上门去找你，请你到台上发言，我们学习经验，好不好？"邴主任拉着长音。

李阎也没甩脸色，更没有和他斗嘴的心思，权当他不存在，只是走到刘老头的座位上，低声劝慰。邴主任也是人精，他一瞅边上直挠后脑勺的荣金飞，还有攥着水杯不撒手的"部长"，脸上拿着派，摇摇，往外走。小王在一边递台阶，大概是"你别和他一般见识"之类的话，邴主任还叹气："我是恨铁不成钢啊。"

这群人眼看着要出会议室，李阎的手机响了两声，收到一条短信："往回走的时候说一声，我给你热饭。还有，刚才有人找你，我说你在工厂，他就风风火火地走了。"李阎正读着短信，外头有人进来，急急忙忙跟工厂负责接待的部长说道："郝营长来了，车就在外面。老板说他马上回来，叫您先接待。"

部长先是一愣，然后忙不迭地点头："好好好，马上，马上。"

他搓着手去看邴主任，"主任，你看这……"

邴主任和颜悦色："工作重要嘛，我都理解，你们段老板回来之后，你知会一声就好。"

他们这边聊得火热，村民也都从会议室出来了，刘学武叼着烟卷，瞥了一眼正谈笑的邴主任的脸，撇了撇嘴要往前走，正撞在李阎的背上。站在前头的李阎手里拿着一根胡萝卜，放进嘴里大嚼特嚼，后背被刘学武撞了一头也没有知觉。他眼神聚焦，盯着楼下工厂门口，那里趴着一台厢式硬顶的东风猛士，笔直的挡风玻璃倒映着一排排白色厂楼，简略、粗犷、刚猛。车旁边，是五个站姿笔挺的高大警察，两前三后。站在前头的两名警察，其中一名曾是驻扎在高乡铺周边野战营的郝营长，这是个面部线条硬朗的男人，皮肤黝黑，三十五岁上下；另外一名警察要白一些，眉眼顺长，眼神明亮，说不上帅气，可让人觉得十分舒服。

工厂的人率先迎了上去："郝营长，你好你好，我是咱们堰江都公司——"

郝营长一伸手，拦住了剩下的话："我认得您，发动机事业部的周部长。闲话少说，我这次来是听说你们公司履行合同的时候和高乡铺的村民发生了严重冲突，因为操作不当，甚至毁坏村民祖坟。另外，你们和高乡铺村委会签的合同也有问题，可能涉及干部贪腐。"

这套词又冷又硬，砸在这位部长脑袋上，当时让他蒙了一下："这中间可能是有误会，呃，您先到我办公室，我们老板马上就到，要不您到时候再——"

"没问题。另外，这是徐警官，为这事专门赶过来的，这次合同的甲方也是人家，我们只是负责监督。具体事宜，他会负责询问。徐警官？"郝营长轻轻叫了一声，他旁边的年轻人才回过神儿来。

"啊，周部长您好。"

"好好，有什么事咱们上去说。"

周部长带着几名警察进了工厂，正和邴主任一行以及刘老头这些村民遇上，其他人没什么，邴主任看见进来的这位徐警官，忽地眼前一亮："徐公——"他顿了顿，又觉得这个场合不合适，把字咽了回去。徐警官耳朵一动，忽地转头，可看见邴主任的脸，又十分茫然。

邴主任可没管这个，咳嗽一声走了过来，周部长见状，急忙介绍："哦，这是徐警官，这是市办公室的邴副主任……嗯，你们认识？"

"哦，以前我们在朋友的生日聚会上见过面，徐警官，您还记得我吗？"邴主任绽放笑容，眼里有期待的神色。

"嗯。"徐警官想了一会儿，笑着点点头，"有印象，邴主任当时是在税务部门工作吧？"

"对！对！"邴主任一拍巴掌，脸色发红，"你看这都好几年了，难得你还记——"

"邴主任。"徐警官轻轻打断了他的话，"我今天来啊，事比较急，你看我们改天再聊，好不好？"

"当然当然，有时间的话咱们好好聊聊。"邴主任伸出手。

徐警官笑着和邴主任握手，手掌一触即分。一边的周部长做了个"这边走"的手势，他也没理会，而是直接朝着刘老头这帮人的方向走来，并在邴主任和周部长惊讶的眼神中在李阆面前站定："请问，是李老师吗？"

邴主任的笑脸一僵，耳朵根腾地就红了。他反应可比一般人快，瞅了一眼徐警官，又瞅了一眼面无表情的李阆，低头直接往外走。身边的人一看，急忙跟上，没一会儿就灰溜溜上车跑远了。等他走了，村委这帮人和周部长这才反应过来不对劲。可他们不能走啊！一个个便秘似的，只能在旁边站着。

李阆打量了这年轻人两眼，自己心里也有点惊讶，嘴上说道：

"我倒是姓李，不过我可不记得做过谁的老师。"

"鄙人毕业于广州海军参谋学院，当初学校组织过去佛山鸿胜祖馆做实战课学习，您教过我们三天。另外，我在蔡李佛郑盛义先生门下执弟子礼，郑老师是关焰涛关老爷子门下排行第三，这么算，我该叫您一声师叔。"他这么一说，李阁才有了印象。

"哦，哦。"他直点头，看徐警官的眼神柔和了一点，"师叔就算了，我到关老爷子走也没敬一杯拜师茶。雷晶你认识吗？雷洪生的孙女。她叫我师哥，你要是不嫌弃，也这么叫我就行。"

"好，李师哥。"徐警官打蛇随棍，"实话实说，我刚从您家里来，本来是趁着公务来拜访一下您，没想到家里头说您在这儿。我这么一想，干脆就奔这儿得了。"

"你这普通话比过去好多了。"李阁眯了眯眼，心里直犯嘀咕。

当时自己在鸿胜祖馆时的确接待过这么一帮人，都是背景深厚的年轻人，纨绔谈不上，心高气傲是真的。而且他们到了武馆里，见天纠缠馆里学拳的姑娘，换了几个拳术师傅也不好使，到李阁手里才消停。

过去的故事不必再说，李阁自认再碰上这帮子天不怕地不怕的犊子，能让人家点个头客气几句，已经是给了面子，毕竟只教了几天，过程还不愉快。至于关焰涛这边，倒是个门路，可也绝不至于让这位徐警官有这个态度。

李阁心里念叨，嘴上说道："那么办，我不耽误你办事，等办完了事，你再上门，我给你备好酒。"

"好，就这么说定了。"徐警官眼神温润，轻轻点头。

"这事成了？"

"能不成吗？你没看人家警察都来人了。"

"徐警官说了，坟地重修，那块地圈起来不动了。厂子缴罚款，监察部门对村委会的行为进行调查，人家警察就不管了。"

"嘿！"

"你是没瞧见段五那张脸，紫得跟驴蛋子似的。"

夜又黑又深，几辆货车并排，鸣着车笛在林野间穿梭，李阎坐在车上，野路颠簸，他的身子也上下摇晃。

"大阎！什么话也别说了，这事要是没你，我真不知道怎么解决，你是我们几家的恩人。"刘老头眼圈泛红，几个刚才还嘻嘻哈哈谈笑的村民也沉默下来。

"伯，您要是真谢我，回了家该吃吃该喝喝，心放宽点。还一事儿，你真别埋怨你那侄子，人家能做到这份上，实属不易，事办成那样也不怨人家。反正警察也给解决了，以后该怎么过怎么过，行吧。"李阎笑着劝道，他看刘老头连连点头，又说，"行了，伯，老几位，我这也快到了家，把我放下吧。你们先走。"

邻车的刘学武探头："哥，我送你回去吧要不？"

"别别别，我自己溜达会儿还痛快，赶紧把你妈送回去才是真的。"

李阎和他们急赤白脸地客套了几句，直到送走了货车，一个人走在林边的路上，才拿起了手机。这时候已经是半夜十一点半了，电话忙音了好一会儿，陈昆才接了电话。

"喂？"

"我说昆哥，咱老爷子是不是升官了？"

"去去去，别胡说八道啊，怎么了？"

"不是，我那意思，你这手脚够麻利的，我给打电话也没几个小时啊，你这天降神兵，都给我办了？"

夜间有夏蝉沸鸣，磷火和萤火虫交映，狗尾草烂漫，空气里是桃树的香味。

"完事了？不可能啊，我才打听清楚这事是上面的督办，正找人要电话呢。"

李阁心里一沉，嘴上没露："嘿，那可邪性了，这事算是了了，算我对不住你，让你白费功夫了。"

"哦，那也无所谓，反正是好事。真没事了？"

"嗯，回头请你喝酒，费心了。"

"哈哈，行。"李阁挂了电话，一个人思考了一会儿，车灯忽地从他手边亮起，粗烈的猛士越野车直撞而来，尽管停在李阁手边，可凶狠的引擎和扬起的尘土依旧骇人。

"师哥，捎你一程？"握着方向盘的徐警官笑着转头去看车边的男人，喉咙忽然一冷。

李阁捏着电话歪着脸，一对大星似的眼神透过烟尘钉在徐警官的脸上，火辣辣的刀片一般。

越是表面温润的人，心底就越是桀骜，徐警官也不例外。出身够好，二十三岁，前程似锦，人中龙凤。要是忽然有一天组织上交给你一个任务，要你低头做小，请人家来做客，即便嘴上不说，心里多少也会不痛快。这点不痛快，一旦和别人的忌惮疑心碰上，交锋起来，高下立判。

咕咚。徐警官咽了口唾沫。

李阁眨了眨眼，咳嗽了两声："好啊，麻烦你带我一趟。"

徐警官给李阁打开车门，李阁坐到后面，车上几名警察看他的眼神多少有点古怪。李阁也不在意，笑眯眯地看着前头："徐警官，我这人直，实话说了，您要是有什么话，不妨直说，要是场合不合适，咱俩出车门撒个尿。"

副驾驶上的郝营长想笑，强自忍住了。他去看身边的徐警官，不禁一愣：刚才气色还不错，可不知怎的，徐警官现在脸色煞白，手里拧了几次钥匙，才发动汽车。

徐警官晃了晃脑袋，半天才把那对眼神从脑子里驱散走。"也没什么不合适的。"他舔了舔嘴唇，语气还是一如既往的柔和，却多了些什么在里头，"主要是，有人想请你去一趟，又怕唐突，了解到我跟师哥还算有点渊源，所以才打发我来。"

李阁坐正："你说的那人，有什么话要你捎给我吗？"

"他说：'东西我要了。'"

李阁攥了攥拳头："去哪儿？"

"西苑。"

林野，大月，东风猛士狂掠而过。

第十五章
赵剑中

"哎呀，我也奇怪了，你做饭怎么从来没荤腥呢？"李阆端着一碗玉米面糊糊，上面漂着山芋块。

丹娘"啊"了一声，抄起勺子自己尝了尝，咽下去才问："不好喝？"

"那倒不是。"李阆挠了挠头，"主要人家大老远来，你这棒子面粥就贴饼子的，不太合适，没看人家都没怎么动筷子？"

丹娘把锅盖盖上，两只手肘枕在桌子上，美目似笑非笑地盯着李阆："你一开始可没这么挑三拣四。"

李阆像是被烫到似的放下碗："我、我也不是那个意思，这不家里来客人了嘛。"

"这个人，是你的同类派来传话的吧？"丹娘突然问了这么一句。

李阆擦了擦嘴角，"嗯"了一声："我明天跟他出趟门，这次你别跟着。"

丹娘看到李阆的神色，没再说话，只是轻轻点了点头。

李阆笑着问："不给我点意见？我最能倚仗的，可就是你这个六司水平的山神了。"

丹娘摇了摇头："我是没什么意见给你，说老实话，比起你来，我才是那个没什么见识的。"顿了顿，她又说，"你平时也稳重，自己小心些就好。"

女人的语气很轻，李阆咧了咧嘴，大口吞咽干净玉米面粥，心里莫名畅快了一些。

丹娘很漂亮，可比起茱蒂乃至十夫人，也未必就更出色。余束的长相要更差一些，也就是漂亮邻家的程度，只是风格浓烈，见过面很难让人忘。可和丹娘说话时那种放松的感觉，却是谁也不能给予他的。回想起两人第一次在山野荒屋见面的情景，李阁也想不到有今天。

"对了，我白天说搬家，你怎么想的？"

李阁一说这个，丹娘把手机拿起来，翻出一张照片给李阁看："我想学这个乐器，是不是要去大一点的地方才有？"

手机上是一张演出的海报，李阁本来以为丹娘想学的不是古典一些的民族乐器，也该是大提琴、钢琴、木吉他这些，可李阁定睛一看，海报上头是个手背上绑着蓝色绷带的短发女孩，帅气利落，手里拿着两根鼓槌，丹娘想学的竟然是架子鼓。

"这儿也有，就是教得不行，你要是想学这个，我给你找人问问。"

"好啊。"丹娘脸上有难掩的兴奋。

李阁想象了一下，觉得也挺有意思，忍不住笑了起来。

次日，晴空万里。

徐警官来家里接李阁，两人转乘直升机，一路往北进京，在京城以西，一个海水和群山环绕的沙滩降落。两人兜转了一小会儿，到了一家占地不小的场地前头，门口黑底金字，写的是"北方工业射击场"七个大字。

"师哥，我就不陪你进去了。"徐警官往里瞥了一眼，向李阁告别。

门口有个穿牛仔裤的马尾辫女孩走了过来，礼貌地问道："您好，您是李阁吗？"虽然是便装，可女孩的手势和眼神却透着一股子精致的范儿来，一看就是专业做过接待工作。

"我是。"李阁点点头。

"请跟我来。"牛仔裤女孩带着李阁走了几百米，中途还和不少人打了照面，这里似乎正在营业，不是什么私人场所。夸张的是，李阎甚至见到有人在这里试射榴弹炮，还是个孤身一人、皮肤白皙的长腿女人，只是戴着墨镜，不知道长相怎么样。

"姑娘，你贵姓啊？"趁着还没到，李阎开口。

"您本家，我也姓李，李倩。"

李阎"哦"了一声："姑娘，多问几句啊，你是在这儿工作？"

"啊，不是不是，我是专门来这接您一趟。我也算是这个射击馆的客人吧。"

"那你是做什么工作的，方便透露吗？"

"这有什么不能说的，我现在在北京文化馆做活动策划、接待之类的工作，唔，也教一些商务礼仪什么的。哎，我听口音，您是沧州人吗？"

"对，我是。"

"哈哈，我男朋友也是沧州的，你们口音很像。"

女孩语气欢快，可李阎挑了挑眉毛，知道人家误会了。不过他也没多说什么，反倒对这女孩印象好很多：漂亮、规矩、好人家。

这年头，找再漂亮的女孩去接待客人都不算太难的事，可找一个规矩又足够专业的女孩，就不是太容易了。

直到进了一间宽敞的绿瓦老房，叫李倩的女孩开口："赵伯，人我给您带来了。"

"啊，谢谢，谢谢。行啦倩，玩去吧，我跟人家有正事说。"女孩点点头倒退着出去。

李阎笔直挺立，屋里头摆着一个古朴的四方铜盒，九耳四足，往外冒着寒气。这玩意儿叫冰鉴，相当于古代的冰箱和空调。当然，一般人是用不起的。

说话的是个穿着黑色唐装的老头子，看上去得有七八十岁，白色的头发稀疏，额头有一块黑斑。坐在四方桌子的左边。有意思的是，明明只有他一个人，桌子上却是一圈码好了的麻将牌，扣在桌子上。

"坐啊。"

"我还以为，您会找个僻静点的私人地方见我。"李阁说着，眼神动了动，看了看桌上空着的三张椅子，坐在了老人右手边的位子。

"又没什么见不得人的，谈生意而已，要什么僻静？"老头子见李阁坐在自己身边，挺高兴的样子，"对嘛，哪个小兔崽子会像曹援朝这么不开眼，直不棱登就往对面坐。干吗？要和我唱对台戏？"他饶有兴趣地问李阁，"我倒是好奇，你不坐我对面，这是你有心。可左右，你为什么选择右边呢？"

李阁有点尴尬："进门就是，近。"

老头子眨了眨眼，"唔"了一声，低头去看自己的麻将牌，扑哧一声笑了出来，一边笑一边摇头，好像在笑自己。

"老先生，劳你费心，差人走这一遭。"李阁道。

老头没回应，而是摸起了一张麻将，自言自语似的："李阁，唯一的传承是姑获鸟，九曜。因为上位代行者空缺，加上其表现亮眼，成为新任代行者的可能性非常之高，和太岁有关联，詹跃进也很看好你。"老头顿了顿，"身边还有个合法偷渡的山神，应该是太岁留的后手。"

李阁心里一紧。

老头忽然抬头看了他一眼，好像有点惊讶，但很快反应过来，点头说道："哦，也对，山精林魅，自有气清神澈的滋味，年轻人血气方刚，招架不住。"

李阁舔了舔嘴唇："没请教？"

"人主，赵剑中。"

李阁早有准备。这是他见过的第三名十主，也没什么可惊讶的，只是多少有些忌惮和紧张。

"我还没谢谢老先生给我解围。"

"高乡铺的事儿，不是因为你的面子开绿灯，你没必要谢我。"

赵剑中缓了口气，又说，"不过，的确是因为你，我才注意到这件事，所以高乡铺的乡亲谢你倒是应该。"

老头咬文嚼字，不过李阎听明白了，对这个背景神秘的老头多少有了几分好感。

不过赵剑中明显还有另一个意思：自己的行踪和行为，人家眼巴巴地盯着。

"打一张看看。"老头突然来了这么一句。

李阎也没犹豫，依言打开面前的十三张麻将，是东南西北中发白加么九番子，差一张牌和十三么。

"四面牌都和十三么，所以牌和不了，这不重要，继续。"

李阎摸起一张牌，骤然间大量的信息涌入眼帘：张明远，开明兽之瞳，老家沧州泊头，自幼丧母，有一长姊，现居广州白泉酒店……

这是简略文字，每句话延伸都有更详细的注解，甚至还有图片和影像，里头是个正冲冷水澡的白脸少年。

李阎放下麻将牌，脸色不太好看。

赵剑中悠悠地解释："阎浮运转，每一个环节都异常烦琐，所以高位的行走，多少会担负起阎浮的一部分职责来，像是果实出入、传承的线索、行走的审核和诉求、本土果实的收尾等等。但是作为爬虫的我们无法直接得到阎浮的职权，那意味着和阎浮同化。所以，行走选择把职权封印在器物上，有的人选择报纸，有的人选择麻将，有的人选择旧电脑，看个人习惯。"他看了一眼李阎，"我手头有天·甲子九果实里所有行走的背景资料，以及实时监控，国内国外都跑不了，延迟不超过三个小时。当然了，无论是放弃传承滞留果实还是建立通道永久来回，这两者不在我的权限能记录的范围以内。"

李阎沉默了一会儿才道："貘说，尽量不在人前暴露能力，出事会有人处理，但要收费，这不是阎浮的规矩，这是您的规矩。"

"不错。"

李阎眯了眯眼："人主，果然是人主。"

"呵呵，一百多岁，还要做这种劳力活，你当我乐意？"赵剑中捏起一张东风，"你很本分，哪怕是成了行走，生杀予夺都在脚下，你也很本分。我喜欢你。可你得明白，不是所有行走都像你这么本分。"

李阎话头进了一步："我要是没猜错，阎浮的职权除了分担，还可以主动设定。说白了，在您之前，阎浮的权限里没有监视行走这一项吧？"

赵剑中眼神一冷："对。所以呢？"

"没事，老爷子万安。"李阎把麻将牌一放。

"兔崽子。"赵剑中摇了摇头，没多说什么。

"老爷子，恕我直言，这些东西，您没必要告诉我。"

"我说了，我喜欢你。你这小子，"老头想了半天，"火候好。"

李阎笑了笑："以前有位老先生说过类似的话。"

赵剑中摆摆手："行了，说正事吧。"他转头直视李阎，"你要什么？"

李阎没想到赵剑中一下子变得这么直接，一时间没说话。

"楚神舞录。"赵剑中徐徐说，"我虽然比不上詹跃进这个财主，但是也不至于让你吃亏。"

李阎斟酌了好一会儿，才谨慎地说："老爷子，我一个小子，什么也不懂，您觉得我，差点什么？"

老头闻言，摇摇头道："你倒是滑。"

李阎笑了笑没接话，相比起拿到更多好处，能从这个明显在阎浮钩沉了半辈子的老头身上多套些话，才是他的目的。

好一会儿，赵剑中说："你已经九曜，没有第二传承？"

"没。"李阎摇头。

"你上次的事件涉及的传承是妈祖，被貘改成了湘君，这是你的要求。湘君、姑获鸟……你是想走神庭这条路？"

赵剑中抽丝剥茧，李阎也没想能瞒过这个老头儿，只是暗暗把"神庭"两个字记在心里，姿态很低地说："一点小心思，老爷子见笑。"

"楚地神庭，东君……"赵剑中莫名地皱了皱眉头，横了李阎一眼，眼前这男人眉浓鼻挺，双手平放，显得很规矩，"我先劝你一句，灵五仙不同于顽五虫，不是随手就能抛弃的，它们对行走本人性格、资质的影响远远大于五虫。所以行走挑选五仙传承，一定要深思熟虑，而且最好只练一个。至于成为哪一个传承的代行者，那又是另一码事。你拿了湘君，帝位的太一传承你还要不要？"

李阎递了一句："那老爷子的意思是？"

"我给你两个选择。"赵剑中伸出两根手指，"一则，我拿一张楚地神系的高位传承来换你的楚神舞录；二嘛，传承我一样给，此外我全权指导你神庭这条路该怎么走，并且给你一条传承东皇太一的线索，能不能找到，看你的造化。"老头神色平淡，"可是，你得帮我一个忙。"

李阎没马上选择，反问了一句："我听人说，老爷子嘴里神庭这条路，阎浮行走里没什么人愿意走，也少有经验可以借鉴。"

赵剑中没说话，只是静静看着李阎。

李阎嘴唇有点干，他低头码平整麻将，才抬头说："老爷子，您给我点时间。"

赵剑中做了一个"请便"的手势。

李阎往后推了推椅子，轻轻走出房间。

到了屋檐下面，抬头看了一眼天空，李阎面无表情地叼上了一根胡萝卜。迎面走来一个戴墨镜的女人，黑色皮裤，身上带着浓烈的火药味儿。两人错了个身，李阎出屋，她进屋。李阎嘎嘣嘎嘣嚼着胡萝卜，女人进门没顾及身后还站着人，冲着赵剑中喊道："红中老头，外头那个就是李阎？"

两扇门关上，李阎也再听不见屋里头的对话。

"他说考虑考虑。"赵剑中苍劲的手掌按着冰鉴。

"你觉得他会答应吗？"女人抱着肩膀。

"说不准。"

"你这一身道行，还断不出一个二十多岁小年轻的根底？"

"要是那么容易，天底下就没有'老眼昏花'四个字喽。"赵剑中摇摇头，"如果谁告诉你人活百岁一定料事如神，那他一定是个神棍。不过你让我猜嘛，"老头双手合拢，"他应该是不乐意。说考虑考虑，是给我留脸，这时候应该正苦恼怎么从我手里拿走传承卷轴，赶紧离开。"

"这可麻烦。我就是回去了，说不帮忙，给我传承赶紧让我走，也不合适。"

李阎蹲在一棵杨树下面，草坡那头是打靶的男女。

从高乡铺的事到所谓的阎浮职权，赵剑中只想拿到楚神舞录，不必做这么多，甚至不必亲自见李阎。赵剑中的选择其实更像是含蓄的拉拢。李阎甚至可以断言，这个忙绝不是什么大麻烦，赵剑中堂堂十主，不缺好手，他让自己帮忙其实是昭告天下：这个人，以后归我。

其实帮赵剑中做事，不是什么难以接受的事。能钳制全体阎浮行走、让"现实"保持现在的模样，毫无疑问，赵剑中在十主当中也属于狠角色，不然也压不服同为十主的野心家。但李阎和老头子们打惯了交道，心里明白天下没有免费的午餐。思凡八苦也好，阎浮十主也罢，顶尖的六司好手在其间也只是马前的卒子。大树底下好乘凉不假，可覆巢之下也没完卵。虽然初入阎浮，拔剑茫然，但毕竟参与了几次要命的大事，李阎要还是看不出山雨欲来，那还不如早点戳瞎自己的眼睛。

最重要的是，尽管赵剑中已经极力掩盖，甚至不惜亲自出面，以便彰显礼贤下士的风度。但李阎依旧可以肯定，如果站队赵剑中这一方，对自己会有相当多的钳制，这份钳制尤其体现在阎浮事件当中。理由很简单：一个自发限制行走的老头子，责任感有多强，掌控欲就有多强。李阎无牵无挂，又早早破了在广东时父亲留下的恩怨羁绊，没必要给自己添这份堵。

这么一想，这老头子是不是变相压价啊？我不答应正好给了传承走人，省得我狮子大开口。他正这么想，一双长腿遮住了他的眼帘，李阎抬头。

"聊聊？"这女人摘下墨镜，一双丹凤眼瞄着李阎。

李阎看了她一眼，往旁边挪了挪。

女人扑哧笑出了声："你可真不招女孩喜欢。"

"没请教？"

"毕方鸟，安菁。"她顿了顿，意犹未尽，"我跟太岁是好朋友，你叫我菁姐就行。"

她看上去比李阎要小，不过考虑到是行走的缘故，称呼也不算突兀。

安菁？！李阎脸上做出些惊讶的表情："太岁，不是思凡的人吗？"

"谁说思凡的人就不能和行走交朋友？"

李阎笑了笑："有道理。"

他脑子里"安菁"两个字转了转，心里有数，但是没着急张嘴。

"有件事，老头子一开始提了一嘴，觉得你反应不对，没有往下说，但我倒觉得，这事对你很重要。"安菁道。

"什么？"

"很多人包括老头子自己，对你身边那个山神非常忌惮。红中老头这次请你来其实是想征求你的意见，或者做一些补偿，后来发觉你对她的态度……也就没提。但是事儿，还是这么个事。"

李阁眉毛一点点往上抬，整个人站了起来，嗓子也开始发沉："忌惮的理由是什么？"

"思凡里，超过七成的人和你那个丹娘是一个来历，这个理由够吗？"

李阁如今的养气功夫不俗，他心里念叨了好几遍，才压下无名邪火，开口说道："你看是不是这么个理？老爷子给指条道，只要不动丹娘，我照办。"

安菁直摆手："哎哎，我可不是这个意思。阁浮行走多半怠懒，更没人乐意枉做恶人，谁吃饱了撑的为这点事报仇？这不是大事。"

李阁摇了摇头："也不算小事了，谢谢你给我提醒，要是能给我指条明路，我更是感激不尽。"

"路我可以给你指。"安菁挑了挑眉毛，脸上带着几分狡黠，"明路是有，看你上不上道了。"

李阁本来想观望观望，可事关丹娘，他又实在不想上船，只得开口："菁姐，我冒昧问一句，老爷子和詹跃进的关系怎么样？"

"马马虎虎，那小子还挺上道的，比曹援朝看起来顺眼。"

"得嘞。"李阁没再理她，往屋里走。

安菁莫名其妙地看了他一眼，也跟着他走，没料到走进屋子的李阁一转身砰地把门关上，愣是把她拦在了外面。

"兔崽子你什么意思啊？"

"想好了？"赵剑中不急不缓。

"老爷子，有件东西，我想给你看看。"李阁没废话，把他从南洋带来的《水渣貓》图递给赵剑中。

赵剑中拿眼一瞥，眼皮忽地大睁，一把拿在手里，得有多半盏茶的光景没说话。

李阎低头耐心等着。好半天，对面才传来一段沙哑的声音："有心了……我承你的情。"

"我是巧合才拿到这张图，也得了好处，不想辜负人家。可现在这个态势，我惹不起介主，也不想给您惹麻烦。"

水渣貓，在闽南俗语里是美女的意思，米力死后，嘱托后来的行走把这东西交给安菁，自然和她关系密切，是恋人的可能性极大。但是看刚才那种情况，把图给安菁，并不明智。看得出，这女人和赵剑中关系匪浅。李阎贸然告诉这女人米力是被詹跃进暗害，安菁要是谋而后动还好些，要是直心眼跑去和詹跃进对峙，事情就可能闹大，甚至牵连赵剑中。到那个时候，詹跃进会记恨李阎，赵剑中也会不满，安菁未必有事，李阎得吃大亏。

"我得谢谢你，现在你有话，可以直说。"

不知道是不是李阎的错觉，赵剑中的嗓子沙哑了很多。

"老爷子，我照实说了。我在阎浮的光景不长，底子太浅，贸贸然攀高枝，我怕摔死。您要是真有什么需要我帮忙的，尽管开口。可是我这个人，还是自己浪荡着舒坦。另外，我听说，我身边那个——"

"我的规矩是，行走的问题在事件里解决。"赵剑中打断了李阎的话，"我做主。那个山神，不会再有人过问。可这不是一句话的事，我需要点时间。我只有一个要求：在我通知你以前，你的事件不要再带着她。"

"明白。"

"你的意思我也清楚了。等阎浮公证后，我会把传承卷轴给你。虽然不是五仙类，但远比湘君适合你。弄两个女人作传承，你不别扭？"

"那我谢过老爷子了。"李阎瞧出赵剑中脸上有送客的意思，自己先站了起来。

"行走的事件内容由地主和鬼主共同负责，你嘴严实点，米力的事就不会泄露。今天到这儿吧。"

李阎点点头，依言而退，房间里只剩下老头一人，以及一圈麻将，四副落听的十三幺。赵剑中捏着一颗麻将牌，十四张牌平铺在桌上，这是和牌了。

和一张红中。

第五张红中。

"我……"赵剑中的脸上冰冷如雕塑，半天他才拿手背捂住自己的脸，手里紧紧攥着《水渣貓》图，"我的……儿……"

当天晚上，李阎就坐上了回沧州的火车。

你获得了传承，无支祁之血·祸灵

确认入手该传承，你将失去楚神舞录。

"确认。"

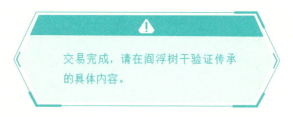

⚠

交易完成，请在阎浮树干验证传承
的具体内容。

瓦房、林地、电线杆，这些景色在李阎眼前飞快倒退，正值淡季，车厢里没什么人。李阁握着一瓶喝剩的可乐，蓦地用力一握紧，黑褐色的液体激荡，瞬间冻成翻涌的黑色冰花，煞是好看。李阁面无表情地大力摇晃，把冰花摇成碎渣，拧开盖子一饮而尽。

"呼。"他悠悠地笑了。赵剑中说他安分，其实连他自己也觉得惊讶，从阁浮里攫取力量后，自己怎么会这么安分？从前那些冷眼、祸心，乃至口角、怠慢，都很难再让自己动容。

一节车厢交错而过，窗户对面是个戴着耳机的女孩，很清秀，对着手机屏幕捂嘴笑着，一眨眼的工夫就过去了。也许是因为，比起别的，这个时代真的还不错。

当然，可以更好。

"把这个带上吧。"

"可以到时候再买。"

"我喜欢这个。"丹娘穿着睡衣和拖鞋，手里是个老式梳妆盒子，上面刻着简陋的双鱼。这是宅子里的老物了。

"那就带着。"李阁从一个又一个的纸箱子里把头抬起来，说道，"我去看看车来了没有。"

李阁从赵剑中那里回来后，首先就是着手搬家的事。他跟查小刀通了几次电话，最终决定搬到津海住一段时间，离查小刀也近，他可是答应李阁这个月把佛跳墙做出来的。

搬家是个漫长而痛苦的过程，李阁当初光棍汉一个，把县城的店铺一锁，回老宅从百货店买床被子就行。可现在不同，大大小小的物件装了四五个大箱子，找房子要求也高，李阁在老宅，有专门的练武场，库房里光是上好的白蜡杆子就有十几根。当初也是因为这个才回去的，尽管现在未必有太大用处，李阁还是不想懈怠。

可在津海找一个施展得开的地方，就不是特别容易。

即便是现在，李阁想真正舒展开这身筋骨，恐怕也只有回大屿山或者妈阁岛，对着漫漫的南海才行。

琐事勿论，让李阁惊讶的是，丹娘竟然十分适应这个过程。

"牙刷、脸盆、被褥这种小件其实无所谓，可这个砂锅我得带着，我专门找人箍过的，一般买不到。后院的木人桩也带上吧，我看这东西也挺稀罕的。"

"太大，没必要吧？"

"可是我每天早上都看你打啊，那个用的年头不少了，而且也不好找吧？"

"那就带着。"

"咱们是不是得过检查站啊？你这些兵器都是开了刃的。"

"我想办法。"

"叫车是不是便宜点？"

"咱是搬家，出租不接这活儿。"

"哦。"

忙活了一整天，这事才算落定，李阁租了两层的阁楼，带地下室，比较宽敞，做些对李阁来说"简单"的练习也足够了。比较可惜的是，两人还是分开睡。

大半夜的，李阁合上眼却睡不着觉，他没有无聊到测试自己现在还需不需要睡觉，往往是凭习惯，晚上十一点洗把脸就睡了。不过失眠，这还是大半年来头一回。

三点多钟，李阁起夜，才发现丹娘还在盯着电视屏幕。野神需不需要睡觉李阁不知道，但丹娘是很嗜睡的，无论是平时还是在六纹铜钱里都是。

李阁敲了敲墙板，等丹娘看过来才笑道："你也睡不着？"

丹娘摇摇头，指了指屏幕。李阁一愣，电视上正播放一段新闻，大意是市区一个津菜馆发生恶劣伤人事件，涉及黑恶势力火并，大部分涉案人员都进了局子，首犯在逃。

屏幕的录像惊鸿一瞥，边角上有查小刀漠然的脸。

"嘟——嘟——"

"喂？"查小刀睡眼惺忪地接了电话。

"电视上怎么回事？"李阁给自己削了个苹果，他倒是不太担心查小刀出事，只是顺嘴问问。

"一点私事，没大碍，已经解决了。"

李阁挑了挑眉毛，查小刀平日里是个远比自己要谨慎（胆小）的人。可是刚才，他的语气在不经意间却透出几分浑劲儿来，还有压抑不住的气焰。李阁脑海里没来由地闪过四个字来：大仇得报。

"嗯，行。明儿见，潮汕火锅。"

"哎，等会儿，等会儿。"李阁刚要挂，查小刀拦住了他，"本来啊，我想明天见面说，正好你来电话，我就电话里先告诉你。嗯……下次事件，你和丹娘两个人去吧。我有点事得自己解决，里头的要求是必须一个人。"

"好。"李阁答应着，心里一晒：刚答应赵剑中先不再带丹娘去做事件，这边查小刀又撂挑子，自己转眼又成了光杆司令。哎，自己的龙虎气是不是多了几刻出来？要不给小老虎放放血，把苏都叫过来，也问问那边的情况。

查小刀撂了李阁电话，脸上没一点困意，他压根儿也不是在睡觉。他把电话收进内兜，头也不抬，冲着对面道："吃完了？行。吃饱上路，我送你一程。"

地上有几摊血迹，查小刀对面是个粗脖子的光头，五十多岁，脸色青白。"我这辈子，亏心事做得多，你、你让我死个明白。你是赵保顺派来，报复我浇地那事的？"光头翻着眼白盯着查小刀。

查小刀摇头。

"裕丰山水强拆，你是苦主？"

"嘿嘿。"

光头鼻尖全是汗，脸皱成一团："我儿子的事？那个女的、那个女的拿了钱转学了吗不是？"

查小刀咯咯直乐，好半天才从牙根里蹦出来一句："你还是糊涂着死吧。"

凌晨，查小刀回了出租屋，洗去一身灰尘，手机里传来一道短信："一口价 2000 点，走人主善后那套你得花 4000。"

查小刀冷着脸回复："1500，多一分没有。"

没过两分钟，手机又响了，是个文字符笑脸，以及一句轻飘飘的："谢谢惠顾。"

"气色不错啊。"李阎抱着肩膀，对桌子对面的查小刀说。

"嘿，还行，本来想请你们到我店里，可是，这不出事了吗，馆子里乱得伸不开脚，就带你们来这儿了，尝尝，牛肉丸子手打的，瓷实，还有嚼劲。"

查小刀给李阎和丹娘拿了料碟、筷子，又说："你们来津海，我也算是东道主，这顿我请，就别跟我抢了。"

这家火锅生意红火，食客们吃得满头大汗，闹是闹了点，可氛围非常火热。

筛网里的肉丸被烫成白色，吃进嘴里喷香。李阎夹了几筷子，抬头问道："佛跳墙什么时候能做？"

查小刀没想到李阎这么直接，愣了愣才说道："今天就行。"

"我不跟你外道。"李阎放下筷子，"你也别跟我矫情。"

查小刀划拉着盘子，肉丸扑通扑通落到水里，又拿筛网拢住，这才对李阎说："过去的一个仇人，我昨天刚刚料理掉，首尾干净，没有后患。"

一向沉默的丹娘忽然开口："他作恶，还是你作恶？"

李阎有些尴尬地瞅了查小刀一眼。

"我只能说，"小刀显得很平静，伸手去够麻酱碗，"我不亏良心。"

丹娘"唔"了一声，帮手给小刀递了过去："我就是问问，别放在心上。"

"哈哈！"查小刀打了个哈哈，把有些僵硬的气氛打破，"其实我挺好奇，你们俩是怎么认识的？你跟李阎的关系，不像从属。恕我直言，我不是没见过行走身边有其他果实的生灵，可你，不太一样。"

"哦，当时我还以为李阎是大明的裨将，他那个时候身边跟着一个黑夹克的女人——"

"还有一个女人？！"查小刀瞪着眼睛站了起来。

"唔。"李阎打断了丹娘的话，抬头冲旁边收拾碗筷的服务生说道，"那个，姑娘，再给我们添点汤。"

查小刀瞥了李阎一眼，低头吃得啧啧作响。

三人吃完之后，查小刀和馆子老板相熟，早早地借了一间灶台，这时候正在煲汤。几个人吃完饭，查小刀招呼一声看火的师傅，自己接手。约莫二十分钟，耗费查小刀辛苦收集的南洋食材做成的佛跳墙，终于端上了桌子。

热气腾腾，青花瓷的一盅，嫩黄色的鱼翅，旁边是黑色的海参。

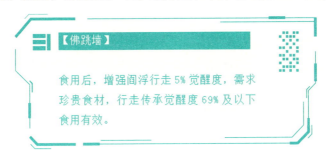

【佛跳墙】

食用后，增强阎浮行走 5% 觉醒度，需求珍贵食材，行走传承觉醒度 69% 及以下食用有效。

"这么小？这也就一口啊！"李阎夹了一筷子。

"它要是解饱，我还带你吃什么牛肉火锅啊？"查小刀说着，从灶台边又拿过一份，一共五盅，"每盅5%，我也占你不少便宜，你三我二好了。"

李阎也没推辞，只是问道："你说要自己做下一次阎浮事件，具体是个什么情况？"

"是癸丑轴排位第一的果实，这个果实很有意思，厨师的地位很高，我当初在那儿拿到了大吉的评价。可以再进入一次，这次去，也是实力高涨，想去捞点好处。"

查小刀这么一说，李阎也忽然想起来，自己除了一次进入"太岁"果实的权限，余束还交给自己一把通向某颗阎浮果实的钥匙，还叮嘱自己不要马上进去，现在看来是正好。另外，茱蒂那边……李阎没来由地看了丹娘一眼。

不知怎的，平时什么都不放在心上的丹娘这次格外敏锐："怎么了？"

"没事没事。"李阎定了定心神。既然有果实记录在，说明以后肯定是有机会能再次进入的，他也不急于一时。这么想着，李阎瞥了一眼挂在墙上的电视。

"不要为没有发生的事情而焦虑。"电视里的油腻男人一脸认真，"初入职场啊，大伙儿一定要记住……"

"呵呵呵。"李阎苦笑着摇头。

"怎么不动筷子？"查小刀问了一句。

李阎没说话，而是把他昨天夜里从阎浮那边取回来的传承拿了出来，不过不是卷轴，是一小块红色的碎块，摸上去软软的，颜色璀璨。

没拿到湘君，反而拿到了无支祁。李阎查过才知道，赵剑中并没有耍滑头。如果论讲起来，无支祁的序位恐怕还在湘君之上，只需说两点即可明了：一则，它是淮涡水神，为祸一方，为尧舜时期的奇妖；二则，民国时期便有学者考证，无支祁正是《西游记》中孙悟空的原型！

虽然无支祁是倮类，是五虫，而非五仙，但是无伤大雅。查小刀现在也是五仙类，抛去之前说的优待，他能从阎浮攫取的权限也只是到了九曜可以对新晋行走进行十都考核而已，另外能多接触一些没见过的行走，至少查小刀自己觉得用处不大；再加上赵剑中的话，李阎也就没太惋惜。

【传承：无支祁之血·祸灵】

（无支祁）白首长鬐，雪牙金爪，闯然上岸，高五丈许。蹲踞之状若猿猴，但两目不能开，兀若昏昧。目鼻水流如泉，涎沫腥秽，人不可近。久乃引颈伸欠，双目忽开，光彩若电。

——《太平广记》

无支祁复苏程度：9%/100%（传承与行走休戚相关，提高复苏程度，行走的寿命和身体素质都会得到提升，完全复苏传承，寿命加倍）。

拥有者获得永久固化状态：祸灵。

【祸灵】

增强持有者的90%水汽操感能力，该能力在一定程度上影响水汽运动，且可在某些果实中与更高品质的控水能力结合。

【祸涛】

无支祁动辄有洪水相伴，行走可以通过肉身储存一定的水汽，当前储备上限：90吨。

备注：
无支祁在一些人手中有山崩海啸的威能，可在另一些人手里只是一辈子的洗澡器。

李阎捏碎血块，身体一阵清凉，眸子前头忽然有一头气势凶恶的白色猛猿扑来，一头撞进了冰山当中，一下子消失不见，整个过程快得不可思议，远比当初使用姑获鸟传承时身体的排异感要小太多！

用掉无支祁的传承约莫五分钟的时间，李阎换了几次呼吸，猛地一瞥灶台上盛满开水的水壶，砰的一声！水壶整个炸翻开来，壶盖子被掀出去老高，丁零当啷掉在地上。

别说查小刀，李阎自己也吓了一跳。

"意外，意外。"李阎有点尴尬，水洒了一地，却诡异地倒流回去，最终汇聚成一个水团，在李阎脚下滴溜溜乱转。

"这就是无支祁？"查小刀歪了歪头。

李阎把无支祁的能力大概说给两个人听，查小刀惊讶了一会儿足足"90吨"的水量之后，又反应过来："杀伤力在哪儿？90吨水听着厉害，可你还能发大水把人淹死？这一游泳池也不够啊！要是一整块从天上拍下来，倒是能把人砸个够呛。"

李阎摇头："这个我做不到，90吨水，只能从我身边取用，至于杀伤力……"他拳头一攥，水团蹿到桌子上，跳动的同时，居然收缩起来，从人头大小，一直到拳头，最后成了核桃这么大，颜色也越来越深，浓郁又浑浊。停在李阎手心。李阎轻轻吐了口气，掂了掂手里的浑浊水球，拿眼神示意查小刀："来试试？"

"好啊。"查小刀叼上一根烟卷，大马金刀地坐着，"来！"话音刚落，浑浊的水球噗地冲查小刀飞了过去，离他面门还有两尺，但见查小刀抬手抽刀斜砍，刀光迸溅，水球被劈裂炸开，水点子溅得到处都是。

"说实话，威力差点。"查小刀摇摇头，随手放下菜刀，"以你现在的臂力，找块石头也比这个狠。"

"我看未必。"李阁说罢，空气中骤然冷了几分，查小刀半截袖子沾水，一下子全结了冰，连带他手臂一麻，整条胳膊粘在了桌子上。还没等查小刀反应过来，一道带尖的冰串子迎面砸来。查小刀脚往桌子腿上一蹬，脑袋往后一错，堪堪让过，冰串子的锋尖戳进水泥灶台，顷刻间融化成水，留下一个黑洞。姑获鸟，九凤之力。

"我觉得，还是差点儿意思。"查小刀说道，"别人可没你这九凤来配合，那这传承怎么用？"

李阁倒是挺想得开："毕竟只有9%的觉醒度，不能要求太高，我倒是对这无支祁挺满意的。"

无支祁能调用水，姑获鸟则能化水成冰，这一点用得好，能攻能守，相当实用。李阁心里转了两三个招式，有点跃跃欲试，但是场合不合适，只得作罢。

因为有羽类的姑获鸟、倮类的无支祁两个传承，吃罢三个食盅，15%的觉醒度可以让李阁自由分配。如今姑获鸟进入峰值突破阶段，觉醒度是69%+5%，再加些也不会有实际增长，而李阁已经做好了攒够三十刻龙虎气，来突破姑获鸟第二次峰值的准备，自然而然地，把这15%都加在了无支祁身上。

无支祁之血·祸灵：24%。自身蓄水量达到了240吨，水汽操感能力也有进步，这东西太抽象，李阁也不好形容，只是面对水汽，自己有一种多长了一只手的感觉，分外灵活。

"对了！"李阎想起强化传承的事，又把点化过后的太平文疏拿了出来，强化无支祁之血·祸灵的第一个传承技能祸涛！阎浮随即传来提示：

"本次强化需要消耗 1000 点阎浮点数，以及太平文疏当中赤祸咒、病头瘟虫、秽神太岁等二十一道阴术。"

李阎确认之后，阎浮却再次发出提示：

"太平文疏中的阴术与祸涛契合度极高！本次强化效果提升！强化完毕！

"效果如下：祸涛中的 240 吨水可随时转化为施过咒的祸水，但转化过程会有极大损耗，请谨慎使用。"

反复查看了几次，李阎心满意足地把太平文疏收了起来。

"这次你算是功德圆满了。抓紧时间放松放松，等着下一次阎浮事件就行了。哎，"查小刀趴头看了一眼，丹娘这时候没在屋子里，他这才接着说，"我知道一家夏日荷花酒店，会员制——"

"我还有两件事没办。"李阎说道，"我的剑坏了，在拍卖行挂了几天修理的消息，不知道有没有人回，而且今天是第九天，那份泉郎海鬼的药汤泡浴应该有效果了。"说着，李阎拍了拍查小刀的肩膀，"自己消受，昂。"说罢，他走出门，冲着走廊里的丹娘喊道："我说，看什么呢？"

独独留下小刀在厨房。

环龙剑最终被修好了，但因为损坏过，锋锐度还是从 15 跌到了 13。

即使有李阎后来添上去的两道特殊属性和一个空白属性位置，环龙的强度，其实也开始拖李阎的后腿了。而且，随着以后经历风险越来越多，环龙只可能一次又一次损耗甚至损坏。

要知道，连锋锐度 100 的錾金虎头枪，这次在天母过海里都受到了不轻的磨损，所幸不重，也已经保养回来。

可"顺手"两个字，的确没有道理可讲，李阎与人交锋几次，靠着反应格挡下致命攻击，环龙足够顺手这个原因的功劳很大，换成新得的青凤剑，恐怕李阎就得吃些亏。

而且李阎这人用东西念旧，还真是不忍心把环龙束之高阁。

睚眦之泥镀兵的事，迫在眉睫。

另外还有一件事，便是泉郎海鬼的药汤沐浴。

说来也奇怪，李阎足足泡了八天，可也没觉得自己的身体素质有任何改变，只是这两天，要么睡不着，要么就梦见一个庄严的模糊身影，环佩宝器轻纱，想必是天母娘娘的样子。

可也仅此而已。

李阎泡完最后一服药，穿上衣服，身上除了微微发红，也没有半点异样。直到泉郎海鬼这个状态出现，李阎才明白过来。

泉郎海鬼：天母近卫，妈祖大人的赐福，将视周围水汽的浓郁程度给予加持，身处江河湖泊，则身轻如燕，刀枪不入，若身处大海波涛，便是成就神魂不坏之身。罡风真火，神兵坏咒，都难以动摇一丝一毫。

李阎看过之后，才一拍大腿：这无支祁，来得实在是妙啊！

李阎从阎浮的小石屋出来，换上一身干爽的衣服，这时节闲来无事，他本来是要通过阎浮，到红旗帮那边料理些事务，同时试试身手。只是想起丹娘来，想先知会她一声再走。

"可是，"丹娘听他说完，颦了颦眉毛，"你不是说，今天下午带我去见见那位鼓手老师吗？"

"啊，"李阎一拍脑门，"忘了忘了，那我回头再去。说起这个，我跟你说，这个老师可了不得，国内好鼓手不多，她算一号。我特意从北京请的，学费比咱这房租还贵，我都要卖东西当钱用了。"

丹娘看着转身去倒水的李阎，巴掌撑着脸，没有戳破他私底下打电话"水平放一边,务必是个女的"这些话。

"对了,我上次去见那人,也是十主之一,他的意思是,有很多行走不愿意看到你在我身边。"

"因为我身上有和那个叫冯夷的人一样的气味。"丹娘一针见血。

"这件事我已经处理好了,过段时间就能解决,不过,得委屈你一点,这段时间不能和我再去阎浮了。得等消息。"

"好。"丹娘异常爽快地点头。

李阎抿了抿嘴,抓了抓头发才说:"这些人,毕竟我打交道比较多,也好沟通,也不是擅自替你做主,只是当时那个情况……"

丹娘也没有打断李阎,等他说完才慢条斯理地说:"我没这么想过,虽然没跟你一起去见那人,但是我也能想象,你为了我,是受了些拿捏的。"

"嘻,也没有。"

丹娘起身,冲自己的房间走去:"只是你一定答应我,如果你有回到大明那颗果实的机会,一定要带上我。"

"没问题。"

丹娘回身,莞尔一笑:"既然这样,下午你就不用陪我去见鼓手老师了,忙你的吧。"说着,她进了屋,门半掩着,露出一只清亮的眸子来,"反正老师是个女人。"

砰!房门关紧。门外的李阎眨了眨眼,吐了一口气,整个人软在沙发上,脑子里有点乱。

"下次事件,不知道是什么鬼东西。"

姓名：李阎

状态：钩星、祸灵、泉郎海鬼、赐海

专精：

古武术 98%，热武器 38%，军技 50%，魔动科技 50%

传承：

姑获鸟之灵 69%+5%，无支祁之血 24%

传承技能：

血蘸、隐飞、祸涛

拓展技能：

惊鸿一瞥、杀气波动、九凤神符、风泽

自悟技能：

虎挑、燕穿帘、龙拗首（自飞鲤三式演化而来）

剩余龙虎气：二十五刻半

剩余点数：1656 点

装备：

环龙剑、錾金虎头枪、火蚕丝软甲（内）、史密斯的长风衣（外）、山外山（护腕）、梁货·雕雪（指链）、倔强的千层底（鞋）

备用物品：

六纹金钱、大明黑色龙旗、道奇战斧、召令金牌、蛊毒娃娃、赤水精、厌胜钱、青凤剑、清水芦叶枪

（全书完）

241

从姑获鸟开始 4

作者 _ 活儿该

编辑 _ 夏言　　装帧设计 _ 星野

技术编辑 _ 顾逸飞　　责任印制 _ 刘森　　出版人 _ 吴畏

营销团队 _ 毛婷　阮班欢

鸣谢（排名不分先后）

果麦
www.goldmye.com

以 微 小 的 力 量 推 动 文 明

图书在版编目（CIP）数据

从姑获鸟开始. 4 / 活儿该著. -- 成都 : 四川文艺
出版社, 2025.7（2025.9重印）. -- ISBN 978-7-5411-7319-6

Ⅰ. I247.5

中国国家版本馆CIP数据核字第20253GF727号

CONG GUHUONIAO KAISHI 4

从姑获鸟开始 4

活儿该 著

出 品 人	冯　静
责任编辑	陈雪媛
特约编辑	夏　言
装帧设计	星　野
插画设计	也　斋
封面题字	宗　宏
责任校对	段　敏

出版发行　四川文艺出版社　（成都市锦江区三色路238号）
网　　址　www.scwys.com
电　　话　021-64386496（发行部）　028-86361781（编辑部）
经　　销　果麦文化传媒股份有限公司
印　　刷　北京盛通印刷股份有限公司
成品尺寸　145mm×210mm
开　　本　32开
印　　张　7.75
字　　数　190千
印　　数　5,001—8,000
版　　次　2025年7月第一版
印　　次　2025年9月第二次印刷
书　　号　ISBN 978-7-5411-7319-6
定　　价　45.00元